U0034754

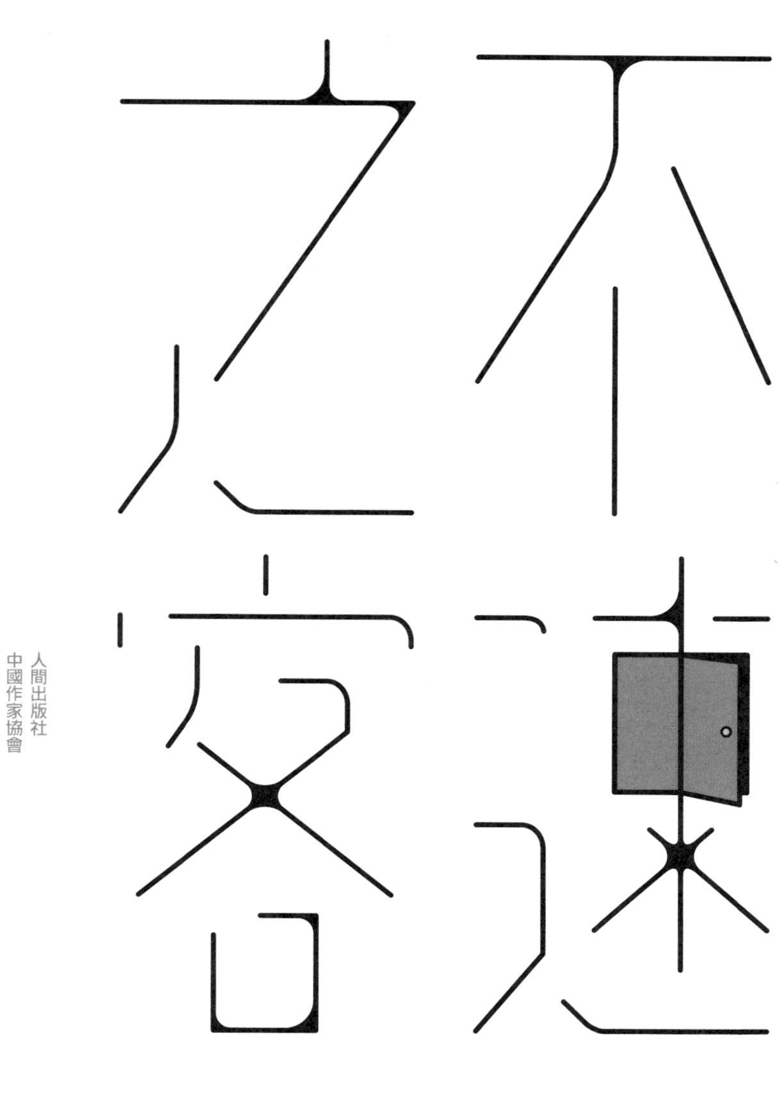

孫頻

人間出版社
中國作家協會

生之慾，愛之慾

王鈺婷
（清華大學台文所副教授）

八〇後出生的孫頻是近年來中國文壇中頗為亮眼的小說家，她的文本無視於一般婉約細緻的女性氣質，亦無視於眾人對於罪惡、毀滅、苦難接受的底線。她寫作懷著強烈的「自殘」與痛覺，卻也清明而警醒地再現出人為蟲豕、天地不仁的荒涼視域，那些底層的，殘酷的生命之苦難與掙扎，是血，是骨，是殘破的肉身，泛漫一地的跡痕。然而，奇特的是，在這苦難人間煉獄的背後，孫頻闡釋的出黑暗與光明的高度反差，血而後的重生，罪孽後的潔淨，毀滅後的救贖，這也形成孫頻式的敘述美學與文字魔魅，令人低迴不已。在《不速之客》裡，孫頻反覆質問的是生命的本質，抑或是活著的意義，最終她想從她筆下這些掙扎的靈魂中逼臨出生之慾，與愛之慾，而愛與生所展現的強大力道，讓我們看到絕望人生所抱持著與生命搏鬥的尊嚴，及其愛之信仰。

《不速之客》篇首之作為〈不速之客〉，是亡命之徒的殺手與「賢良」妓女相遇的故事，也是剖析真愛的佳構。殺手與妓女，在社會底層掙扎求生的兩人，同具卑微的生存本質，是本質上命運相同的畸零人。

沒錢沒本事的女主角紀米萍自言從沒有人將其視為人，像雞一樣陪酒，睡覺是其和男人打交道的方式，然而「傻逼」的紀米萍視接吻比做愛重要，內心深處渴望做一回好女人，有人愛她一回，而她將一股腦兒全心投入，如同獻祭的肉品。懷抱這樣信念，不惜作賤尊嚴的紀米萍也成為男主角蘇小軍眼中不請自來的不速之客，在一次蘇小軍動了惻隱之心收留紀米萍後，紀米萍也長成蘇小軍家門的怪樹，一點一點耗光蘇小軍對其的喜愛，卻也挖掘出蘇小軍「十惡不赦」外表下易感、「文物」似的自己。蘇小軍不忍搬家，為紀米萍留條活路，也為自己開啟生路，小說的結局受到仇家尋仇而成為殘疾人的蘇小軍，最終與渴求照顧人的紀小萍聚首，孫頻寫出另類羅曼史，畸零人在卑微人生中共處的「歲月靜好」，現世並不安穩，卻也洋溢真摯動人的生命情調，紀米萍也以她綿密不盡的纏鬥闡釋愛，愛是只求照顧對方，愛是不求回報與結果，愛是殘缺生命所超脫的幸福之花，而愛的前提是，對方直視到她卑微形體下作為「人」所具有的價值。

〈乩身〉則是《不速之客》中最獨特的作品，展現出孫頻揮灑淋漓的創作能量，將卑微生命所淬煉的「生之本質」，提升到更高、更深遠的層次。〈乩身〉的場景落在山川阻隔的千年古城交城，女主角常英從小瞎眼，遭父母遺棄，在祖父扶養下成人，祖父為保護瞎女，將其改名常勇，並塑一男人肉身，而後常勇成為鄉野中奇特的風景——男形女身、雌雄同體的陰陽人，祖父並口授算命問吉凶的訣竅以求常勇活路，而祖父離去後，常勇果然無以營生，成為隱遁黑暗之中的拾荒者。以冷筆寫熱情的孫頻，她對於人世的炎炎熱腸，在於書寫常勇與楊德清的聚合，同具悲劇性命運的常勇與楊德清，同是非人，同是困守在蟲豸一樣人生的弱勢們，孫頻將兩人比喻為戰友，為世界上之親人。

楊德清畸零的人生遭遇，孫頻寫得最透澈之處，在於他想「蹭死人一碗飯」而不可得的遭遇，以及其後形同閹割的人生。原本在喪事中捧童女童男紙牛紙馬的楊德清，因為二十幾歲從沒有女人，貪戀弔喪人豬肉上肉質的洞，當他瀕臨高潮之時，被眾人打罵，從此一蹶不振的一幕，是如此殘酷荒謬又無比寫實，一則小人物的悲歌。小說描述被閹割的男人和被閹割的女人的結合，恐懼沒人知道她是女人的常勇，在楊德清的強姦中，感受到體內禁錮的「女性」借屍還魂的喜悅，做一回「真正」的女人，也在意外懷孕墮胎的過程中，體認到兩人相互依存的「同體感」。小說最見功力之處，在於書寫兩位最不潔底層的人，藉由迎神賽會中扮演馬褌，展現與自己生命最後翻身機會的搏鬥姿態，以自殘和自虐活成一個人。在大雪紛飛中以鋼釬穿腮的兩個紅衣人，上神做了乩身，贏得敬畏與尊嚴，鬼神之間的「中間物」，也活出了蟲豸一樣的人生，但這也諭示兩人的死亡。半人半神的楊德清雖贏得虛幻的崇高感，不敵以肉身幻化金身的侷限，他臨死前，以手與常勇交媾的肢體，是血腥的標本，也是復返子宮的嬰孩之「迴光返照」；而在眾人圍觀進行一場場華麗扶乩演出的常勇，也在街道拓寬、拆掉老宅的抗議中，以肉身火焚，解救蒼生，常勇首次在眾人面前於金色火焰中，活成一個婀娜女人的身影。這展現了孫頻寫作的格局，弱者超脫自身的苦難，衝出自己的地獄，以渡眾人，甚而面對現代性或是文明開發的侵襲，她以肉身啟蒙世人的種種寓意。

而弱者超越自身苦難用以渡人的主題，同樣於〈九渡〉中得以觀之。較諸〈乩身〉，〈九渡〉的敘述形式和語氣皆舒緩許多，〈九渡〉的男主角王澤強是被父母遺棄的私生子，從小被祖母拉拔長大，祖母臨死前，將十歲的王澤強託付給村中古怪孤僻的小學老師劉晉芳，王澤強經歷劉晉芳兩次自殺未遂的過程，體認到自我生滅的孤寂感，十六歲因為心儀女生曾小麗被學校小混混王兵糾纏，因而砍殺王兵，背著殺人未遂的罪名度過八年的苦牢，在苦牢中支撐他活著的動力，來自於母親劉晉芳的一月一信。〈九渡〉中劉晉芳和王澤強都先後成為他人生命的擺渡人，對生命絕望的劉晉芳在死後，交託摯友以信件「擺渡」王澤強，以度過監獄失去時間感的苦行；王澤強出獄後選擇手刃殘廢乖戾的王兵，以解救曾小麗受困於王兵拖磨的無望人生，王澤強雖過不了他在監獄中的「第九渡」，人生的長河，由此岸到彼岸，終結自己無限苦難的生命，以開啟他人新生的契機，才是理解何謂真正的苦難，以及理解何謂苦難後的救贖。

〈月亮之血〉是透過血的意象，闡釋出尹家人三代掙扎求生的故事，天地儘管不仁，眾生自有活路。尹家第一代父親尹太東，為了孩子，走上賣血之路，因此罹患愛滋病，在眾人歧視眼光中猥瑣至死；哥哥尹來川為了妹妹，自願退學，出外掙錢養家，也換來陰暗的過往與殘疾的身軀，並體現出變形環境對純良人性的扭曲。妹妹尹來燕為了父親的病體，以肉體與雜貨店老闆易物，生下尹東流此一罪孽的孩子。孫頻如此刻畫尹東流，是與尹太東血肉相連的孩子，她一部分的血是父親的血，尹家三代人也是各自殘缺生命下所相互啃食而造就的「血肉之軀」，如同孫頻所言，死去廢掉的親人一如養料，「她們其實不過都是從他們的軀體的廢墟長出來的植物」。

嗜血而生，血後重生，以自己的血肉之軀餵養他人，再換回再無罪孽的潔淨之軀，重要的是，它開啟他人僅存的一條卑微活路。這樣象徵的新生／重生，也是孫頻在文學中特地保留給這世上的人們安養生息的一線生機，並護持人們往生的方向前去。

目錄

不速之客

一

大約晚上十一點鐘的時候，又是三聲敲門聲從天而降。羞怯，篤定。敲在門上像落進了一只空桶裡，那回音一落進去就迅速破土而出，直長得蓊鬱妖嬈，陰森森的爬滿了整間房子。

蘇小軍扯開被角翻身坐起，緊張惱怒地盯著那扇門。三聲敲門聲無聲無息地落下去了，空氣裡出現了一段短暫的空白，然而，這空白倒像是一只緊閉的櫃子立在他面前，有裝滿了敲門聲的嫌疑，似乎只要他一打開，它們就會立刻占領他的整個房間。一定又是那個女人。他下床，光著腳輕輕走了幾步，無聲地把燈關掉了。然後，他赤著腳戳在黑暗中，靜靜地等待著。果然，一分鐘之後，又是三聲同樣質地的敲門聲響起。篤。篤。篤。蘇小軍站在原地一動不動，他從最下面的門縫裡窺到了樓道裡一線昏暗的燈光和那個正守在門前的影子，那影子也一動不動，像是本來就長在他門口的一株植物。他希望它能走開，可是，它因了黑暗和絕望的澆灌反而長得更葳蕤了。它簡直要在他家門口繁衍出一片森林來。

又是幾秒鐘的空白，門外的影子不動，門裡的蘇小軍也不動。雖然身體沒動，蘇小軍卻覺得他整個人都被一口氣提起來了，正懸在空中。他等待著一秒鐘之後再次拔地而起的敲門聲，果然，又是三聲敲門聲。只是比剛才煩躁了些，急促了些，似乎是果子成熟，急於要落到地上來。蘇小軍發現自己居然還是一動沒有動。在那一瞬間，他都有點驚訝於自己的殘忍了，他居然能在九聲敲門聲後還待在屋子裡裝死，只是為了不讓門外這個女人知道他在裡面。

屋裡的這團黑暗比外面的夜色更加堅硬，盔甲一樣裹著他，讓他聞到了一種生鐵的冷硬，還有一縷細若游絲的血腥味。他有些恐懼，但這恐懼裡還夾雜著一種奇異的快樂。他看著自己的那雙手，在黑暗中，它們看起來面目模糊，安詳殘忍。

就在這時候，他的手機忽然響了，該死，他忘記關機了。就在他撲到床頭要摁住活蹦亂跳的手機音樂時，門外的人已經聽到了。一陣猛烈的敲門聲傾巢而出向那扇門砸過來，這樣再砸下去所有的鄰居都會被砸醒，大家披著睡衣揉著眼睛出來看熱鬧，說不來還會有人報警。他知道，如果今天不開門，她會一直砸門砸到天亮。這個可怕的女人。他扔下手機走過去，開了門。屋裡還黑著燈，猛一開門，他有些不適應樓道裡的燈光，然後他瞇著眼睛看到了燈光夾裹著的那個女人，她身上披著一輪光暈。果然是紀米萍。她敲第一聲門的時候他就知道是她了。

除了她還有誰會在深夜裡死不罷休地敲他的門。

他站在那扇門裡，像個邪惡的門童一樣守護著背後滿滿一屋子的黑暗。借著黑暗的庇護他仔細地打量著她，她頭髮散亂，眼角淚痕未乾，就著灰塵和成了兩粒黑色的眼屎，肩上又背著那只鼓鼓的黑色大挎包。肯定又是坐火車長途跋涉過來的，和以往每次都沒什麼不同。她終於敲開了門，卻不敢與他對視，彷彿他是坐在教室裡的威嚴的老師，而她是犯了錯誤的學生。她歪著一隻肩膀，那只包可能太重了，扯著她的肩膀，露出了一只黑色的胸罩帶，她也不打算把它收進去。她歪著肩膀低著頭站在他面前，一縷油膩的頭髮垂下來遮住了她的眼睛。

這已經不知道是第幾次了，每次都這樣，她事先連個招呼都不打就跑過來找他，坐七八個小時的火車，如果買不到坐票，她就一路站到太原來找他。然後，她就站在他門口一遍一遍開始敲他的門，如果他真的不在，她就在他家附近找個最便宜的小旅店住下來，幾天幾夜安營紮寨專職等他。以至於他每次一走到樓下就有一種踩上了蜘蛛網的恐懼感，似乎這蛛網是專門為他布下的。他要是不撞到這網上來都有點對不起她了。

他陰沉沉地立在那裡不說話，她也不動，以固定的姿勢垂著眼睛，只讓自己躲在那縷油膩頭髮的門簾後。那只大包正從她肩膀上往下滑，每滑一次便把她的衣服往下扯一點，彷彿地下有什麼神祕的力量正把那只包連那隻胳膊拉向深淵。她不抗拒。漸漸地，她的整個肩膀都露出來了，她上身偏胖，肩膀本有些肥膩，又箍著那根黑色的胸罩帶，倒也有幾分蕭條的肉欲。她似乎是在以此刻意提醒他，衣服下面，這衣服的下面還有別的，好比超市的貨架，你要用什麼隨時可以來拿。他盯著那肩膀心裡一酸，嘆了口氣，往後退了一步，說了聲，進來吧。

她像剛剛被赦免的犯人一樣，誠惶誠恐地跟著他進了屋，關上門他順手開了燈。黑暗中轟然炸出一片雪亮，像座剛剛浮出來的島嶼，她仍然不敢放下那只大包，拖著它站在島上等候發落。他像個觀眾一樣又看了她幾秒鐘，然後又嘆了口氣說，把包放下吧，你也不嫌累。她得了指令便怯怯地把包放在牆角，似乎那桌子上是收費的。頭依然垂著，他看到她那隻扯衣角的手在習慣性地抽搐著，他知道她一緊張就這樣，一隻手放在腿上抽搐的時候就像她正在練習彈鋼琴。她怕他看見了，忙使勁往下拽衣角。他假裝沒看見，只說，快去洗把臉吧，這都幾點了。

她終於抬起臉來看了他一眼，她看上去並不痛苦，準確地說，她的五官都像泡在某種溶液中一樣，呈現出一種誇張的休眠狀態，似乎它們是某種海底生物，可以幾千年地蟄伏著不動。

紀米萍從包裡取出自己的毛巾，然後借著臉上那縷頭髮的掩護向衛生間走去，好像這樣護著自己，他就暫時不會看到她了。他看著她的背影，她走得很慢，佝僂著背，抱著自己肥碩的毛巾，整個人看起來忽然變得很小很小。她進了衛生間，把門關上了。蘇小軍再次倒在床上，他腦子裡一遍又一遍地想，這個女人，這個可怕的女人，簡直好像隨身攜帶著棺材一樣，好像隨時準備著一死，好像她壓根就不打算活長久。真是比他還要亡命徒，他最多被人雇來做臨時打手討討債，出出氣，殺人的事還從來沒幹過。他簡直不是她的對手。

過了一會，紀米萍從衛生間出來了，蘇小軍感覺她慢慢走到床前了，她似乎從自己的包裡又掏出了什麼，她站在床邊低聲對他說，這是給你買的衣服。他並沒往她身上看一眼，她每次不打招呼跑過來的時候都會給他一件東西，衣服，圍巾，襪子，沒有什麼牌子也看不出價格，和她身上的衣服如出一轍。他從來不會穿，但也無法阻止她。他皺著眉頭說，先關掉燈睡覺吧。她聽話地關掉燈，整間屋子咣噹一聲再次掉進了黑暗的箱底，在他們掉進箱底的一瞬間，那種恐懼在黑暗中忽然再次甦醒了，好像它本來就蹲在河流的上游，現在隨時會隨著黑暗順流而下，流到他們面前。他只覺得黑暗的空氣裡全是她，站滿了密密麻麻大大小小的她，她們像千佛洞裡的佛像一樣向他擠壓過來。

就在這時，被子被掀開一角，她無聲地爬進了他的被子裡。在這張床上她睡過不是一次兩次了，她很熟稔地躺在他身邊，把半張被子蓋在了自己身上。她身上冰涼滑膩，還掛著水珠，像一尾剛剛撈上岸的魚。她躺在那裡慢慢蠕動著，好像要在這床上給自己刨出一個坑來，在這個過程中她和他有幾處短暫的肢體接觸，這些接觸很細小很輕微，小心翼翼的，好像從她身上長出了無數氣根一樣的小手，這些小手試探著觸摸著他，見無處生根便又自己縮回去了。他靜靜躺著不動，好像已經睡著了。她終於停止了蠕動，也靜靜地躺在那裡，他感覺到她把臉側到了一邊，好像在黑暗中都怕他會看到她的臉。兩個人像兩具屍體一樣並列在床上。

不知過了多久，他嘆了口氣，終於伸出了一隻手，這隻手準確無誤地放在了她的一只乳房上。她上身是光的，他繼續往下摸，她全身都是光的。在上床之前她就把自己脫光了，像是要祭獻給他的一盤肉。他仍然是那個姿勢，懶懶地躺著，那隻手從她上面摸到下面，又從下面摸到上面。在這緩慢的撫摸中她開始了低低的抽泣，他每摸她一次，她的抽泣聲便大一點，似乎是在給他計件付報酬。她的乳房肥碩鬆軟，一躺下來便流得到處都是，他慢慢摸著那只乳房，像是要耐心地把它們都收集起來，收好了像雪人一樣堆成一堆，他慢慢摸到中央，她變得冰涼而堅硬。與此同時她忽然便大聲抽泣起來，這驟然響起的哭聲在黑暗中聽起來鮮豔凜冽，像塊剛揭了皮的傷口。他下意識地把手抽出來，像是怕不小心碰到了這鮮紅的皮肉。她的哭聲像玻璃碎片一樣四處碾著他，在這張床上他幾乎沒有容身之地了。

他知道他再沒有別的辦法可對付她。黑暗中，就著這裂帛似的哭聲，他鞭策自己一躍而起，趴在了她身上，他像給汽車加油似地又使勁揉了她兩把乳房，下面好歹硬了，可以發動了。可是他進不去，她下面太乾了，乾到了銅牆鐵壁，連絲縫隙都沒有。她沒有聲息了，在屢次實驗中他的臉碰到了她的臉，他感到她無聲地躺在那裡卻是在比剛才更洶湧地流淚，她的整張臉都是濕的，她在那無邊無際地流淚、流淚。他把手放在她的眼睛上，想把那淚水堵回去，可是他的那隻手很快就被淹沒了，淚水從他指縫間湧出來。他簡直像趴在一眼泉上汲水。

他像被大雨澆透一樣再沒了心情，可是他剛要從她身上下去又被她死死抱住了，她一邊抽噎一邊啞著嗓子乞求，和我做一次，就一次，好嗎？她一邊乞求一邊流淚一邊揉搓著他下面，他也快流淚了，但是他知道他現在唯一該做的就是進去，進去了才是對她的安慰，好像只要他一進去她就可以把他整個人都霸占住了。她才不會這麼恐慌，這麼神經質。

為了接納他，她幾乎攤開了身上的每一個毛孔，似乎要給他一道永久免費的通行證，他什麼時候想進去就可以進去。可是，他還是進不去，她那該死的眼淚還在不停地決堤不停地淹沒他。他隨手打開檯燈，幾乎要求她了，求求你不要再哭了行嗎？燈光下他看到她兩隻眼睛已經哭得紅腫，眼淚鼻涕糊了她一臉，脖子裡也全是淚，再往下是那兩只四處流淌不成形的大乳房。她使勁嗯了一聲，伸手撕了一塊衛生紙狠狠擦了擦鼻子，眼睛，然後，她腫著兩隻通紅的眼睛，大義凜然地對他說，我不哭了，來吧。好像她是屠宰場上那隻洗乾淨的牲畜，就等著他一刀子下來了。

他也急於想進去，不是他多想要，而是，他知道，若不進去今晚便沒完。可是他軟了硬硬了又軟還是徒勞，果然，她的淚又出來了，她又一次無聲地流淚，兩道淚水在她臉上閃閃發光，像兩把利刃對準了他。他不想再看，又伸手把檯燈關了。她在黑暗中抽噎著說，你吻我一下好嗎？你都不吻我。就一下……你知道的，你不吻我，我是不行的……就一下，讓我知道你還是愛我的。他沒有說話，嘴唇也沒有向她的嘴唇伸過來。她忽然再次大聲抽泣起來，你明明知道，你都知道，你就是不肯吻我一下，吻一下就那麼難嗎？

我知道什麼？

你撒謊，你知道的，從第一天起你就知道，不接吻我根本不能做愛，我不是妓女，我得接吻，你不吻我的時候你根本就進不去。你早知道的，你從一開始就知道。

你和其他人不接吻又不是沒做過。

她歇斯底里地哭號起來，那不算那根本就不算，那是做愛，那就不是愛。愛一個人就是要接吻的。

那你不照樣也做了。

………

她不再說什麼，只是把自己攤在黑暗中歪著頭無聲流淚，他的手碰到枕頭，那裡已經濕了一大片。他的眼睛一陣酸澀，淚差點也下來了。這個女人啊。他使勁掰過她的臉，終於對著那張濕漉漉黏糊糊的臉吻了下去。在他的嘴唇觸到她的臉的一瞬間裡，她把自己整個人都送了上去，忙不迭的，唯恐過時不候的。在找到他的嘴唇之後，她貪婪地吮吸著，恨不得把他整個人都吸進去，嚥下去。她嘴裡滿是濃烈的牙膏味，好像刷個牙便擠掉了半管牙膏。他知道，為了迎接他，她恨不得把自己身體裡的每個角落都打掃乾淨。這牙膏味像鞭子一樣抽在他身上，使他忽然便生出了很多蠻力，他一使勁，總算進去了。這次的任務好歹是完成了。他知道，只要進去了，哪怕只有一分鐘，她對他也會感激涕零。

她痛苦地叫了一聲，然後便更緊地抱住了他，她緊緊緊緊地抱著他，好像生怕他會消失了，會忽然跑了。他在這馥郁濃烈的擁抱中幾乎動不了，就像身上馱著一個人試圖要飛起來一樣，兩具沉重的肉身壓著他拖著他，只三分鐘就結束了。他趴在她身上想對她說一句對不起。卻發現她還是那麼緊那麼不顧死活地抱著他，他開始感到一陣強烈的恐懼，他知道她又要說什麼了。可是晚了，他根本攔不住她，她抽噎著在他耳邊斷斷續續說了三個字，謝謝你。他憤怒著，抓狂著，想大吼一聲，不說這句話會死人嗎？他沒吼出來，淚卻下來了。他趴著不動，靜等著那兩滴淚水自己風乾。

兩個人又恢復了原來的姿勢，像兩具屍體一樣平躺在黑暗中。她的身體在黑暗中悄悄蔓延，試圖向他偎依過來，他便坐起來，點了一支菸，靠在床頭上一明一滅。他抽了兩口菸之後還是開口了，這次你打算待幾天。

她慌忙說，我不會待久的，就和你待兩天，待兩天我就走。她急切地強調只要兩天，似乎兩天是不算數的，是可以被忽略的。

你那邊也不扣你工資？

我請假了，反正也不忙。

你怎麼老是招呼都不打一個就跑過來了？我和你說過多少次了？

誰讓你不理我了。

你跑過來又怎樣？你覺得有用嗎？我早和你說過了，不要再來找我，找我也沒有用的。

你真的不愛我了嗎？

是的。

……你撒謊，我不信，你心裡對我還是有感情的，我能感覺到。

我原來是喜歡過你，可是現在真的耗光了。你這樣每跑來一次我對你的厭惡就多一點，現在我已經很怕看到你了，你知不知道？

……我不信……我不信……你剛才還吻我的。我知道，不愛是不能接吻的，我和其他人都不接吻的，就只和你一個人接吻……

夠了。你和別人又不是沒睡過，睡都睡了，還一定要裝作根本沒接過吻，從來沒有和人接過吻，這有意思嗎？

二

她啪地打開檯燈，從床上一下跳了起來，她披頭散髮地半跪在床上，把下半身埋在積雪似的被子裡。她的眼睛因為流淚太多已經腫成了兩條縫，她向他探著上半身，兩條縫裡擠出的目光濕答答的，像狗的舌頭舔在了他的臉上，殷勤的，急切的，討好的，不顧一切地要舔著他的臉他的手他的全身。她用一隻手在胸口大幅度地比劃著，指著自己的心臟部位，似乎隨時準備著要把那裡剖開，要把裡面的東西一覽無餘地給他掏出來。她養的指甲很長了，半透明的指甲在燈光裡閃著釉光，一把把匕首似地在肥膩的胸脯上劃來劃去，兩只乳房跟著她的手勢活蹦亂跳。她比劃著胸前，探著頭盯著他的臉，似乎要把她整個人都送出去，你不信？你不信我說的話嗎？原來我說什麼你都不信麼？你居然……不信我從來沒有和別的男人接過吻？

……無聊。

她的兩隻手以更大更焦躁的幅度在胸口亂扒拉著，好像一定要在那裡刨出點什麼來，好像她全身都快著火了，唯有胸口那個地方能流出泉水來解救她。他看著她的臉，心裡像塞滿了石頭，咯得他生疼，連他那支抽菸的手都跟著抖了一下。然而，在這種疼痛的薄膜下還包著另一種物質，它像蛋殼下一隻正在成型的雛鳥，正漸漸長出爪子，長出嘴。正漸漸地破殼而出。他忽然認出它來了，他渾身一哆嗦，那薄膜下又是那種快樂，那種見不得人的詭異的快樂。每次痛到極點了，這種快樂便也會跟著現形。似乎他們是一母同胞。她的動作越劇烈，那快樂便在他心裡長得越茂盛，它簡直快要長成龐然大物了。他忽然明白了，其實是她用她的苦痛飼養了它。它在他的身體裡喝著她的血長大了。可是他唯恐它會跑出來，因為在它的映照下，他會像一個被投射在幕布上的巨大剪影，他會覺得自己比它更凶殘更陰森。果然是一個做打手的料，他再次害怕他自己厭惡他自己。覺得自己像個劊子手。

他大喝一聲，不要說了。手又是一抖，一截紅色的菸灰掉到了被子上，她也不顧手燙，低下頭去急急摘掉了那截菸灰。她彷彿連疼痛都感覺不到了，簡直是水火不進的鋼鐵之軀了。他愈加煩躁，轉身捻滅菸頭，對著她絕望地說，我求求你，這次走了就不要再來找我了好嗎？我對你這樣的不好，為什麼還要來找我。她還是那樣半跪著，兩隻手還搭在胸口，她臉上已經沒有淚了，兩隻眼睛腫得遮天蔽日，快要把整張臉淹沒了，這使她看起來分外醜陋。她跪在那裡喃喃自語，我來看你是我自己的事，我需要它，你不懂嗎？你不相信我嗎，這麼久了你還是不相信我嗎？我和別人睡過覺那是由不得我，可是接吻不接吻我是可以自己做主的啊。

他冷笑一聲，由不得你？有人逼著你賣嗎？

她啞著嗓子叫起來，你不和他們睡你怎麼活，十幾歲我就開始養活自己了，我沒有本事沒有錢沒有親人，我什麼都沒有，他們看你年輕就要和你睡，你說怎麼辦？我怎麼活？你讓我怎麼活？她的聲音忽然又兀自低了下去，就像繞過了一個激流險灘後忽然被擱淺了。她聲音低低的，渾濁不清的，像是在自言自語，又像在向著一個神父懺悔，他就是站在她面前的神父，她懺悔著，一定要把自己從一汪血泊中解救出來。她喃喃地說，可是，這麼多年裡我從來不和他們接吻，因為他們沒有人愛我，我知道，他們只是要和一個身體睡覺。我和他們睡覺是因為我覺得那身體我早就不想要了，可是，我還可以給自己留著一個吻。他鼻子裡又是一聲冷笑，心裡的疼痛卻更劇烈了，他忽然無比恨她，恨她要一直這樣喋喋不休下去。可是她還在繼續，我一直在想，只要他是愛我的，我就什麼都不怕，我就怎樣都可以……你能相信我嗎？我怎樣才能讓你相信我？

他不再看她，只說，我們結束了，以後不要再來找我了好嗎？

她的目光從那兩條石縫裡榨出來，已經支離破碎了，可是她沒有再流淚。她啞著嗓子又問了一句，你真的一點都不愛我了嗎？

不愛了。

……你知道我心裡是把你當成親人的，我就你這麼一個親人。

我知道，可是，我真的愛不起來了。對不起。

不要對我說對不起，我不需要，我不需要。她的聲音猛地高起來，然後再次落下去，向深不見底的地方落下去，你放心，我就只是來看看你，看看你我就走。我就是覺得不放心你一個人住在這裡，你不會做飯不會洗衣服，你看看你的桌子有多髒，你看看你的褲子開線了你都不知道。不知道為什麼，我經常覺得你還是個小孩子。你記不記得有一次你在路邊給我摘了一朵花送給我，你不知道，我捧著那朵花，跟在你後面悄悄哭了一路。那時候我真覺得你像個調皮的小孩子啊，我就總想著，能為你做點什麼就做點什麼，哪怕給你洗一次衣服做一次飯，我也會覺得安心一些。就算你真的不愛我了我也還是心疼你，我明天就走，我來就為了和你待一個晚上，待幾個小時，我明天就會走的。只是現在……你再抱抱我好嗎？

他的淚再也止不住了，那疼痛像一種剛剛釀好的毒藥腐蝕著他的五臟六腑。他流著淚咆哮起來，你馬上滾，馬上離開，我再也不想見到你。你這賤貨，你為什麼要讓自己這麼下賤，你能聽懂嗎？你有一點點尊嚴好不好？算我求你了，你有一點點尊嚴好嗎？

她跪在那裡呆呆看了他幾秒鐘，像是在辨認一個水中的模糊倒影，終於，她認出是他了。不會是別人，只能是他了。她不再說話，緩緩從床上爬起來，走到地上，她在那裡失魂落魄地站了幾秒鐘，看著自己脫下來的衣服卻沒有穿，好像她已經不認識它們了，它們是天外來物，她壓根沒見過它們。一分鐘之後，她赤身裸體地向自己帶來的那只大包走去，他看到了燈光下她那寬闊的臀部，死魚白的大腿，像反射的雪光一樣灼傷著他的眼睛，原來，這一切他已經是這麼熟悉了，她一次一次跑來看他，他竟無法不熟悉關於她的一切了。她背著那只包，赤裸著，像個隨時會化掉的雪人一樣，向門口慢慢走去。在她即將打開門的一瞬間，他以飛快的速度跳下床，同樣赤裸著，從背後抱住了她。你這傻瓜。他的淚落在了她肥膩的肩膀上，又順著那肩膀向下流去，流去。

他第一次見到紀米萍是在兩年前了。那一晚一個朋友請他去一家夜總會，叫了兩個陪酒小姐。其中一個是新來的，二十一二歲的樣子，臉上還帶著點嬰兒肥，穿著一件廉價的黑底白點裙，渾身上下到處是圓鼓鼓的，散發著一種肉質的葷腥。她就是紀米萍。她坐在那裡，表情看起來有些怪異，表示她對所有的人愛理不理。她才喝了一瓶啤酒就把酒瓶往桌上使勁一墩，然後像個烈士一樣大義凜然地對兩個男人說，我可是只陪酒不陪睡的。另一個陪酒女低頭偷笑，兩個男人想，這女人怎麼有點二百五。她看起來似乎酒量極好，一瓶接一瓶地往下喝。幾瓶啤酒下去之後，她身上那層怪異的肅穆忽然裂開了一道縫隙，有什麼東西正掙扎著從那道縫隙裡探出一隻觸角來。她忽然對他拋了個媚眼，波光瀲灩的，水紅色的，職業性的媚眼，拋完後又向另一個男人也拋過去一個，以示她根本不缺這點東西。然後她坐在那裡翹起一條腿架在另一條腿上，咣噹又喝下去半瓶。這個媚眼像枚大頭針一樣，穿過了蘇小軍的身體，使他忽然動彈不得。

倒不是這目光多麼妖媚，而是，他忽然覺得這目光像是從她身上拔起的一個塞子，有更多的東西即將從裡面傾倒出來了。果然，又是一瓶酒下去之後，她呆呆地坐在了那裡不動也不看任何人，像是突然在思考什麼問題。幾分鐘之後，她帶著一副被打擾了的不耐煩的表情抬起頭來看了他們一眼，好像一個被迫中斷了工作的偉人。她又喝了半瓶酒，然後對自己凜然一笑，就像在空氣裡忽然看到了自己的倒影。她好像感到包間裡很熱，便把領口往下撕了撕，於是露出了半個肥碩的乳房。兩個男人的眼睛都落在了那半個乳房上，她感覺到了，對著空中笑著晃了晃身子，半只乳房也跟著她晃動。然後她看著他們，又拋來一個嫻熟的媚眼。媚眼之後她趕緊又灌了一口酒，好像急於要把剛才那媚眼壓下去，彷彿她很厭惡它，都不知道它是怎麼跑出來的。

又是整整一瓶酒，這瓶酒下去之後，她的表情明顯開始呆滯，她呆呆坐在那裡，好像正在空氣裡費力辨認著什麼。蘇小軍坐在旁邊像看一齣話劇一樣一直看著她的表情，她好像還是有點不相信那個拋媚眼的是她自己，她好像不知道該拿那個已經存在的自己怎麼辦。她的另一個自己似乎受到了極大的威脅，她的目光鬆脆，零散，慌亂，像是忽然走失在了異國他鄉。她似乎正在忙於探究自己的身分，在費力地辨認自己究竟是誰。

他看到她那隻放在大腿上的手正神經質地抽搐著，四個指頭胡亂敲著大腿，像是正在彈一架鋼琴。發現他在看她，她便舉起那隻手，做出燠熱難耐的樣子又撕了撕領口，這次，是一條很深很肥沃的乳溝被犁出來了，她自己在前面給他們引路。她不再看他們，只是挺著這道乳溝傲然坐在那裡，好像是她自己一手開發出了胸脯上這廣袤的原野，就等著遊客來參觀了。

她敞著宏偉的乳溝喝了一瓶又一瓶，不講葷段子也不唱歌，只是恪盡職守地喝酒喝酒。喝完第十五瓶，她開始嘔吐，不顧一切地排山倒海地開始嘔吐，嘔吐完之後她開始哭泣。哀哀地沒有任何理由地開始哭泣，彷彿嘔吐哭泣都是她自己的事，和別人沒有半毛錢關係，她一個人肆無忌憚地游弋於其中。朋友皺著眉說今天怎麼這麼背。蘇小軍平日裡最討厭喝點酒就痛哭流涕的人，好像全世界都欠了他們，但現在看著一個女人喝了酒痛哭流涕還是覺得別有風味，就好像，她的苦痛要比別的女人深，深很多，以至於根本無法從中把自己打撈出來，必得這樣大哭才能讓它們像鹽一樣析出來。他說，今天先這樣吧，我把她送回去，你看她吐成什麼樣子了，也就是個沒酒量的。我看她不過是想借酒發發瘋，也怪可憐。

蘇小軍打了一輛出租，上了車問她住在哪。她縮著脖子看起來遲鈍寒冷，好像正踽踽獨行在冰天雪地裡，她指指這又指指那，蘇小軍嘆口氣，把她帶到了一家賓館。他指著房間裡的那張床說，今晚你就睡這吧，早點睡。她迷惑地盯著那張床看了半天，忽然扭過頭來，用渾濁不清的目光盯著他，這是哪裡，我到哪裡了。他說，你喝醉了，回不了家，這是賓館。賓館？她忽然咧嘴笑了，一邊笑一邊掙扎著蹣跚著又打出了一個媚眼，媚眼七歪八扭，像剛鑿出來的石頭，擲過來刺得他生疼。

她指著那張床，媚笑著說，你帶我來這裡，是不是想和我睡覺啊。他看著她，不說話。她跌跌撞撞地遊到了他面前，繞著他轉了一圈，好像他是地球，她是衛星。然後她忽然又撕了撕領口，那條乳溝再次跳出來，殷實而肥膩，似乎正靜等著人的收割。她用拉皮條的眼神瞅著他，然後獨自在房間裡轉了一圈，似乎這屋子裡站滿了密密麻麻的人，她正和他們交談，手舞足蹈。他聽見她對著空氣說，每個男人都想和我睡覺，我就知道，你們都想和我睡覺。我在這個社會上已經混了五年了，五年啦你知道嗎？我十八歲就開始端盤子做服務員，那時候就老有人會摸我的胸摸我的屁股。他們都說我胸大屁股大，真是個扛操的貨。五年啦，我什麼沒做過？我做過傳銷，做過售樓小姐，賣過保險，做過保潔員，做過收銀員，告訴你我什麼都做過，但做什麼都做不長。因為老有男人想和我睡覺，走到哪裡都是這樣。因為他們覺得我會貪他們的小便宜，比什麼都好打發。就是睡了，給點小恩小惠就打發了，或開張空頭支票也打發了……不睡白不睡。可是你知道嗎？我從來不要他們的錢，我不要任何男人的錢。為什麼要要他們的錢？難道我是隻雞？他們太小看我了，太小看我了，你看看，你看看我身上的衣服，三十塊錢的衣服，如果我要他們的錢，我會這麼窮嗎？三十塊錢啊。

他說，睡吧，你喝多了。

她忽然跳到了他面前，嘴裡吐著酒氣，用迷亂的卻異常明亮的目光看著他，她像神祕地耳語一樣對他說，你是不是覺得我很下賤？這麼容易就被男人睡了？你們每個人是不是都覺得我很下賤？可是你知道嗎，我有一個祕密……我從來沒有和一個男人接過吻，一次都沒有。

像是怕他不認識一般，她比劃出一根指頭，表示那是一。她笨拙地晃著這根指頭問他，你說，接吻是不是比做愛更重要啊？就算他們把我睡了那又怎麼樣。睡就睡了，為什麼要覺得自己被男人睡了就是虧大了？只有雞才會這樣想，因為她們覺得這個可以賣錢。可是我，你說我都沒有和男人接過吻，我其實是不是還是個好女人啊？一個很好很好的女人。啊？你說，是不是啊？

他還是不說話。只是看著她。

她被他看得有些害怕了，她後退了幾步，一屁股歪在了床角上。剛才那點邪氣的明亮煙花一般從她眼睛裡退去了，她重新變得呆滯笨重，好像一枚常年浸泡在酒裡的標本，蒼白，死滯。她低下頭去喃喃自語，我知道你肯定在想，我剛才為什麼要讓自己裝得像個妓女，我是不是裝得很像？我只是習慣了，知道嗎？習慣了這種和男人打交道的方式，從一開始他們就是這樣和我打交道，從十八歲起，我就知道在這個社會上我是那個該被睡的人。我……只是習慣了，就像一個人習慣了吃一種飯。只有這樣，我才會覺得自己還不是那麼一無是處，還有男人會看上我，不管看上了我的什麼。我還可以幻想，我在他們眼裡還是有魅力的，我才能不那麼厭惡自己，我才能一天一天地往下活……。

他再也不願聽下去了，他粗暴地打斷她，不說了，你喝多了，睡吧，我走了。房錢我已經付過了，快睡吧。

他轉身要走，她忽然衝過來攔住了他，她仰著臉，用狗一樣潮濕的目光阻攔著他，不讓他過去。她像狗怕挨打一樣一邊躲閃著他的注視，一邊喃喃地喃喃地低語，像是生怕他聽見了，你要走……你一定要走嗎？你是不是……還是覺得我太下賤了？啊？

他再不願看她的目光一眼，他一把推開她奪路而逃。把她一個人丟在了賓館。那個晚上出了賓館，他一個人在路邊蹲著抽了半包菸。

第二次見到她的時候已是半個月之後了。他一個人去了那家夜總會，單點了她一個人。他想，她會不會已經離開了，如果那樣，這輩子他就再也見不到這個人了。可是，幾分鐘後，她穿著一件白裙子出現在了他面前。她坐在他身邊拘謹冷漠，好像根本不認識他這個人。他咬開兩瓶啤酒，遞給她一瓶，然後，他就一口啤酒說一句話，像夾著花生米下酒。他說，你還是幹別的吧……幹這個……不適合你……看你也沒什麼酒量……再喝那麼多酒就是找死了。

你就是想說這個？

嗯。

他摸了摸他手上的那道傷疤，沒有緣由地緊張，幾句話被篩出來以後已經體無完膚了，這些話語的碎片在昏暗的燈光下落葉一般飄了一地，蕭索頹敗，似乎他和她正站在一片秋天的白樺林裡，腳下的落葉一踩上去便會吱嘎作響。回頭看看來路，已經被落葉淹沒，他們沒有來路也沒有去處。她豪爽地用酒瓶子撞擊著他的瓶子，說，來，喝。來，再喝。她又是一瓶接一瓶地往下灌，好像她此時是一塊懸浮在水面上的木頭，順流而下，什麼都不想，只求快快被河水沖刷到盡頭或者乾脆擱淺，被陽光曝曬而死。他知道，她大約是拼命想從他對她上一次的記憶旁邊逃開。也許這麼多天裡，她膽戰心驚唯恐會再次撞上他，怕他想起她的醜態。然而他還是殘忍地自己送上門來了。她無處可逃。

兩個人雖然安靜地坐在一張沙發上，其實卻是一個在逃一個在追，逃的那個拼命想遮羞，想遮住自己的臉不讓對方認出自己，追的那個卻不惜餘力要把臉湊上去，一定要把她看仔細了，一定要認出她身上的氣味，如同一隻獵犬。

於是，她再次如願以償地喝醉了，再次笨拙地瘋癲地躲在酒裡不肯出來。他也如願以償地看到，在躲進酒精裡的一瞬間裡，另一個她還是借屍還魂了。

三

這次她跳過嘔吐，直接開始哭泣，邊哭邊接著半個月之前的話題繼續控訴，她接得天衣無縫，好像每天都在心裡默默彩排一樣，唯恐生疏了。她繼續控訴一個初中畢業生的艱辛，控訴這個社會，你說讓我做什麼啊？我什麼沒做過？沒人能看得起我，沒有人把我當人。以前我做超市收銀員，一個月就八百塊錢，每天下班的時候我就搶著買超市的爛菜爛水果，每天晚上就吃那些腐爛的水果，那些水果爛得流水生蟲。你說我和一個撿破爛的有什麼區別？有什麼區別啊？我沒上過大學，體面的事都做不了了，哪裡都不願意要我這樣的人，你以為我願意像隻雞一樣來陪酒嗎？她們每天往死裡喝，喝多了就給客人幹。當然是要收費的。可是，我不。我偏不。我就不做收費的事。她們笑我給人白睡，說白睡還不如收費，我說我就情願給男人們白睡，只要是白睡，他們就不會把我當成一隻雞⋯⋯我就不是一隻雞。

她反覆念叨著這句話，像在背誦一首單調的兒歌。她對著空氣猙獰地笑著，兩隻手揮舞著，好像急於和空氣中飄過的影子打招呼，讓它們快快把她帶走，帶她離開這個世界。她自己跌跌撞撞地轉了幾圈之後，忽然停下了，她似乎醒過來了一點，意識到自己剛才的醜態了，她知道自己又出醜了，於是她對著他羞澀地抱歉地笑。橘色的燈光下，她的笑容看起來純淨而溫暖，羞恥而無辜，好像她忽然小下去了，小到只是那個小學時候鄰桌的女孩，不小心被同桌的男生碰了手，便無地自容地想把那隻手剁掉。

為了遮羞，她又抓起桌上的一瓶酒往嘴裡灌。他一把奪下，厲聲呵斥，不能再喝了。她驚愕地看著他，似乎剛剛才注意到他的凶狠，她忽然看到了他手背上的刀疤，又是一驚。然後，她聽話地低下頭去，放開了瓶子，不再說話，好像又潛入了獨自一個人的幻想。他帶著她出了門，打上車，說，我先送你回去，今天知道你家住哪嗎？她指著前面一條胡同，就那，就那。他皺著眉頭，不相信地看著她，這麼近？她振振有詞，像是完全清醒了，住得近了上班方便。他指責道，那上次你怎麼亂指一通，害得司機繞路。

胡同太窄，出租車進不去，兩個人下了車走進了胡同。這是一排很古老的平房，估計曾是哪個工廠的宿舍，已經被列入了拆遷的範圍。胡同裡荒草茂密，不時跳出一兩隻野貓野狗。住在這裡的都是些外來務工者。紀米萍在一間黑燈的屋門口站住了，她不開門，只冷冷地說，你走吧，我到了。他說，我看著你進去。她面無表情地說，你先走我再進去。他提高了嗓門，這到底是不是你家，你是不是又在騙我。她低頭掏出了鑰匙，囁嚅著，開就開，幹嗎這麼凶。

果然是她家。破舊的木門嘎吱一聲開了，他不由得打了個寒顫，覺得裡面那團黑暗陰冷潮濕，好像正站在墓穴前面。她一伸手，啪一聲把燈打開了。這是一間十平米左右的屋子，裡面唯一的家具是一張木床，木床上鋪著一卷單薄的軍綠色行李。靠牆的地方放著幾瓶化妝品，一面鏡子和一把木梳，還有一本破舊的雜誌。地上扔著一只大大的塑料編織袋，袋子敞著口，吐出了裡面五光十色的衣服，像流出了一截腸子。靠門的窗台上晾著一排麵包片，大約是怕發霉了。還有兩只腐爛的木瓜。一只木瓜往出流著水，傷口裡爬出了幾隻黑色的蟲子。

他沒有再往前走一步，卻忽然一伸手關掉了燈。屋子咣噹一聲再次掉進了黑暗裡。黑暗中他聽見了自己乾澀的堅硬的聲音，跟我走。他不由分說，拽著她的一隻胳膊拖著她出了胡同。她掙扎著，去哪？又去住賓館？我不去。他不說話，把她塞進車裡，直到出租車開到他樓下，他才說，我家，上去。

就是從這個晚上開始，她知道了他住在哪裡，也開始了此後一次又一次對他的突襲。後來他想，這是他自找的。她突襲他的理由永遠是，我要是和你說了你就不讓我來了，你要是躲起來我來了都找不到你。

她穿著一件他的襯衣從衛生間出來了，光著兩條白花花的腿。他注意到她的大腿根部很圓碩，有點像古代的三足鼎。她一邊用兩隻手拼命往下拽襯衣，一邊目光游移著，並不看他，最後她看著沙發說，我就睡這吧。嘴上說著，身體卻並不動，還戀戀不捨地站在剛才那個位置。他伸手把燈關了，這樣就看不到她的表情了。他躺在黑暗裡說，上來吧，上床睡舒服點，在沙發上睡不好的。

她又在黑暗裡磨蹭了幾分鐘才爬到床上來，睡在了他身邊。兩個人都一動不動，連呼吸都小心翼翼的，因為小心又變得加倍粗重，好像這黑暗裡睡滿了打呼嚕的人，擁擠，嘈雜。很久她都一動不動，他疑心她是不是已經睡著了，便有點懊惱又有點驚詫。他驚詫的是，他這樣的人，也是吃喝嫖賭慣了的，睡個女人根本是小菜，可是對這個女人他卻怎麼都不敢碰。

他眼前再次浮現出她那道深犁過的乳溝，那裡是夠肥沃的，他又想起了她往下撕領口的動作，好像要敲鑼打鼓急吼吼地給自己打廣告似的，急著要和男人們分享她那裡有什麼樣的寶藏，怎麼還沒有人去開採她。還有她的臀部，是夠寬闊的，怕是一個人都抱不過來，怪不得她那麼自豪自己的這兩樣東西。大約也是因為身無長物，只有這兩件東西還拿得出手。他下面已經很硬了，獨自在黑暗中蠢蠢欲動，幾欲先走。可是他忽然想起了從她嘴裡說出的那兩個字，白睡。這兩個字像咒符一樣箍著他，他忽然便覺得有種莫名的恐懼，好像睡在他身邊的是一個陷阱。他便繼續一動不動地躺著，由著下面軟了硬，硬了又軟。

就在這時候，忽然有隻手伸過來抓住了他下面。他一驚。接著他聽見黑暗中傳出一聲甜膩的誇張的巧笑，因為用力過度反倒像未熟的橘子，澀而硬。她又抓了兩下，像在鑑賞什麼寶石的硬度，然後他聽見她邊笑邊說，我還以為你真不想要呢。他無語。她一定要在他頭上別一支標籤，他也不能再拔下來扔到地上，否則就有點太不識抬舉了。她接著在被子下面調戲他，手指從他那裡出發一路游到了上面，嫻熟有序。他咬著牙想，可能每個男人去了她手裡都不過是流水線上的產品，她對他們完全一視同仁，用相同的程序來處理每一件產品。她要求他們睡她……既然這樣。他在黑暗中翻身而起，壓在了她身上。

他剛把嘴唇湊到她胸前，便聽見她鄭重而嚴肅地說了一句，我知道你是個好人。太煞風景了，他趴在那裡又動不了了。然後，他又聽見了更驚心動魄的話，你愛我嗎？他在黑暗中掙扎著抬起頭來，想看看這個女人臉上的表情。可他無法看清楚，只看到她黑黢黢地躺在那裡，雜亂無章地莊嚴肅穆地躺在那裡，有如一處倒塌的烈士紀念碑。他想翻身下去，忽然間卻感覺到她捧住了他的臉，她倔強地像發高燒一樣又呻吟了一句，你愛我嗎？他垂下頭去，睡這個女人太費事了。儘管她自己假裝得那麼簡單，好像睡她比做世界上的任何事情都簡單。他趴下去，臉貼到了她的臉上，她的臉上濕漉漉的，她早已經滿臉是淚了。他心裡忽然就一痛，他就著這生鮮的疼痛，在她耳邊說了一個字，愛。說出來他忽然又有些後悔，預感到事情的嚴重性了。

她的臉上更濕了，眼淚正滔滔不絕卻又寂靜無聲地在她臉上奔流。她努力想裝出正常的聲音，卻還是哽著嗓子說了一句，那你能吻我一下嗎？他在黑暗中沉默了三秒鐘，然後向她的臉俯了下去。幾乎是在他的嘴唇碰到她的第一個瞬間裡，她便像螞蝗一樣牢牢地吸住了他。她用盡全力在吮吸他的嘴唇，好像她已經乾渴了一萬年了，她太需要一點水分的滋潤了，為此她幾乎願意丟掉性命。她不顧一切地吮吸著他的嘴唇，他的舌頭，他的牙齒。她嘴裡的酒氣猶在，這讓他覺得有些眩暈，有些噁心想吐。他極力堅持著，像在參加耐力比賽。她還在嘩嘩流淚，像水庫決堤，再也無法收回去了。

他只覺得自己周身被她的眼淚和唾液包裹著，他周身也變得濕漉漉了，他們兩個人像是一同掉進了河裡，像兩個即將溺死的人。他們的嘴唇終於分開了，他卻已經被吸得精疲力竭，再沒有多餘的力氣做愛。她濕答答地躺在他身邊，不再摸他，卻又說了一句，第一次見你時我就知道你是個好人。

他覺得無端地被她加冕上這樣一頂金碧輝煌的帽子有點消受不起，卻又有些得意，還有些悲涼。平日裡他的職業無非也就是打打殺殺幫人追債，多少年裡都沒有人用好人兩個字來形容過他了，以至於總讓他覺得她說的並不是他，而是這黑暗中另有其人，還有第三個人橫亙在他們中間做替身似的。這種縱橫交錯的複雜讓他愈加疲憊，好像忽然誤闖進了一處時光深處的迷宮，一時間，他兜兜轉轉也找不到出口。然而，她並沒有罷休的意思，他聽見她哽著嗓子又說了一句更具有殺傷力的話，今晚你就不想要我嗎？

不和她睡就是看不起她。正如她所自豪的，她可是向來給人白睡的，她認為這是一種美德。起碼是她與妓女的最顯著區分，她掙扎著一定要向他證明，她絕不是妓女。那他就必須白睡她。她的手又伸過來，在那裡抓了幾下，他再次被迫堅硬，他決定成全她，他打算成全她那點可憐的驕傲。那就得睡她。

可是他再一次崩潰，他進不去。她那裡乾旱異常，幾乎沒有一滴水，他根本找不到進去的路。成人之美的欲望誘惑著他，做好人的責任感也脅迫著他，他便義不容辭，失敗再嘗試，嘗試再失敗，周而復始，卻死活找不到一點裂縫。與他的崩潰交相輝映的是她那兀自鮮豔挺拔的驕傲，她躺在那裡，用略帶自豪的口氣重複著，我已經告訴過你了，你看是不是，我不是雞，不是誰想睡我就能睡得了的。她好像正在用一系列的實驗來證明她偉大的科研成果和輝煌特性，結果仍然證明她是真理。為此她不能不自豪，甚至已經有點近於炫耀了。

他再次氣餒，準備敗下陣去，然而她還不肯罷休。她忽然更緊地抱住了他，死死抱著他，唯恐他跑了。她又開始流淚，又開始遍地潮濕，她就著他的耳朵呻吟，說你愛我，告訴我你愛我，這樣我才能變濕。快告訴我，你愛我。叫我寶貝寶寶乖乖傻孩子傻丫頭，快叫我啊。她好像在一邊哀求，一邊身體力行地向他傳授如何進去的祕笈，而他真是在當場學藝了，而且是現學現賣。

他不肯說，她的淚水再次洶湧，幾乎要把他淹死了，他終於哽著嗓子，如含著一塊魚骨頭一樣在黑暗中呻吟出一句，愛你，我愛你。她繼續鞭策他，再告訴我，多告訴我幾遍，說你愛我，你是愛我的。他機械地接受命令，像複讀機一樣重複她剛才的錄音，愛你，愛你，愛你。

她終於濕了。她再次捍衛了她的真理。

這次做愛中流淚的不是她，是他。

這只是一個開端。此後他們的做愛必得有一個冗長的接吻來開頭，簡直像一把開山劈石的利斧，無往不勝。中間還必須點綴著一些夾生的不辨真假的情話，愛。喜歡。愛嗎？真的愛嗎？他開始的時候並不吝惜這些詞語，倒不是不值錢，而是把它們施捨給她的時候，他多少覺得心安，甚至覺得替她高興，好像替她豐收了一樣。似乎這話一說出來便是真的了，真的有人在愛她。真的有人是因為愛她而和她做愛。

到後來，次數多了，他漸漸有些煩了。因為她每次來找他的時候都不打一個招呼就跑過來了，搞得像突襲，不像要給他驚喜，倒像是要存心要捉奸一樣。他是她的。她給他這種暗示。

因為他願意吻她，因為他說過愛她。

有一天晚上，她忽然跑來敲門。一進門就迫不及待地告訴他，她又辭職了。她不再做陪酒女了。他知道，她的意思是想告訴他，她為了他辭職了，她為了更貞潔更偉岸地對待他，再次辭職了。她滿臉放光，有如蓮花盛開，一副已經重新做人的欣喜。他忽然就感到很厭煩，她在以這種方式向他施加壓力，彷彿在告訴他，她是為他辭職的，她再一次沒有了飯碗，為了他。所以，他是要向她負責的。負責，媽的。他在心裡罵了一句。不錯，她是給了他一些成就感，她讓他在自己十惡不赦的殼子下挖掘出了另一尊自己，文物似的自己，那個自己貌似好人。這讓他遙想起很多往事，在那些如煙的往事裡，他確實曾是個好人。其實他從小喜歡哭，心腸並不硬，看個電影也能看哭，見個乞丐就要給錢。他忽然悟到，其實一直到現在他還是保留著這樣的習慣。他正在施捨她，所以她對他感激涕零。根子裡的東西真是頑固，燒不盡砍不光。

他淡淡地說了一句，辭職了去做什麼。她偷偷看著他的臉色，低聲說，還沒想好，慢慢找個工作吧，正常一點的工作。她又是一副隨時要立地成佛的架勢，彷彿此前她真的是身在地獄，汙濁不堪。她急吼吼地要轉世投胎，重新做人。於是，她投奔到他這裡來了。因為，她大約覺得他愛她，或者愛過她，再或者，願意愛她。有了這點東西墊底，那她來找他就是正大光明的了。

可是他並不想無限期地收留她。因為他還不想結婚，他覺得自己不適合。就算他哪天真想結婚了，也不打算找她結婚，她只適合憐憫不適合結婚，甚至，她都不適合做愛。這個變了形的貞潔烈婦。

但他不能告訴她她的無用。因為他深信本質上他真的還是個好人，就算他偶爾會因為業務把欠債的人打斷一條腿。

她自己跑來的次數越多他越是厭煩，就是她躺在他身邊，他也不打算去碰她，更不用說接吻。她一次又一次地怯怯地像挨打的小狗一樣問他，你是不是不愛我了？你是不是開始煩我了？啊？你還愛我嗎？

他忍住不去看她的目光，她的目光裡有蠱，看了他便心軟。他終於硬著心腸說，是的。她不願相信，繼續像無辜的迷路的小孩子一樣看他，一遍一遍地問他，你真的不愛我了嗎？他開始咆哮，是的，是的，是的。要我說一萬遍嗎，是的。我不愛了。他不能告訴她，他從來就沒有愛過她，他只是收留過她憐惜過她。那憐惜是真的，那收留也是真的。

她淚如雨下，一聲不吭地轉身離去，步履踉蹌。他喝住自己不要追過去，追過去就永遠擺脫不了這個包袱了。又過了幾天她發來短信，說有人幫她在大同找了份工作，在礦務局的辦公室裡打打雜，很輕鬆，工資也還不錯。她要一個人去大同了。他回短信，多保重。她沒有再回一個字。

他以為她就此就要消失了，甚至有點懊悔當初應該對她再好一點。她走了，倒是把目光給他留下了。那挨了打的狗一樣的目光，真是具有原子核的威力，久久輻射著他。

四

然而他發現，他已經被她下蠱了。

天快黑了，他一個人走在街上，一片燈火忽然鑽進了他的眼睛，天上的盛世一般。女人們穿著裙子三三兩兩從他身邊走過，沒有一個女人和他有關係，就算他現在就和她們做愛了，也還是沒有關係。事實上，這世界上的每一個人都和他沒有關係。他如一個氣泡懸浮於他們之中，沒有人能看到他。他在路邊抽起一支菸，忽然就想起了那個遠在大同的女人，她是不是也像他一樣正被夾裹在人群中，她正在尋找下一個獵物。再下一個男人再下下一個男人的時候，她是不是還是先把腹腔裡錄製好的磁帶先放一遍，不厭其煩地放給每一個男人聽，唯恐漏掉一個。世上的每一個男人都可能會拯救她，都可能是她閃閃發光的救世主。你想和我睡覺嗎？我不是雞，不要以為我是一隻雞。你能抱抱我嗎？對不起，我做不了愛，你能吻吻我嗎。你愛我我就會變濕。你不想要我了嗎？啊？不想了嗎？

抽完一支他又點起一支，在路邊坐下，閉上眼睛開始回憶她留給他的那些目光。他突然發現，那些目光他其實一直就隨身佩帶著，像一件詭異異常的配飾，觸著他的皮膚，鉻得他疼痛，卻也讓他歡愉。他朝夜空中慢慢吐著煙圈，把那些儲藏著的女人的目光傾巢放出，由著它們像風中落花一樣落在他臉上，身上。忽然，他哆嗦了一下，它們仍然帶著武器的威力，每次碰到它們他都像在受刑。可是，再往這種刑罰的深處走，順著這種疼痛的脈絡再往裡走，便是柳暗花明了，這時候他會忽然感覺到一種歡愉，一種隱祕的不成形的歡愉，若隱若現，但他知道那一定是一種歡愉。它因為和疼痛摻雜在一起不可分離而顯得加倍妖媚加倍明亮，如雌雄同體。是的，他必須承認，他其實一直享受著她的目光。她越是像狗，他便越是享受。如服了辛辣無比的芥末，雖然涕淚交流，後面卻是加倍的舒泰。

在她的目光中他彷彿成了一尊天神，隱去了真身，他住在天上遙遠的國度裡，他凌空而下，只要一個吻就能把能把她活活帶走。雖然她也知道再接下來，無非還是要跌到地面，更加心力交瘁，卻還是願意被那一個幻影帶走。這麼多年裡他活得像一粒沙子，卻不料有一天他在她這裡做了回國王。

菸頭燙到他的手了，他一驚。忽然為剛才的得意感到羞恥，這種羞恥再次讓他覺得債台高築，覺得是他欠了她。他掏出手機終於給她發了條短信，在那邊還好嗎？她的短信以迅雷不及掩耳的速度回了過來，以至於讓他疑心她像個獵人一樣靜靜埋伏在手機那頭，隨時準備著捕獲他的任何一點信息。她說，我每天都在等你的短信，晚上睡覺都不敢關機。她把自己說得像個地道的應召女郎。他再一次不能不得意，這種見不得人的得意像蛇一樣陰涼地從他身上心上爬過。與此同時，他又覺得欠的債更多了些，他便給她回短信，我也想你。短信發出去他感覺輕鬆了些，似乎這短信攜著他的債務一起發射過去了。

讓他沒想到的是，第二天晚上他剛走到自己家門口就發現那裡蜷縮著一個人在等他，是紀米萍。她都沒和他打個招呼就自己從大同跑過來了，反正她知道他住哪，即使他不在她也大不了守株待兔就是。震驚之餘他有些後悔昨天是他先撩逗了她，給了她可趁之機。她大約也覺得不請自來有些心虛，瑟瑟地從那個角落裡站起來，蝸牛一樣背著一只黑色的大包，她垂著眼睛，不敢看他。像個知道自己犯了錯誤的小學生。

你怎麼跑過來了？不用上班？他唯恐她張口又告訴他，她再次辭職了。

這幾天不忙，我就是來看看你，看看你我就走。她重重強調了她隨後就會走，以便讓他寬心。大約她心裡也為自己感到羞愧，好像突然跑過來是來做賊的，都見不得人。

怎麼過來的？

坐火車，七個小時，慢車。

有座位就行。

站過來的。她嘴角往下撇，帶著點邀功請賞的悲壯。

……

他不知道下句該說什麼，便開了門，讓她進去。屋子裡好多天沒有收拾過了，她不請自來，他沒有時間提前收拾，不過就算他提前知道了他也不會為了她收拾打掃。他努力按捺住那三個慢慢爬過的字，不值得。儘管還有更多感情壓在這三個字的上面，但它們照樣活了下來，可見生命力之頑強。她一進屋便一驚一乍地叫了起來，這麼亂啊，你這衣服都多少天沒洗了，你看看這桌子上的土有多厚。

她的聲音聽起來豐富得近於富麗堂皇，歌劇一般，正好掩飾她在門外的蕭索。他微微一笑，由著她。她捲起袖子開始掃地拖地擦桌子椅子洗衣服擦洗廚房。他聽見她在廚房裡一邊刷盤子一邊唱歌，好像她此時真的是個快樂的主婦，無比享受這樣的忙碌和瑣碎。她端著一杯茶出來，遞給他的時候眼睛閃閃發光。她又在習慣性地諂媚。她在感激他所賜給她的主婦的忙碌。

她真是勤勞能幹。房間迅速被打掃得窗明几淨，衣服已經掛在陽台上滴著水，像一只荒唐的時鐘在尖銳地滴答著。已經沒有什麼活可幹了，她還站在那裡摩拳擦掌躍躍欲試，她大約知道他心裡在感激她，只想把這感激的藥力發酵得久些再久些，儲存起來才好。他看著明晃晃的屋子再次感到了一絲恐懼。忽然覺得自己此時正站在一座教堂裡，而眼前這不顧一切忙碌的女人也多麼像一個最虔誠的修女，一心來拜謁上帝。可他知道她真正在拜謁的並不是他，他只是一個替身。其實對她來說，哪個男人都可能是這個上帝的替身。

他不由得再次鄙視她。他聽見自己說，以後不要這樣不打招呼就跑過來，你好歹提前說一聲。

她低著頭，完全是做錯事的愧疚。你不在我也可以等你的。

你趕緊回去上班吧，小心又丟工作了。

你放心，我不會待久的，我待兩天就走。我就是想過來看看你，我不放心你。她說著又偷偷瞟了一眼他手上的傷疤。

他心想，不放心？把他當瞎子聾子殘疾人？

她住了兩晚上，他們做了兩次愛。仍然是那套鐵打的程序，她說抱抱我，吻吻我，然後一遍一遍地問他，你愛我嗎？愛嗎？愛嗎？在得到回答之後便開始滔滔不絕地流淚流淚，然後他終於允許被進去了。此時他已經精疲力竭最多三分鐘完事。簡直有損於他的尊嚴。他詫異於怎麼之前會有男人想和她做愛，如她所說的每個男人見了她都想和她睡覺，如今想來也大約是她的一種幻想。但她看起來並不在乎做愛做了多久，她真正滿足的是他的這種疲憊和詫異。她好像在不厭其煩地向他賣弄，怎麼樣，我沒騙你吧，我說的是真的吧，我其實就是個烈婦，別人是裝烈婦我是裝雞。懂了嗎？

第三天一大早她背著那只大包走了，沒有再賴下去。他以為此事可以告一段落了，沒想到，一個月後的一個黃昏，他再次在自己的門口看見了縮成一團的紀米萍。

你怎樣又來了？他真正想說的是，你他媽的怎麼又一聲不吭地跑過來了？

我想你了，就想見你一面，見見你我就走。

你為什麼就那麼想見我。

因為你喜歡我愛我。

我已經不喜歡你了，不了不了，你能聽懂嗎？

……我能感覺到你還是愛我的。

真的不愛了，真的。我們結束吧好不好，你以後再不要來找我好不好？

就在樓道裡，她趴著門框開始嚎啕大哭，一邊哭一邊求饒，求求你再給我一次機會好嗎？我以後來的時候一定告訴你還不行嗎？……嗚嗚，我是真捨不得你啊，只有你對我好過。就算你不愛我了那也沒有關係，我只要能來看看你幫你做點事情也就行了。你看看你身上的傷疤，你連洗衣服都不會，也沒有什麼親人，嗚嗚……，有時候我覺得你就像一個小孩子，你一個人怎麼過啊。我就是希望你過得好一點，看到你過得好了我就放心了。

他想說，我一個人活了這麼多年也沒見死掉。可是他說不出口了，他抱住這一把鼻涕一把淚的女人，嘆了口氣，把她抱到了屋裡。她緊緊地依偎在他懷裡，生怕他把她扔下，再扔進黑暗的樓道裡。

坐在桌子旁，兩個人各抱一瓶紅酒，紅酒已經下去一半了。燈光昏暗，把兩個人照得像兩只古董，好像擺在這裡已經有一千年了。紀米萍把腿搭在桌子上，兩手抱瓶，又灌了一大口。他發現她喝酒非常功利，直奔一個目標而去，就是喝醉。至於喝什麼酒並不重要。一旦喝多她就達到目的了，然後像被催眠了一樣開始哭泣開始一股腦地往出傾倒傾倒，恨不得把心肝肺全給人倒出來。大約她還是體會到了這其中的樂趣，正因為深諳其味，便越發貪得無厭。

他說，哎哎哎，喝慢點，事先和你說好，喝多了不要再哭行不行？你不知道一喝酒就哭有多傻逼。

我本來就是個傻逼。

你確實是個傻逼，不過我也是。你今年才多大，二十三，二十四？我又不會和你結婚，你這樣纏著我有意思嗎？

你真的煩我了嗎？

我們已經完了，真的完了。你能以後不來找我嗎？

不能，因為我愛你。

你怎麼知道你愛我，你可別告訴我你就我這一個男人。

和其他男人都不算，我和他們都沒接過吻。

又來了，真的，我沒法和你在一起了。

她凜然一笑，愛你就一定要和你結婚嗎。說完又灌了一口酒，喝得猛了，又吐出來半口，掛在嘴角鮮血似的。大半瓶酒下去了，她兩隻眼睛已經開始發直，木木地看著前面一團空氣，好像真正和她說話的人正在那裡面。

他用手指敲了敲她的腦門，說，有時候我覺得你這裡有問題。還喝，快不要喝了。你喝多了就吐，也不覺得難受？

難受，當然難受，最難受的時候三天不能喝一口水，喝什麼吐什麼。可是，越是難受才越是覺得快樂。

……你腦子是不是真的進水了。

放屁，你才進水了。你不要以為我就不是人，你一次次地罵我羞辱我我不是聽不懂，可我還是會搖尾乞憐，還是會一次次跑來找你，因為這感覺讓我心裡太疼了，所以我反而對它有了依賴。就像我願意依賴著你，不管你愛我還是不愛我了，我心裡都願意依賴著你的那個影子。依賴著一個人，我心裡就不那麼害怕了。

他明白了，他對她來說根本不具有肉身。她在對著那團空氣說話，一邊說她一邊異樣地笑著，她的目光還在往上升往上升，彷彿她整個人都要隨著那縷目光飛起來了。她臉上有一種巫師的神祕，彷彿她是一炷被點著的香，她正化成一縷青煙去祭祀那廟宇中的神像。

可我們不會有結果的。

我不稀罕。我從來沒說過要和你結婚，只要你還讓我愛你就夠了。

她的舌頭已經木了，轉不動了。眼淚又開始唰唰往下流。他不得不扔掉瓶子抱住了她，她流著淚說，你再叫我一聲傻孩子好不好，我喜歡聽。他嘆著氣，低低地喚她，傻孩子，傻孩子。

他知道事情不會結束的，他知道她會一直這樣下去的。果然，每隔一段時間，他就會在自己門口看到不請自來的她，大大的黑色挎包，一身的火車味。簡直像一棵長在他門口的怪樹。砍掉就會自己再長出來。

他越來越恐懼於看到她的到來，她徹底被她的自我意識催眠了。更重要的是，她根本不願醒過來。大約是因為一旦醒來，她又不得不奔赴於找下一個男人的途中，她早已經怕了，所以情願不醒，一直不醒便也是一種自在。用她的話說，怎麼活都不過是這幾十年，耗盡了就好。可是，他無法壓制這日益茂密的厭惡，他感覺自己簡直是活在她的監控之下，他的每一天都得對她打開，他屋子裡的每一個角落每一個抽屜都被她收拾過清理過。他的一切像被解剖的屍體一樣，每個角落都被她一覽無餘。

她又打來電話，他不接。他下定決心不再接她的電話，他要強制結束。見他不接，她便一個接一個地往過打，連點空隙都不留。他懷疑她在那邊根本就不是在上班，倒好像是在專職給他打電話。他被鈴聲搞煩了，使勁摁掉，這一摁向她證明了他是在電話跟前的，於是鈴聲愈發反彈。無論他走到哪，那手機都一路唱著唱著，好像他隨身攜帶著錄音機正在放音樂一樣，引得人們紛紛側目。他調了靜音，隨它自己唱去。過了一個小時，他戰戰兢兢地往手機上一看，六十個未接電話，平均一分鐘一個。還有幾條短信，一模一樣的短信，好像剛從模型裡磕出來，還冒著新鮮的熱氣。為什麼不接我電話？為什麼？為什麼？

正在這時候第六十一個電話又打過來了，他猶豫了一下，終於還是接了。

喂。

你為什麼不接我電話，為什麼為什麼為什麼，為什麼一個電話都不肯接？

接著是電話那邊洶湧的哭聲灌進了他的耳朵，他不得不把電話拿得遠一些。你要說什麼？

嗚嗚……嗚……

你到底要說什麼？

……

電話那頭只有斷斷續續的哭聲和久久的沉默。他說，不說就掛了。說完就掛了，滴滴幾聲，電話裡再度荒蕪淒涼。

忽然又一個電話跳起來追殺過來了，他絕望地再度舉起手機，喂？你，到底，要，說，什麼。

……

神經病。

……

你這個瘋子。

……

你到底要怎麼樣，啊？他的聲音快哭了。

……我想讓你接我電話回我短信，哪怕就說一個字，就是一個字也好。

夠了。

啪一聲，他再次摁掉電話，然後抱著路邊的一根電線桿大口喘氣，活像個發作起來的哮喘病人。他想，要不搬家吧。可是一想到如果他搬走了，那一根筋的女人三天三夜石獅子一樣守在那裡等他怎麼辦？他相信她一定能做到的，她一定能幾天幾夜不吃不喝地往下等。他不能搬走，他得為她留一條活路。他果真是個好人。他驚愕地看著玻璃裡的自己，不能不再次得意。

五

現在，這女人又橫亙在他房間裡了。趕不走，打不死。

天光已大亮，兩個人都沒有睡好，一臉疲倦，倒像是趕了一晚的夜路。他決定在出門之前把醞釀了一晚上的語言組織起來，錘進她耳朵裡。

你在這裡待兩天，這兩天我們好好在一起待著，我會好好對你。但你要答應我這一定是最後一次了，這次你走了之後我們就再不要見面了好嗎？

……

我真的受夠你這樣一次次不打招呼就跑過來了，你感覺不到你這樣做是完全不尊重我，來不來都不需要經過我的同意，你覺得你來與不來只是你一個人的事情，你大約覺得與我無關。可是我受不了了。真的，求求你，饒了我吧，算我求你了。

她不看他，只是專心致志地盯著前面一堵牆。她好像不認識這是一堵牆，呆呆地盯著看了不下二十回。忽然她獨自笑了，然後她像服毒一樣哽了哽嗓子，吐出了一個字，好。

他趕緊出門，說有事要辦，便急忙出門了。天黑下來的時候，他還是出現在了自己家門口，他先是蹲在樓道裡抽了半支菸，菸抽到一半，他掐滅了，站起來先是趴在門上聽了聽動靜，然後才緩緩掏出了鑰匙。他知道她一定會在屋子變魔法給他看，她每次都這樣，一定會把他的房間天翻地覆地收拾一次，把每個角落都擦洗乾淨，把所有的床單被罩只要能洗的她會全部洗一遍。她只要進了他的屋子就必須得不停地找活幹才會感到舒泰，好像空氣裡懸著一支巨大的鞭子正不停地抽打她，把她抽打得如同一只陀螺。

他慢慢推開門，做了個深呼吸，好像即將從跳板上一躍鑽進水裡。一屋子的燈光轟隆隆向他輾壓過來，他下意識地擋了一下眼睛，好像不適應如此輝煌的明亮。然後他慢慢移開了手，一切都不出他所料，地板亮得嚇人，他站在門口就像站在一汪湖邊，可以清楚地看到家具落在裡面粼粼的倒影，天花板上的吊燈落在裡面就像是一輪水中的月亮，似乎一伸手就可以撈出來。桌子上的玻璃器皿閃閃發光，像樹上剛摘下來的水果，新鮮茁壯得讓人流淚。可以一眼瞥見陽台上招搖的衣服，陰涼的水草一般漸漸瀰漫在這房間裡。沒有一樣是逃出他的假設的。沒有一樣。

可是他隱隱覺得不對，無端覺得這屋裡還有更恐怖的東西等著他。他慢慢往這屋子腹地走，慢慢走到了那一抔燈光下，忽然一抬頭他看到靠牆站著一排櫃子。一排簇新陌生的櫃子忽然像蘑菇一樣在他屋子裡長出來了。他驚愕地看著它們，看了半天他忽然明白了，是紀米萍幹的。原先那只臨時的櫃子門早壞了，他也懶得修理，沒想到她幫他換了整個櫃子。可能因為匆忙，那些剛擰進去的螺絲像骨頭一樣露著一截，他能想見她是怎樣匆忙地買回這些木板和螺絲，然後跪在地上像搭積木一樣，一顆螺絲一顆螺絲地把它們搭起來裝起來，就為了在他回來的時候能給他一個驚喜，這是臨別時她送給他的禮物。

他僵著背久久站在那裡，一動也動不了。這個女人，這個女人，她為什麼要這麼虐待他，她究竟要虐待他到什麼時候啊。他的眼淚已經湧出來了，他又硬生生地把它們嚥回去了。身後是紀米萍很輕很柔軟的聲音，吃飯吧。這一天時間裡，她不僅打掃了房間洗了衣服，還裝了櫃子居然還做好了晚飯。她為什麼要讓自己賢良到無恥的地步，她就是願意看著他在她面前債台高築吧，就是想讓他這輩子再還不清她吧。他忽地轉身，憤怒地絕望地逼視著她。她不敢看他，好像剛又做過什麼錯事，只是低下頭去，躲在自己的目光裡不肯出來，彷彿那是一叢遮天蔽日的蘆葦蕩。他吼道，為什麼要這麼做。

她悄悄抬起眼睛偷看了他一眼，又低下去了，她狡辯一般說，我看你的櫃子壞了，灰塵進去了衣服就髒了，他們送過來的，不是我自己搬過來的。

誰讓你換的。

……我這是最後一次來看你了，我，能為你，做點什麼就做點什麼。我怕我走了你的衣服會髒，你自己又不會換。我只是能做點什麼就做點什麼……。

他的眼睛因為憋著淚水，火辣辣地痛著，他幾乎跳了起來，一拳捶在了櫃子上，你這次走了以後再不要來了，再不要為我做什麼了，我求你了。

好。她流著淚。

他必須把她趕走。他下了狠心，忽然抬起頭說，我還沒有告訴你，我已經有別的女人了，我真的愛上別人了，你不要再出現在這裡了，她很快就會搬過來和我一起住。真的，要不要我給你看看照片？

她靜靜地流淚靜靜地看著他，你會和她結婚嗎？

是的。

你和她在一起很快樂？

是的。

你們認識多久了？

一個月前開始的，我還沒有來得及告訴你。

……我不信。

我現在就可以打電話把她叫來。

他開始往出掏手機。她呆呆站著，張著嘴，翕動了幾下，忽然就向著房間裡的那張桌子衝過去。她抓起桌子上的杯子，盤子，花瓶，抓起什麼算什麼，統統向他砸去，他不動。她又衝到電腦前面，把顯示屏推到地上，抓起鍵盤和鼠標向他砸去。他還是不動。她佝僂著背站在地上大口喘氣，慢慢蹲在了地上。兩個人就這樣一個站著一個蹲著僵持了十幾分鐘，她忽然好像從一個很深的夢裡醒過來了，她慢慢用膝蓋爬到了他腳下，忽然就抱住他的腿嚎啕大哭起來。她一邊哭一邊使勁揉著他的手，她俯下身抓起他的一隻腳，用嘴親吻著他的腳，她嘴裡不停地說，對不起對不起，我是不是把你砸疼了，你這裡還疼嗎？我給你去拿藥好不好。對不起，對不起……。

他說不出一個字。

她抱著他的腿仰起一張濕漉漉的臉來，她一邊流淚一邊笑了，她說，愛一個人就是怕他受苦吧。我只是想照顧你，只是怕你過得不好，現在有人替我照顧你了，我應該高興才是。我一直都想著，等你要和別人結婚的時候我就會消失的，到時候你就不需要我為你洗衣服為你打掃房間了。我真的替你高興，你相信嗎？我知道我不是什麼好東西，我十八歲就和男人上床就墮胎，我知道我是賤貨我不過就是個傻逼。可是在你這裡我做了一回好女人，我要謝謝你。其實我要的真的不是結婚，只是想做回好女人。謝謝你。謝謝。

他仰起臉，淚如雨下。

第二天早晨他又早早出門，直到晚上才回到家中。他慢慢推開那扇門，卻不敢往前邁一步。裡面是黑的，一種巨大的徹底的黑暗。他走進了那黑暗裡，只覺得自己像一隻被封在黑暗裡的蟲子，無法辨認方向，也不知道該去哪裡。過了很久很久，他終於摸到了一面牆，打開了那牆上的開關。驟然亮起的燈光空曠荒涼，屋子顯得格外得大，簡直比平日裡大出了十倍。他覺得自己正一個人踽踽獨行在一片荒野上。她不在了，連同她那只黑色的挎包也不在了。不僅如此，她平時放在這裡的所有小東西連同那盆她買的仙人頭都全部消失了，消失得一乾二淨。好像它們從來都沒有出現過。

他久久站在那張電腦桌前，桌子上的電腦是簇新的，鍵盤和鼠標也都是簇新的。她在走之前為他換的。他的手指從那冰涼的鍵盤上劃過，忽然想起了她的那個動作，幾個指頭不停地敲打不停地敲打，就像在敲打著一架虛擬中的鋼琴。

他想，她也許還會再來的。她是一個病人，她患有依賴症，也許她還會再來找他的。他甚至暗暗期待著哪天忽然又在昏暗的樓道裡看到了蜷縮成一團的她。可是，沒有。一個月過去了，兩個月過去了。四個月過去了。她沒有再來，他再沒有見過她。

他晚上開始了嚴重的失眠，只要睡著了十個夢裡有九個都是她，她鮮血淋漓滿臉是淚地站在他面前。他驚奇地發現，當她徹底從他生活中消失了之後，他卻真正開始思念她了。他躺在黑暗中，想著關於她的一切，她的所有往昔如黑白照片一樣在這黑暗的房間裡沖洗出來，一張一張地掛在了他面前。一張一張飛快地過去了，它們連在了一起，於是變成了一部她的電影。他是黑暗中那唯一的觀眾。他一邊看一邊流淚。

他一次又一次地拿起電話想再次和她聯繫，卻忽然又一陣恐懼，他恐懼於她如果再一次一次不請自來了，他又該怎麼辦。他還是會把她趕走，除非，他再沒有了把她趕走的能力。

半年過去了，她杳無音訊，再沒有出現在他的門口。一次他正走在街上，忽然看到前面走著一男一女，男人年齡很大了，大腹便便，女人二十多歲的樣子，背影極像她。他呼吸緊促，果然，果然不出他所料，她離開他之後只能再去尋找下一個男人，再下一個男人，乞求那些男人，乞求他們讓她好好愛他們，讓她做一個好女人。他不顧一切地衝上去卻發現是個陌生女人，不是她。胖男人帶著年輕女人走遠了，他卻再沒有了走一步路的力氣，他坐在馬路邊上大汗淋漓，好像剛剛從一場噩夢中掙扎出來，仍然心有餘悸。

八個月過去了。這個晚上，他剛走進一條寂靜的巷子裡，就聽到背後有腳步聲跟了上來。他剛要回頭，一支鋼杵已經砸到了他頭上。他明白是怎麼回事了，報應來了。平日裡為人追債，他就是這樣打別人的。拿著鋼杵或鐵棍朝著別人的頭上腿上砸下去。現在，別人來復仇了。這一天是他早就想到的，心裡竟沒有太多的驚異。只覺得頭部劇痛，兩眼模糊，大約是血。連兩個人的臉都無法看清。兩個人開始拿鋼杵砸他的腿，就像他曾經做過的那樣，不止一次把別人的腿打斷。

開始是劇痛，他撕心裂肺地叫著，可是那兩個人並不罷休，他們一聲不吭地打他這條腿，看樣子一定要把它砸斷為止。疼痛一陣一陣地襲擊著他，他感覺到渾身在冒冷汗，心臟開始抽搐，然而他們還在繼續，他聽到了骨頭斷裂的聲音，這鋼牙鐵齒般的疼痛啃噬著他，一陣比一陣劇烈。忽然，就在這四面八方的疼痛裡，他再次感到了那種奇異的卻是熟悉的快樂，他不知道在哪裡見過它，只是肯定見過。這縷快樂在一片猙獰的堅硬的疼痛中如一曲聖歌上升，安詳寧靜。他覺得自己的靈魂正跟著它上揚，甚至都能看到自己那個正在受苦受難的肉身了。肉身上的疼痛還在加劇，他感到了，那疼痛越是劇烈，那快樂便越是清晰，像一隻母親的手正從他的額頭上鼻子上拂過。痛到極致便是快樂。這點快樂忽然抵消了他此時的所有疼痛，也抵消了他淤積在心底的所有疼痛。他簡直要上癮了，他從沒有這樣痛快過，從沒有這樣地感到過快樂。他是該被懲罰的，他是個惡人，是他趕走了她。多一點，懲罰再多一點吧。他鮮血淋漓地哈哈大笑著，一邊笑一邊大叫，打啊你們再打啊，你們快打啊。

一條腿終於被打折了。兩個打手棄他而去。他就在一堆血泊裡躺著，不能再動彈，意識也是斷斷續續的，他時而覺得自己醒了時而又沉沉昏睡過去。在睡過去的一瞬間，他看到眼前站著一個人，是紀米萍。他對她說，你終於來了。她說，是的，我來看你了。

不知過了多久，一輛上夜班的出租車在他身邊停了下來，看了看他的情況，連忙打電話叫了救護車。他清楚地記得，當有人要把他抬上擔架的時候，他用盡全身力氣說的一句話是，不要管我，是我願意的。

六

一條腿終究是沒有保住，截肢之後他坐上了輪椅。

坐到輪椅上的第一天，他做的第一件事就是給她發了條短信，就像是急著向她報告什麼喜事一樣。他說：「我成了一個殘疾人，需要一個人照顧我。我現在過得不好，你不能放心。」

他出了院回到自己家裡，一天天地等著敲門聲響起。一天兩天過去了，十天過去了。他開始想，也許她已經換電話了，也許她根本沒有收到這條短信。還也許，她已經死了，再無法看到他的短信了。

第十一天的晚上，他正一個人坐在輪椅上發呆，忽然聽到那扇門上傳來三聲敲門聲，不多不少的三聲，羞澀的篤定的三聲。

他差點忘記了自己的腿，一躍便從輪椅上跳了下來，才發現自己無法走到那扇門前。他匍著一點一點爬到了門口，探身把一隻手放在了門把上。這時，外面又傳來了三聲敲門聲，門外的人在告訴他，她等急了。如果再不開門，兩秒鐘之內她還會第三次敲門，也是一模一樣的三聲敲門聲。一共九聲。

他的手哆嗦著開始往下旋轉。他的臉緊緊貼在那扇門上，他發現不知什麼時候他早已是一臉的淚水。

乩身

一

常勇無數次在黑暗中伸出手去，想要摸到那個叫常英的小女孩。

但是，他無法感覺到關於她的一切，他甚至連她的一縷呼吸都捕捉不到。他和她之間隔了太多的生物代，幾個世紀的時光像慢慢沉積下來的岩石把他們厚厚地隔開了。當他偶爾回想起她的隻鱗片爪時，也不過像撫摸著一隻已成化石的古生物。她是一枚沉積在歲月最深處的魚化石。

當常英長到一歲半的時候，她奇異地變成了一截枯樹樁，然後，一個叫常勇的男人就從這枯樹樁裡，就著她的血液，從她的身體內部長了出來。他掐指算算，就是從這枯樹樁裡長出來居然也活了二十二年了。然而，無論他向著空中能長出多高，他都知道，他不過是嫁接在常英身上的一株植物。

她是他深埋在泥土裡的那截根。他們永遠不會再相見。

常勇在一歲半之前其實叫常英。常英在一歲半的時候得了一場大病，高燒把兩隻眼睛都燒瞎了。把一個瞎子帶大讓常英的父母望而生畏，何況他們當時都在鉛礦上工作，根本沒有那麼多時間去照顧一個小瞎子。所以，最後他們做出了一個決定，把常英扔掉。常英的爺爺，一個五金廠做扳手的老工人收留了常英。他給她改名為常勇，從此以後，常英從這個世界上消失了，她像一截廢棄的蟬蛻，包裹著常勇一歲半之前的所有歲月。

從小，爺爺只給她留男孩子的短髮，穿男孩子的衣服，爺爺像給菩薩塑金身一樣替她塑了一具男人的肉身，然後把她深深鎖在了這肉身的裡面。他強硬地固執地告訴她，記住，你是男人，不是女人，這輩子你都是個男人了，無論什麼時候別人問起你你都說自己是男的。爺爺知道，他一定要比她先走的，他不可能陪她太久，他這一世也不是白活的，閉著眼睛也能知道他死後會發生什麼。所以，在他死之前，他必須把這個無依無靠的瞎女安頓好才能放心地走。一個無依無靠的瞎女子活在這個世界上還能有什麼好的命運，只要不被人強姦就已經是萬幸了。除了被強姦，她還可能被搶劫被偷盜，甚至被殺掉滅口。只要別人知道她是女子，還是瞎子，她就遲早躲不開。沒有人會把她當人的。這交城縣裡光資深老光棍就不下五條，他們是只要見到洞就不想放過的，一定要插進去試試。何況還有新生代的光棍們一茬接一茬地生出來，常年無法消化的性慾佩戴在他們身邊寒光閃閃，有如一種氣場強大的兵器。

讓一個瞎女子活下去的唯一辦法就是，把她的女兒身閹割掉，把一個女人變成一個男人存活在這個世界上。為了從根子上把她的女兒身剜掉，他要求她從小站著小便，他對她說男人就是這樣撒尿的。在她十三四歲來月經之後，他告訴她一定不能把月經帶晾在院子裡，一定不能被人看到，只能藏到最陰暗的角落裡。他不讓她戴胸罩，常年用布帶給她裹胸，把乳房壓平壓實了，恨不得像夯地基一樣把這兩只乳房夯進肉裡去。她身上不能佩戴任何的女性特徵，因為任何一點女性特徵都可能把她置於死地。

女人成了她的一種疾病，一種羞恥，一種遙遠而模糊的幻影。

就這樣長到十八歲的時候，常勇長成了交城縣裡一種嶄新而陌生的新人種。那就是，它是介於男人和女人之間的一種人，它留男人的短髮，穿男人的衣服，穿所有鄉下男人常穿的鬆緊口布鞋，但是它聲音尖細，一聽就是女人才有的聲音，雖然胸部被束平了，但那個肥大的屁股卻是擱哪都要自己跳出來跳進人們眼裡的，男人能長出這麼肥的屁股？真像是嫁接在枯木上的一朵繁花。再加上它那兩隻深陷進去的眼睛，隨便一翻，全是眼白，好像黑眼珠子被這眼白蠶食得一點不剩，怪駭人的。人們每次對常勇的性別猜疑時，爺爺就把它拎到街上，說那是我孫子，我們爺倆到西頭走走。爺爺的話像一座炮樓，堅硬地守衛著常勇虛弱可疑的身分，不許任何人靠近一步。一旦有人靠近一步，便立刻感覺到了爺爺身上的殺氣，對方不寒而慄。因為無法準確歸類，人們只好給常勇單獨開闢出一種新的人種領域，那就是雌雄同體的陰陽人。

每次爺爺拉著常勇一出現在卻波街的青石板路上，便有一大片毛茸茸的目光像菌類一樣長到他們身上。卻波街是一條明清時期留下來的老街，街道兩邊林立著破敗的老店鋪，青磚青瓦上荒草淒淒，在月光下的時候更加淒迷。那些年久失修的老店鋪上面還殘存著模糊的石刻字，東闕合心皮店、成記銀號、慶和祥布莊、四合德糧店、天義公粉坊。留到現在仍然是店鋪，仍然賣些米麵茶油，有幾家已經改成了小型超市。很多人家就靠這一間間店鋪維持生計。

每次爺爺都拎著大嗓門虛張聲勢地對坐在街上的人們說，我們爺倆去買點東西回來，你們先坐著。他不顧自己佝僂的腿正打晃，昂著頭硬做出一副力大無窮的樣子，那表情倒像是戲台上提著兩把銅錘的花臉似的，一定要唬住觀眾。常勇拄著竹拐杖，跟著爺爺一步一步地磕著青石板路，篤篤，篤篤，光聽這聲音倒像有一隻詭異豔麗的木屐正獨自走在這古老的青石板路上。

冬天，溫暾遲鈍的陽光像蟲子一樣一截一截地爬在青石板路上的時候，人們聽到了竹杖的聲音。雨天，整條青石板路篩出雨打芭蕉的哀怨時，人們又聽到了竹杖的聲音。甚至，在深夜，泛著月光的青石板路如一只幽光閃爍毛茸茸的燈籠挑在月光下的時候，人們又聽到熟悉的竹杖聲飄過去了。

人們知道，這一老一少又在量路。量路就是用竹杖記住走每一條路要用多少步，他們要量出去麻油店要幾步，去雜貨鋪要幾步，去糧店要幾步，去車站要幾步，包括去縣委大院要幾步。爺爺告訴常勇，這最長的一條路就是告狀用的，如果以後有人欺負她她就走這條路一直走到頭。他們的計算精密異常，每一步都是同質的均勻的，像從鋼爐裡鑄造出來的尺寸統一的零件，每一段路都是這些零件的組合，只要少一只螺絲，這條路就走不到了。

對於常勇來說，世界上所有的道路就是這些無邊黑暗中的數字，大大小小的數字，她在黑暗中溫習和撫摸它們的時候，這所有的道路便如菊花一般從她的身體裡四處綻放開來，這朵菊花便是她的全部世界。深夜，爺爺在昏暗的燈光下拿出了幾枚銅錢，她一聽到銅錢的聲音就知道，另一門功課又要開始了。爺爺日復一日地訓練她，訓練她學會用銅錢給人算命。因為，在他死之前她必須學會一門吃飯的技藝，而對於一個瞎子來說，最好的技藝莫過於算命。瞎子是看不見的，正因為看不見，人們才覺得瞎子更像人鬼神之間的通靈者，似乎算命會比正常人更準。於是，算命這一古老習俗倒也賜了天下瞎子們一碗飯吃。

常勇看不到卦書，爺爺便口口相傳。瞎子算命，一般是以算命人的出生年、月、日、時，按天干、地支，依序排成八個字，再用本干支所屬五行金、木、水、火、土的相生相剋來推斷一生的命運。也就是人們常說的批八字。八字排好後，先要看月令，看月令的五行，看月令是木火土金水中的哪個，這個是算命最重要的一步。另外算命有一些常用的口技是一定要記牢的，比如說，男怕生先女怕生後，男怕穿鞋女怕戴帽。人好運不好，人乖命不怕，人能命不能。關於財運要說，命定八字三代良，貴賤高低運氣祥，長生遇殺最有災，沐浴沖宮怕刑傷，冠帶臨官怕官運，七殺逢財不可當。

常勇每晚背口技背到深夜，背不完爺爺就不許她睡覺。終於熬到睡覺時候了，爺爺關了燈，兩個人坐在炕上的油氈上。月光從木窗格子裡湧了進來，汩汩地流滿了一屋子，油氈上的那些牡丹在月光下轟然開放了，屋裡有一種異樣的芬芳，這一老一少坐在滿炕的牡丹花上，像兩尊蓮花上的佛像。爺爺突然對她說，記住，以後我要是不在了，晚上你就是一個人也要拉開電燈，人看見燈光就像野獸看見火光一樣，不敢過來了。常勇坐在月光的下游忽然扭過臉來，一邊在黑暗中使勁翻著白眼，一邊尖著嗓子問了一句，你要去哪裡。爺爺盤腿坐在一朵幽靜的牡丹花上久久看著她，然後說了一句，睡吧。常勇剛躺下又悉悉索索地爬起來說，我要尿尿。她下炕趴在地上找鞋找尿盆，爺爺也爬起來把一只罐頭瓶塞到她手裡，就尿到這裡面。常勇兩隻手抱著罐頭瓶不動，爺爺又說了一遍，尿到罐頭瓶裡，站著尿。常勇還是不動，爺爺一腳踢了過去，常勇連人帶罐頭瓶摔倒在地上。爺爺坐在炕沿上乾著嗓子說了一句，和你說過多少次了，要站著尿，像男人一樣站著尿，起來，站著尿到罐頭瓶裡。

常勇趴在地上開始抽泣，那只罐頭瓶像只多餘的骨節一樣妖冶地長在她兩手中間，好像她無論怎樣使勁都不能把它從她的骨胳中剔除，它就那麼堅硬地茂密地在她兩手中間越長越大，長成了一片浩大的湖泊，而她則成了浸泡在湖泊裡的屍骸。她終於被尿憋得忍不住了，一邊抽泣一邊站了起來，她在月光下分辨著爺爺的方向，然後背對著他褪掉了短褲，她站在月光下光著屁股叉開雙腿開始對著那只罐頭瓶撒尿，淅淅瀝瀝地一尿完，褲子都沒有提她就開始蹲在地上大聲嗚咽，她邊哭便喊，我就不是男的，我就是個女的，我本來就是個女的。

爺爺下炕把她扶起來幫她穿好了衣服，然後牽著她的手上了炕。她躺在水一樣的月光裡，爺爺仍舊坐著，他慢慢地說，勇娃，爺爺已經老了，不能管你太久了。你總有一天會知道的，你就是撒尿也不是撒給自己看的，你是撒給別人看的。一堵牆一扇門根本擋不住別人進來，你不知道，你以後其實就是時時刻刻都活在燈火通明的戲台上了。你做什麼都是做給別人看的，只有讓別人相信了你是男人你才能活下去啊。

常勇低低地抽泣著慢慢睡著了。第二天早晨一醒過來她就下意識地叫了一聲，爺爺。沒有人答應。她爬起來在整條炕上摸索了一遍，沒有人，被子已經疊得整整齊齊放在炕角了。她慌忙穿上衣服，下炕摸到鞋，然後在無邊的黑暗中辨認了一下門的方向，她向那個方向走了十二步，她記得的，走十二步就到門口了。站在門口她又叫了一聲，爺爺。還是沒有人答應，她有些害怕了，跌跌撞撞地邁出門檻，她記得出門有三級石頭台階，但一腳踩下去還是踏空了，她整個人摔倒在石階下的青苔上。她不顧一切地爬起來，在黑暗中又辨別了一下街門的方向，她記得的，從台階到街門要走三十步。她微微張開雙臂朝著那個假想的方向走去，她每一步都走得小心翼翼，像一個懸在鋼絲上的雜技演員，三十步到頭了，她摸到了街門的門閂，她出了街門又喊了一聲，爺爺。還是沒有人答應，她仰起臉，翻著白眼珠又朝著虛空處絕望地叫了一聲，爺爺。

她的淚下來了，她忽然明白了，對她這樣一個瞎子來說，她根本挽留不住任何東西，任何東西任何人都會像露水一樣從她指尖消失，它們瞬間就會消失在她那無邊無際的永恆的黑暗中。她曾問過爺爺，眼睛不瞎的人看到的世界是什麼樣的。爺爺說，其實都一樣，一切有都是從無中生出來的，你什麼都看不到那才是世界的本質。無論什麼都不要試圖去留它，就任由它們來來去去，沒有得到也就沒有什麼失去，你在這無中才是大自在，就像魚游在大海裡一樣自在。原來，爺爺早就把這一天的到來告訴給她了，可是，她為什麼還是這麼疼痛這麼措手不及。她跌跌撞撞地跑到卻波街上，伸出兩隻手四處摸索，只要走過個人她就過去摸。她朝天翻著白眼珠嘴裡大聲叫著，爺爺，爺爺。

她不知道爺爺一直就在十步開外的地方默默看著她，這時候他終於向她走過來，拉住了她的手。她一握就知道是爺爺的手，她把這隻蒼老的手掩在了自己臉上，掩住了兩隻深陷的眼窩裡那抹醜陋的白色，淚水從這隻手的指縫間嘩嘩湧了出來。爺爺的另一隻手放在了她的頭上，久久地摩挲著她的那頭短髮，她突然伸出手去想摸摸爺爺的臉，她那隻手卻被推開了，她掙扎著又去摸，爺爺卻往後退了幾步，她摸空了。她不知道兩步之外的爺爺正無聲無息地流著淚看著她，他的臉上脖子上已經長滿了大大小小的肉瘤，那是已經擴散的淋巴癌。爺爺站在那裡突然說話了，勇娃，要是有一天你起來後再找不到爺爺了，就像今天這樣，你能不能習慣？記住，下炕十二步就是房門，出房門下三個台階，再走三十步就是街門，你記住了嗎？

常勇忽然就開始嚎啕大哭，她順著聲音摸過去抓住了爺爺一隻手，爺爺你在說什麼，你在說什麼，你為什麼要扔下我，你怎麼就不要我了，連你也不要我了嗎？爺爺流著淚笑了，娃，沒有一個人能一直陪著你的，爺爺也不能，因為爺爺老了，一定要先走的。要是有一天再也找不到爺爺了，也不要害怕，你早晚還會見到爺爺的，我哪兒也不去就在那裡等著你呢，所有的人最後都會再在一起的。常勇死死抱住老人，哭得泣不成聲，你哪裡都不要去，你不要我了讓我怎麼活，讓我怎麼活下去。爺爺說，你要活到實在活不動的那天，就算你什麼都看不到你也能每天聞到花香，聽到鳥叫，這就夠了。人活著不能太貪心。

這一個白天爺爺一直在忙，忙完院子裡忙屋裡，他越是忙她心裡越覺得恐懼，她便寸步不離地跟在他身後。她時不時叫一聲，爺爺。她叫一聲爺爺就答應一聲，兩個人卻再說不出什麼了。中午，兩個人吃了碗河撈麵就躺在油氈上歇晌，爺爺給她搖著扇子，夏天天熱，裹胸的布條拆開了，兩只活蹦亂跳的乳房讓她覺得羞恥，本能讓她不敢靠得爺爺太近。她知道，和她睡在一起的終究是個男人。她便握住了爺爺的一根指頭漸漸睡著了，朦朧間還聽見爺爺說，勇娃，記得晚上一定要開燈，記得要站著尿，尿到罐頭瓶裡。她含糊地答應著，一種陌生的巨大的恐懼直把她往睡眠深處推去，她沉沉睡著了。

再醒來的時候天已經快黑了，她那隻伸出去的手握了握，裡面是空的。她又抽搐著握了握，裡面什麼都沒有。整條炕上都沒有。十二步，三個台階，三十步，她衝到了街上，問每一個路過的人，我爺爺呢，見我爺爺去哪了。終於有人說在黃昏的時候看到她爺爺一個人穿著一身乾淨衣服朝卻波湖的那個方向走去了，他越走越遠，似乎並沒有在湖邊停下，沒有人知道他究竟去了哪裡。從此以後再沒有人見到過這個老人。

爺爺消失了。

二

第一次來找常勇算命的是西街一個老太太。老太太的兒媳婦三十好幾了才好不容易生了個兒子，老太太滿縣城地亂跑，急著給孫子算命，恨不得以百步穿楊的功力在一刻之內便知曉孫兒一輩子的榮華富貴。老太太兜兜轉轉不知怎麼就找到常勇這來了。

這可以說是常勇第一次正式上崗，她緊張得呼吸都不暢了，她縮在自己那團無處不在的巨大黑暗中用全身的力氣捕捉著老太太的語氣，年齡。在這個世界上她唯一能觸摸到的就是聲音。她一寸一寸地摸著老太太的聲音，想要漸漸把它摸成一個人形，這個虛擬的人形就坐在她對面看著她的一舉一動，她卻看不到她。所有的人對她來說都是黑暗而透明的，他們就像是那巨大的黑暗身上長出來的琥珀，一只又一只，琥珀的叢林。她卻是一個具體的人，她的每一寸皮膚都是實實在在的，都是肉身做的，她知道她永遠無法藏匿自己隱遁自己，她是唯一不分晝夜地暴露在光天化日之下的那個人，就像是，她是戲台上燈光裡唯一的戲子。她是多麼孤單。

要活下去是一件多麼艱苦卓絕的事情啊。她勉強提著氣問了老太太孫子出生的時辰，然後坐在那裡裝模作樣地掐指算起來。她知道算命不是人應該幹的事情，她只能算半截人，另外的半截只能是介於鬼神之間的一種生物。她必須讓自己看起來不像是一個人，一定要帶著些鬼氣或者仙氣，這點氣就是她的蓮花寶座，坐在這祭壇上她才能有碗飯吃。是啊，爺爺留給她的那點積蓄越來越少了，別說沒幾個錢了，就是錢再多點也有坐吃山空的一天。雖然爺爺教給她怎麼算命打卦，可是只要沒人來找她她就不能開張營業。所以對眼前的老太太她是感激涕零的。

她暗中把天干地支的口訣背了一遍，然後長嘆一聲，悠悠地說，是甲時辰。甲為樹木，乙為花草。丙為太陽，丁為燈火。戊為平地，己為山河。甲時辰好鬥訟，所以此人心性好鬥、壓不住火，好鬥嘴，這輩子易有官司，口舌之爭。怎麼個克法？甲時辰在濕土之下，大樹有水，濕土能培養木，地能生天。所以名字裡帶上個木字也就無妨了。

老太太走了半天了她才哆哆嗦嗦地站起來，剛才的一點仙氣還殘留在她身上揮之不去。她像在冰天雪地裡待久了一時無法回暖，身上還結著一層厚厚的冰雪，動一動都能聽到骨骼處嘎吱作響。她在炕上摸索了半天才摸到一張皺巴巴的鈔票，她摸著辨認了一下，是張一塊錢的紙幣。老太太才給她留了一塊錢？難道她這半天的口舌就只值一塊錢？也許老太太覺得她資歷太淺，對她說的那番話也根本是半信半疑，能給她留一塊錢讓她開個張已經算是大慈大悲了。

可是，她不是人，是給人算命打卦問吉凶的通靈者，也算半個仙吧，既然是半仙怎麼能在意別人給的錢多錢少？就是寺廟裡的佛陀也不能要求香客一定布施多少，一提要求便折了身價。她捏著那張鈔票站在屋裡忽然獨自笑了起來，她笑自己剛才的裝神弄鬼，笑了一半忽然又懷疑這屋裡會不會有人正盯著她看，就是有人躲在屋裡她也是不知道的。這種被人窺視的感覺讓她覺得羞恥，可是不笑了似乎更羞恥，她便繼續站在那裡獨自虛弱地假笑，想借著這假笑把心裡的恐懼和周圍虛擬的人都嚇跑。可是這張鈔票黏在她手裡，它的體溫浸潤著她，這種浸潤像排牙齒生生齒嚙著她，一塊錢？這是打發叫花子嗎？她把鈔票揉成一團往炕上一扔，扔到炕上為的是過後便於尋找，然後她伏在炕上開始大哭。

過了幾天又有一個姑娘過來算命，她想知道自己什麼時候能結婚。爺爺曾告訴她，給人算命之前先聽對方的聲音，從聲音裡判斷來人的年齡，心情，需要什麼再對症下藥。爺爺早告訴過她，來算命的一般都是沒文化少見識的人，還有就是走投無路急病亂投醫的人，一定要摸到他們的心思，順著心思來說，給他們寬心是最保險的，不要說絕對的話，盡說些模稜兩可的話，讓聽者自猜自解，自悟自明便可以了。她自然無法知道這姑娘什麼時候會結婚，便在掐算半天之後對她說，你的如意郎君在北面，在滿月之夜焚香祭拜北斗七星便可以了。姑娘走了，一分錢都沒有留給她。大約這姑娘覺得神仙還要錢做什麼，神仙又不用吃飯。常勇摸了半天沒摸到一分錢，便對著門的方向大罵，你就不怕沖犯了北斗七星更嫁不出去嗎？算命有不給錢的嗎？

她幾乎沒有生意，爺爺留下的錢也山窮水盡，為了不至於餓死，常勇開始到垃圾堆上找吃的。每天晚上到了十一二點，估計家家戶戶都差不多睡下了，她才開始出門，向城邊的垃圾場走去。這本是一塊空地，因為家家戶戶把垃圾倒在這裡，便日久成山了。夜深人靜的時候，很多野貓野狗在這裡出沒，倒像是傳說中倏忽即逝的狐妖。常勇一點都不愁晚上出門，相反，她喜歡黑夜。因為，只有在黑夜中她才能像一條魚融於水，她瞳孔裡的黑暗才能與這滿世界的黑暗天衣無縫地融合在一起，那種無處不在的黑暗從她的每一根毛孔裡鑽進去又流出來，她覺得自己變成了一只沒有重量的孔明燈，周圍的黑暗都是托起她的空氣，她踩著這黑暗簡直是飛起來了。就連她手裡的竹杖磕著青石板路發出的滯重的聲音她也聽不見了，她覺得她身上開了另一雙天眼，這雙天眼甚至能看到風聲和月光。整個縣城變成了她一個人的星球，她在這個星球上是沒有重量的，是可以飛到任何一個隱祕角落的。

現在，她就這樣像女巫一樣騎著她的竹杖飛到了垃圾場。來過幾次之後她對這個地方已經很熟了，知道什麼地方會有新鮮的垃圾，她摸索過去蹲下去開始在垃圾堆裡翻找。有很多是煤渣，廢棄的日用品，還有很多已經腐爛的菜葉和食物，有時候還會摸到動物的糞便。她像條狗一樣把那些垃圾放在鼻子下面一樣一樣地聞著，因為沒有了眼睛，倒像是補償她一樣，似乎在她臉上長出了幾個鼻子，任何一縷細若游絲的氣味都能被她捉到。她一邊用鼻子找食物一邊用耳朵捕捉著周圍的聲音，她倒不是怕貓狗，她是怕這個時候碰到人。在深夜看到有人在這翻垃圾，誰都會覺得害怕吧。害怕倒是小事，別人會怎麼看她，她一個給人算命的半仙，居然在這找垃圾吃？簡直要與蟲豸貓狗為伍了，連人境都進不去了。不過，在這縣城裡，可有誰真的把她當人？她什麼都不是，不是仙，更不是人，連蟲豸都不算，她只是這縣城身上的一塊爛瘡，明晃晃地擺在那裡。爺爺當初為什麼要收留一個瞎子，為什麼還一定要讓她活著？一隻野貓和她熟了，蹭進了她懷裡，她把臉伏在那隻貓的身上，那種溫暖讓她靜靜地流了一會淚。然後，她把那些還沒有怎麼變質的食物裝進隨身帶的一個布袋裡，背著布袋開始往回走。

不重的布袋壓著她，她卻恍惚覺得這是一座五行山，連身上這層非男非女的皮囊也壓著她，似乎正把她向著大地最深處最暗處扣去，她每走一步都要用千鈞之力似的。她又擔心這時候碰到人，畢竟背著一袋垃圾是一件不體面的事情，可是，就算萬一真的碰到人了，她也無處逃遁。心裡著急，步子便快了些，竹竿篤篤敲在青石板路上，茂密，蔥蘢，敲成了一片幽深的竹林，她一個人在這林子裡豕突狼奔。有月光正落在她身上，她能感覺到它纖巧柔軟的重量，可是，那月光也不過是天上的街市，她不能像嫦娥一樣奔它而去。

這個晚上，在這月光下的卻波街上，並不是只有常勇一個人。這個時候路邊還坐著三個男人在乘涼，只是常勇看不到他們罷了。三個男人中有一個是楊德清。楊德清在縣城裡被納入到「竄房簷的」，意思就是居無定所的流浪漢。其實他老宅中的破屋還是有一間的，只是年久失修，看起來一觸就倒。他大約也是怕被埋進裡面，十有八九就在外面擇一處地方過夜。就是隨便往樹上一掛，居然也能睡得著。這楊德清十幾歲上便相繼沒了父母，為了找口吃的他曾爬上鄰居家廚房的屋頂，揭去瓦片，在屋頂上刨出一個洞，再從洞裡跳進去找吃的，吃完再從洞裡爬出去。後來鄰居忽然發現屋頂怎麼開了天窗，開始疑心是老鼠幹的，後來又覺得沒有這麼巨大的老鼠，便暗中觀察了幾日。結果捉到楊德清正吃完往出爬，鄰居拽住他的腿像摘枚果子一樣摘下來，綁到樹上好一陣毒打。

這次差點被打死，此後楊德清偷盜少了，也開始自食其力。誰家辦喪事就把他請來，抬個棺材，捧個童男童女紙牛紙馬的，後來有些人家喪事規格高了，他還得負責捧紙宅院紙汽車紙小姐，反正這些送往陰間的東西都是他的專利，別人也不會和他謙讓。紙人紙馬紙車像綾羅綢緞一樣披掛了他一身。身上壓得東西太多，他像隻寄居蟹一樣幾乎全部被覆蓋了，只能緩慢地往前蹭，從背後看上去，他肥大得驚人，像一坨吸飽了水分的棉花，蠻橫華麗地塞在喪葬隊伍中緩緩前進。等到喪事辦完了，主家賞給他一碗燉菜饃饃，外加幾塊錢的勞務費。專捧死人的東西，未必有多勞頓，但畢竟駭人，不是人人都幹得了。於是，楊德清也算蹭了死人們一碗飯吃。

楊德清長到二十多歲的時候還是沒有女人，平日裡人們見了他連躲都來不及，哪個女人願意嫁給他？一天楊德清在喪事上幫忙，主家為了招待來弔喪的客人特意殺了一頭豬，兩爿血淋淋的豬肉沒人扛得動，主家便讓楊德清扛進廚房裡。結果楊德清進去半天還不出來，主家打發人去看看那小子莫不是在偷吃生豬肉。那人站在門口一看，立刻呆住了。楊德清把褲子脫到腳跟，光著屁股正在使勁戳一爿豬肉。原來他在這爿豬肉上發現了一個洞，這可是肉質的洞啊，帶著肉類才會有的葷腥和柔軟，不比那些牆上的洞樹上的洞，堅硬而毫無情趣。於是，他如獲至寶，毫不猶豫地脫了褲子，拎起自己已經硬起來的傢伙塞進了那只肉質的洞裡。

剛戳了沒幾下他就被人捉住了，來人像鍾馗捉鬼一樣一把揪住了他，硬生生地把他從那爿肉裡拽了出來，拽出來的時候他的傢伙上還掛著幾滴豬肉上的血，像一把剛從屍體裡拔出來的刀。鮮豔，凜冽，詭異。在被拽出來的一瞬間，他臉上還掛著一種高潮即將到來的表情，緊張，痙攣，狂喜，對那瞬間要死要活的最虔誠最神聖的期待。然而，這表情在他被拽出來的一瞬間，像嬰兒提前出了子宮一樣被凍住了，甚至，這冰雪般凝固的表情還在他臉上停留了長達幾秒鐘。為什麼要這麼對他，只要再給他哪怕一秒鐘，他就迎來高潮了，他人生的某一種儀式就完成了，不能和女人做總能和豬肉做吧，他就是死也死得其所了。

可是現在，他幾乎是整個人都被連根拔出了，在那瞬間的凍結之後，他就著窗外的陽光，清楚而恐懼地看到，他那個地方蔫下去了，它掛著死豬的鮮血瞬間便變得很小很柔弱，變得透明而無辜，它幾近於要消失要縮回到他的身體裡去了。他突然便覺得痛澈心扉，他不顧一切地掙脫開人群，褲子也不提，光著屁股坐在地上嚎啕大哭起來。

此後辦喪事的人家也不敢雇用他了，縣城裡老老少少的女人只要遠遠見到他必定轉身就跑，就連八十多歲滿嘴沒有了一顆牙的老太太們也是如此，顛著小腳跌跌撞撞地亂跑，生怕楊德清掏出傢伙強姦了她們。她們不僅如此，還恨不得把楊德清碰見的母狗母雞母豬都統統拯救下來，似乎楊德清身上的其他特徵都已經退化消失了，唯一留下來的只是一根碩大無比令人恐懼的生殖器。

楊德清為了活著再次開始小偷小摸，有時候在農忙時節還替種地的人家挑挑糞，把糞澆到地裡再守到半夜澆一次水，免得莊稼被糞燒死。可能是長期營養不良的緣故，才二十多歲他滿嘴的牙就掉了一半，剩下的幾顆走風漏氣地站在他嘴裡遙遙相望，嘴唇癟進去，活像個老太太。這個晚上，楊德清和兩個竄房簷的小兄弟正坐在街邊乘涼，反正他們也無家可歸，夏天的晚上什麼時候犯睏了往石階上一躺就是一覺。他們三個聽到竹杖聲就知道是常勇過來了，他們不說話，像看戲一樣等著常勇上場。果然，月光下，常勇背著一只袋子，拄著竹杖篤篤走過去了。

等到常勇走過去半天了，一個男人忽然說，一個瞎子半夜出門幹什麼?另一個說，他到底是男的女的，有人說他是男的還有人說她是女的。那一個便用胳膊捅捅楊德清，哎，你知道嗎？你要不知道那別人就更不知道了。另一個又接口說，哥，你給咱們弄清楚，瞎子到底是男的女的，要是女的這不就好了嗎，她一個瞎子，誰把她睡了她也不知道。哥，我們可就指望你了。楊德清身體發飄，站起身來豪爽地說，你們等著，我這就給你們看看她到底是男的還是女的。

在月光下，楊德清一路跟著常勇來到了她家門口。常勇一進去便把街門從裡面拴住了，他聽到篤篤的竹杖聲進了屋便躍上牆頭爬牆進了院子。屋裡開著燈但沒拉窗簾，楊德清躡手躡腳地走到窗前往裡看，他想，瞎子怎麼還開燈，這不是浪費電嗎？他隔著玻璃看到常勇先在炕沿上坐了幾分鐘，然後又起身把布袋裡的東西倒在了桌子上。楊德清看清楚了，袋子裡裝的原來是些垃圾，他明白她剛才是去哪了，他心裡什麼地方忽然難過了一下。

又見常勇走到臉盆架前就著臉盆裡攢下的髒水裡洗了把臉，然後便摸上炕鋪開了被子，她一手摸著燈繩，突然像是又想起了什麼，下了炕，摸起一只罐頭瓶子，她背對著窗戶，一隻手脫了褲子，另一隻手拿著罐頭瓶，她開始站著往罐頭瓶裡撒尿。昏黃的燈光下，她的屁股正對著窗外的楊德清，那屁股反射著燈光有一種釉質的光澤，楊德清一陣眩暈，差點沒站穩。這麼肥這麼圓潤的屁股分明是女人的，可是，如果是女人為什麼會站著撒尿？怎麼會有女人站著撒尿？莫非她真是傳說中的雌雄同體？他忍不住輕輕碰了一下門，裡面的門閂輕微地響了一下，也是從裡面拴住了，他進不去。

就在這個時候他突然隔著玻璃看到，常勇那兩條褪了褲子光著的腿正在輕微地打顫，但因為她正站在燈火通明處，他看清她的一舉一動是毫不費力的，就像正看著關在罐頭瓶裡的螢火蟲。她打顫是因為……她害怕。可是她為什麼會害怕？他的手不小心又碰了一下門，裡面的門閂又輕微響了一聲。他忽然明白了，瞎子的耳朵是遠比一般人靈敏的，也就是說，她知道這個時候門外有人，並且正看著她。那就是說，她開燈她站著撒尿都不過是要故意給人看的，讓人以為她是個男人，而事實上，這瞎子其實就是個女人。難怪會長著這樣一個屁股。楊德清再次看到了那個燈光下又肥又圓的屁股，常勇正在提褲子，他馬上要看不到了，他不甘心，身體上的某一個部位開始冒火開始不安，他急忙摸自己下面，就是隔著玻璃意淫一下也是好的。

在他用手摸到自己下面的一瞬間，他一驚，那裡是疲軟的，軟塌塌一堆，就像什麼都沒有一樣。以前，在以前，他什麼時候一想女人那裡都立刻會變得硬邦邦的，簡直像剛淬好的鋼刀，現在怎麼了？他有些害怕，連忙脫了褲子，開始用手擺弄那個地方，他又是搓又是揉又是拽，不行，它硬不起來。它像摘了殼的蝸牛，軟若無骨地縮在那裡，沒有一點會硬起來的跡象。他又拼命往裡張望，奢望能看到常勇更多的部位，好刺激他能硬起來。可是常勇一上炕就關了燈，屋裡漆黑一片，他什麼都看不到，反而他是暴露在月光下了。他絕望地坐在台階上，又費盡力氣地擺弄了半天，最後乾脆躺在石階上，開始拼命想女人，想女人的屁股女人的乳房，想像他正和一個女人做愛。可是不行，那裡始終是軟的。他突然想起了那次他生生地被從那爿豬肉裡拽出來，大約就是從那時候開始他就不行了吧。他被閹了。

他久久躺在月光下一動不動，像死了一般。

第二天又在街上碰到那兩個弟兄的時候，那兩人埋怨他，你怎麼進去就不出來了，害得我倆等了大半夜，你是不是和那瞎子睡了？真是個女的？楊德清遲疑了一下，說，是個男的，我見他站著撒尿呢。那男人又問，可看清楚了？楊德清眼睛斜睨著天空，急促地說，這還能有假？你倒找一個女人站著尿給我看看。

三

那晚躺在院子裡的楊德清一宿沒睡，躺在炕上的常勇也是一宿沒睡。

院子裡響起腳步聲的時候，她就知道了，門外正有人偷看她。爺爺說的話應驗了，她站在屋裡緊張得不知道該做什麼，情急之中，她抓起罐頭瓶裝模作樣地往裡尿了一次，好讓門外的人以為她是男人。然後她便趕緊關燈躺下了。一躺到黑暗中她便感到安全了，像嬰兒縮回了子宮裡，熟悉的黑暗溫暖著她，她知道一旦落入黑暗她便是透明的了，別人就都看不到她了。她像一隻遠古的海底生物一樣，用觸角用呼吸感覺著空氣裡的每一道波紋劃過。門外的人並沒有走，可是也不再動，門外的人不動，常勇便也不敢動，連身都不敢翻，兩個人隔著一扇木門通宵對峙著。

熬到後半夜的時候，常勇想，門外的人是不是睡著了？是個男人還是女人？一定是男人。她這麼肯定居然把自己嚇了一跳，為什麼知道門外的一定是男人？她突然明白了，因為她一直一直都把自己當一個女人，即使所有的人都以為她是男人，她還是固執地堅定地把自己當做是女人，就是把她燒成灰她也仍然是女人。雖然她害怕別人會認出她是個女人來欺負她，可是她一直不願承認，她更恐懼的其實是沒有人知道她是個女人。這個門外的人一定是個男人，而且他一定認出了她是女人，不然深更半夜的，為什麼要在一個瞎子的門外逗留不去呢？

最初的恐懼還沒有完全過去，可是，一縷很深很細的喜悅卻從她身體最深處鑽了出來，帶著一種連她自己都覺得可恥的妖氣吞噬著那點恐懼。她居然為門外站著一個偷窺的男人而感到喜悅？怎麼能這樣，這不是爺爺最怕發生的事情嗎？可是，如果門外果真站著一個男人看她，她為什麼不能喜悅？他簡直是她的知音。她做夢都想從自己身上這無邊無際的男人的盔甲中爬出去，現在，她突然摸到了一道縫隙。黑暗中她開始動手脫自己身上的衣服，躺下時因為恐懼，都沒來得及脫衣服。她脫了外衣，又解了裹胸，把兩只乳房晾在了黑暗中，接著，她又把粗布短褲脫了，把自己整個身體都明晃晃地晾了出來。這時候她多麼渴望她能突然長出一頭長髮，一頭水妖一樣的長髮，一直拖到腳跟上，能把見到她的每一個男人纏到窒息才好。

她一邊用手撫摸自己一邊聽著窗外的動靜，沒有聲息，他睡著了嗎？他能看到她脫光的身體嗎？在那一瞬間裡，她恨不得把燈打開，好讓窗外的男人看到脫光的她，讓這男人看到她真的是一個女人。但她不敢，她在黑暗中使勁按捺著自己，折疊著自己，她折疊著自己的乳房，想努力把自己折疊成一個男人。可是，她發現，那兩只乳房越是折疊便越是碩大，像迎風成長的漿果一樣，熟得飛快，幾乎是一碰就要流出汁液來了。她小心翼翼地不敢再去碰它們，然後，她感覺自己又把兩隻腿分開了，她像一隻蚌殼一樣把自己分開了，她那裡開始潮濕起來，連她自己都嗅到了那種從身體深處滲出來的詭異的潮濕。這個時候她真有一種衝動，她想跳下炕把門打開，讓門外的男人進來。但是她不敢。

直到凌晨的時候，她聽到門外的男人翻牆出去了。

第二天晚上她出去撿垃圾回來後就沒有再拴門，這個動作讓她自己也愣了一下。她不敢多想，也不再碰那扇門，匆匆洗了把臉便關燈睡下了。但是這一夜沒人來敲她的門，她有些失落，到了晚上照樣又留門，還是沒人來。就這樣等到第五個晚上的時候，有人推門進來了。

常勇躺在黑暗中似睡非睡的時候忽然聽到了門響，儘管什麼也看不見，她還是本能地抬起頭朝著門那個方向看過去。她感覺到進來一個人，聽他的呼吸聲和腳步聲她就知道這是個男人，近了，近了，男人已經走到炕邊上了，他離她不過一尺之遠，她甚至都能聞到他身上的汗腥味。這種汗腥味野蠻地刺激著她，她忽然渾身一抖。男人顯然已經在黑暗中看到她了，他默無聲息地站在那裡，她躺在那裡也不敢動，男人粗重的呼吸撲到她臉上摩擦著她，幾分鐘的對峙過去了，她覺得她簡直要被這呼吸點著了。就在這個時候，男人的一隻手伸過來了，那隻手猶豫著發著抖摸到了她的一只乳房。在那個瞬間，兩個人都短暫地凝固了一下，彷彿被一道電流串到一起去了，很快，男人甦醒過來了，她的另一只乳房也揉進了他的手裡。她突然發現她的兩隻手正放在男人腰上，她像是怕他跑了一樣死命抱著他，後來她又用兩條腿夾著他。

兩個人從頭到尾都沒說一句話，男人忙著在那找地方急急想插進去，常勇則一邊忙著害怕一邊忙著快樂。她當然害怕，因為她就要被強姦了，可是她又是那麼快樂，快樂得近於淫蕩。她甚至想對這個男人說，快插進來，快強姦我。她突然發現，她竟這麼淫蕩，原來，她渴望這次強姦已經渴望了這麼久，原來，這麼長時間裡，她雖然假裝成男人，一直一直渴望的卻是，什麼時候能被一個男人暴烈地野蠻地強姦。這麼多年裡，那些被壓制被禁錮的東西全借屍還魂了，不僅是還魂，還變本加厲地過來問她索取要把她推倒把她踩在腳下。

能有一場性事多好，她知道她這輩子都做不了新娘的，不會有一個男人娶她的，她只能一輩子留著男人的短髮穿著男人的衣服，像蟲豸一樣撿著垃圾吃，所有的人都不把她當人看，沒有人會在乎她是生還是死，所有的人都覺得她不過是一隻雌雄同體的怪物，覺得她根本就不是人。可是像現在這樣，能做一回自己的女人有多麼好。只有被男人強姦了才能證明她終究是女人，在這個荒涼的世界上，她不是任何男人的女人，她單單就只是自己的女人。就像是，在一場性事中她把自己嫁給了自己。

男人好不容易找到了地方，進去得很費事，只兩下也就結束了。他輕輕哼了一下，趴在常勇身上的一瞬間，常勇幾乎落淚，如果說此時他是她的男人不如說他是她的戰友，她突然很想抱住他痛痛快快地哭一次。她能聞到他頭髮裡的餿味，她知道他一定也是蟲豸一樣的人，他們根本就是一體的，他們在一起本身就不是做愛，不過是自己忍痛吃掉了自己身體上的另一部分。她什麼都不想說，忍著疼痛就只想抱抱他，因為，抱著他就是抱著她自己。可是男人緩過來了，他飛快地從她身上爬了起來，沒有說一句話便提起褲子倉促地慌張地跑了。

大約過了三個月左右的時候，楊德清決定在一個晚上去看看常勇。這段時間他通宵達旦地幫人在地裡收割玉米，手裡有了幾塊錢，他買了二斤糕點，趁夜色濃重向常勇家走去。他總是想起那個晚上見到常勇背回去的那些垃圾，是啊，一個瞎子，無依無靠，靠什麼生活，簡直是連他都不如。他起碼還有眼睛，還能看得見，還能幹活。他還不時想起她那個背著他撒尿的動作，她那發抖的雙腿，那個時候她該有多深的恐懼啊，可是，那恐懼的最下面又分明暗香浮動，波光瀲灩，那是一種比恐懼更邪更妖冶的東西。他知道她是個女人，可是她明晃晃地對著男人光出屁股的時候，她身上為什麼會有一種可怕的……愜意？她好像在刻意勾引男人，並且，她這麼做的時候分明是愜意的。她就好像一個即將墜入山崖的人，拚命在做最後的垂死掙扎，但這種命懸一線的極度恐懼似乎又給了她一種類似於高潮的快感。

到了常勇家門口，他正準備翻牆進去卻突然發現對街門是虛掩的，一碰就嘎吱一聲開了。月光把他的影子拖得又虛又長，落在石板上有一種冰涼的質感，彷彿他正走進什麼鬼魅的宮殿。整個院子裡都流轉著一汪清涼的月光，那些屋簷下的荒草看起來像落了一層薄薄的霜，滲出一種哀豔的淒清。然後，他看到了窗戶裡的燈光，月影寒窗，也不像是真的，倒像是貼在夜色裡的一層剪影。雖然不過第二次來，他卻無端地覺得熟悉，熟悉到了害怕。他踩著滿地的月光嘎吱嘎吱走到了門口，正準備敲門，卻發現這扇門也沒有拴住。他有些吃驚，覺得自己像中了一個圈套，忍不住往後退了一步。

就在這個時候卻聽見屋裡的常勇說了一句，你來了。楊德清站住了，想，莫不是因為上次來過，這常勇就一直在等他來？可是，她怎麼會知道上次來的是他，她又為什麼要等他？他有些口乾舌燥有些害怕，但轉念一想，她一個瞎子還能把他怎麼樣，更何況他今天來也不是來做什麼見不得人的事的。他便拎著那二斤點心進了屋裡，他訕訕地站在地上，坐也不是站也不是，環視了一下屋裡，屋裡倒算潔淨，不像是瞎子住的地方。他想，真是奇了，莫非這瞎子真是另有天眼？躊躇了一番之後，他說了一句，我是來給你送點心的，你留著吃，我這就走了。

他還沒邁出腳去，常勇已經異常機敏地快步走到門口把門關上拴住了。他越發吃驚，說，你是不是能看見？常勇背對著他說，從炕到門十二步，我每天要走無數次，怎麼能記不住？這時候她回過頭來了，像隻蝙蝠一樣用感覺尋找著楊德清的方向。這是楊德清第一次近距離仔細看著常勇，他首先看到的便是她那兩隻翻起的白眼珠，這兩點白讓他覺得恐懼，就像是在眼睛裡硬生生長出了白森森的骨頭。看來她確實是瞎子無疑。因為是晚上了，常勇只穿著一件背心和一條粗布短褲，他一眼便看到了她背心後面的那兩只乳房，他突然覺得血往頭上湧，一道電流擊過下身，他慌忙往那裡一摸，軟的，仍然是軟的。他又是恐懼又是絕望，一邊用眼睛死死盯著常勇的乳房，一邊使勁用手擺弄那裡，不行，還是硬不起來。

這時候常勇摸索著走到了他面前，突然幽怨對他說了一句，你怎麼才來。她這句話讓他呆住了，因為，這個女瞎子在說這句話的時候周身流盼著一種奇異的光澤，像一塊吸飽了月光的石頭忽然會自己發光了，這使她看起來周身再次充滿了動人的妖氣。他的一隻手還擱在襠部，另一隻手卻被常勇抓過去了，在他還沒反應過來之前，她已經把他那隻手放在自己腹部了。她接著說的話幾乎讓他站立不穩，她說，我生怕你不來了，我真是嚇也要嚇死了，連覺都睡不成了，你摸一下，這是不是懷上了？他那隻手已經被放在常勇的腹部了，果然，那裡已經隆起來了。

他腦子裡嗡嗡直響，這是怎麼回事，上次他連她的門都沒進，就在院子裡躺了一晚上啊。他恨不得連人帶手彈出這屋子裡，他覺得自己誤入了一個犯罪現場，他什麼都沒做就被當成是罪犯抓起來了。這留著的門，原來卻不是留給他的，也就是說，在他來過之後還有別的男人也進來過，並且那個男人到底是把這女瞎子強姦了。這個男人是誰？原來，這縣城裡覬覦女瞎子的遠不是他一個人，他頓時覺得黑暗中有無數雙陰森森的眼睛正盯著他們看，正一步一步地向他們逼過來。他正想奪路而逃，常勇在背後拉住了他，她死死拽著他，口氣出奇得冷靜，她說，我不能把這孩子生出來，你幫幫我吧，別人都知道了我是女的我就活不成了，我就只有死路一條了。我看不見出不了門更養不活一個孩子，孩子也是你的，只有你能幫我。我求你，你就幫我一次吧。

楊德清站在那裡想，告訴她不是他幹的嗎，這又有什麼意義？無論是這縣城裡的哪個男人強姦了她，在本質上都是一樣的，都不過是一個生殖器，連張臉都沒有。老的，少的，瘸腿的，長癩瘡疤的，對黑暗中的她來說，都一樣，都一樣。她其實不是被一個男人強姦的，她是被她的命強姦了。是啊，她說的對，一旦有人知道了她是女人，就會有更多的人知道，也許在以後來強姦她的人就不止一個兩個了，反正她什麼都看不見，根本不知道進來的男人是誰。他們來了睡了她就走，不用有任何成本，甚至連句體貼的騙女人的話都用不著說。她就是再懷幾次孕，也沒法知道孩子是誰的。她這靠撿垃圾為生的孤單的女瞎子怎麼去養活一個孩子？他的淚差點下來了。

楊德清偷偷帶著常勇去鄰縣的一個小診所做了檢查，買好了藥，又是趁著天黑把她送到了家裡。醫生說這藥吃下去後要兩三個小時才會有反應，他害怕她一個人出什麼問題，便住了下來。兩個人一個睡在炕頭一個睡在炕尾。中間隔著油氈上那幾朵怒放的牡丹花。

四

常勇是從後半夜開始腹痛的，下面開始流血。她流的血越來越多，很快就把床單把褥子都濕透了，楊德清抓起身邊的衣服，一件一件墊到她身體下面，不一會又濕透了。他開始害怕，他想送她去醫院，可是沒有錢怎麼進醫院，還有就是他要把不停流血的常勇送到醫院，明早全縣都會知道常勇是女人。不能送，可是，她這樣流下去會不會死掉？

常勇臉色慘白躺在那裡已經筋疲力盡，身下的血洎茂密葳蕤，像一張巨大的嘴唇，漸漸地漸漸地把她含進去了。她突然伸出一隻手摸索著，緊緊地緊緊地拉住了他的手，卻不說一句話。這個時候，好像全世界就剩下他們兩個人了，就只有他們兩個人可以相依為命，她身體裡的血液通過她的手流進了他的，他們好像被血液鑄在一起了，好像再也不能分開。

他不敢看她的臉，只是呆坐著，忽然像想起了什麼，他飛快地跳下炕出了屋，到廚房的灶裡扒出一籮筐柴灰。他捧著這筐柴灰飛奔進屋，扯下常勇濕漉漉的褲子，把她的兩條褪分開，然後他把一捧柴灰堵到了她兩腿之間。常勇一動不動地躺著，分開兩腿，他迎著她坐著，久久地久久地，就用一個姿勢牢牢堵著那個部位，彷彿怕那裡會隨時決堤一樣。柴灰濕透了他再換上一捧。這是他第一次摸到女人這個部位，這個部位他幻想了成百上千次，可是現在，它真的就在他手中的時候，他只覺得它是一封遙遠褪色的信，從他那遙遠的過去寄來，只是，現在，已經和他沒有關係了。他們看起來就像在進行一種靜止原始的交媾儀式，空氣裡瀰漫著濃郁的血腥氣，更給這儀式增添了幾分神祕與恐怖。綠色油氈上的牡丹因為吸飽了鮮血而更加妖豔，轟然開成了一座黑暗中的花園。

在天剛亮的時候，常勇的血終於止住了。兩個人都悄無聲息地倒在炕上，像兩個剛從戰場上下來的戰士，丟盔棄甲，好不容易撿下一條命來，都久久說不出一句話來。

這以後的一段時間，楊德清每到深夜就翻牆進常勇家的院子，常勇給他留著裡面的門，他給她帶些白天弄來的吃食，幫她洗兩件衣服，然後兩個人就關燈睡下了，依然是一個睡在炕頭一個睡在炕尾。他怕再有什麼男人來欺負常勇，可是他也怕萬一真的有人進來看到了他，又該怎麼辦。他轉念又一想，怕什麼，這縣城裡可有人把他們當人？也就在常勇這裡，他還能算個人，因為她比他更弱小更孤單，她需要他。而他需要她這種需要。

這個深夜，楊德清忽然從睡夢中驚醒了，有一隻手在摸他下面。他在黑暗中定了定神，明白了，這是常勇的手。她正在摸他。他渾身的神經開始緊張開始抽搐，一團火開始在他身體裡燃燒，他想，萬一呢，萬一會好呢。可是，那只器官在常勇手裡仍然是軟的，有一刻它都有點蠢蠢欲動了，可是很快又縮回去了軟下去了。常勇不甘心，還在繼續擺弄它撫摸它，像隻大鳥在撫摸自己的孩子。即使在黑暗中他也覺得無地自容，他一把推開了她，幹什麼，你還沒好呢。常勇手裡空了，她在黑暗中呆了一呆，然後她又爬過來試圖摸索他，她手裡有一種快要燒著的蠻力，她一邊撫摸他的身體，一邊用一種奇異的陌生的聲音對他說，哥，你不想嗎，你真不想嗎？你上次不是好好的嗎，你怎麼了？

她一邊說著一邊把整個身體貼了上來，在黑暗中他看不清她的表情，只是，因了這黑暗的遮蔽，他簡直在每一個毛孔裡都能感覺到她的身體裡的妖嬈。盲女常勇在這深夜裡忽然如同鬼神附體，風情得讓他害怕。她怎麼會這樣，她怎麼會變成這樣？這根本就不是白天的那個瞎子，可是，他必須承認，此刻的常勇是多麼女人啊，她真正是比任何一個女人都要女人啊。也許，這樣的女人，這樣沒有眼睛的女人，就只有在黑暗中才會徹底開放吧。可是他不行，他還是硬不起來，他簡直要流淚了，他從她手裡懷裡掙脫出來，他大聲地粗暴地吼道，你想幹什麼？快放開，睡覺。

常勇的手一下僵住了，她在黑暗中愣了幾秒鐘，忽然大哭起來，哥，你怎麼就不要我了，你不想要我了嗎？楊德清哽著嗓子說，你身體還沒好，要好好養著。常勇邊摸索他邊哭，我不要什麼好不好，好了又怎樣，像我這樣的人活長了又有什麼意思，你以為我就真那麼想活嗎？我不想這樣半男不女地活著，我就是個女人，我生下來就是個女人為什麼要假裝是男人。我就是不要臉，我就是想讓男人強姦我，要我，不停地要我，我就想死在這種事上，就是這樣死了也比活著好吧。

楊德清一點一點往後退，想躲開常勇的手，可是他已經貼到牆上了，他無路可去。於是，他就像一枚標本一樣把自己乾乾地掛在了牆上，他掛在那裡淚流滿面。他是一個被閹割了的男人，而她是一個被閹割了的女人。他想做男人而不得，她卻是想做女人而不得，他們是兩個在人群中丟失了性別的生物，他們是這個世界上真正的親人。

常勇又摸索過來了，她也流著淚，她邊哭邊摸著他的臉他的全身，他的全身都在發抖。她又一次摸到了他的褲子，她不顧一切地扯下了他的褲子。在那一瞬間，他多麼希望自己能硬起來，如果在這個時候能硬起來能插到這個可憐的女人身體裡，他願意付出一切代價。他明白，對他們來說那已經不是做愛了，那是一種對閹人的補償，只有他的身體進入到她的身體裡，他們各自的殘缺才能天衣無縫地融合起來。他們兩個合在一起，才能變成一個人。

可是，不行，他們各自的殘疾已經深入骨髓。他抱住了她開始嚎啕大哭，她也緊緊抱著他哭。到了後來，他伏在她懷裡慢慢變成了抽泣，她輕輕拍打著他的背，像在哄一個嬰兒入睡。窗外，東方已白。

就這樣半年過去了，轉眼已經要過年了。這個晚上，常勇把爐子添好，煮好小米稀飯，照例等著楊德清。楊德清披著一身雪花進來了，他拍打著雪花說，今天下大雪了。常勇問，雪是什麼顏色的？楊德清不說話，他喝了兩口小米稀飯，忽然放下碗說，常勇，你想一直這樣活下去嗎？常勇把頭偏了偏，尋找著他坐的方向。楊德清頓了頓才說，今年東街要鬧迎神賽社，聽說要大鬧。我今天聽說他們需要兩個馬裨，你……敢不敢和我一起去做這馬裨？

交城地處呂梁東邊，山川阻隔，所以這個晉中小縣城有條件保留了部分儺文化。佛教北傳中國後，使當地遠古的儺文化演變成了迎神賽社。每逢過年的時候人們就要在成湯廟迎神祭祖，還要二十八宿天神來值日，一般賽期為三天，按照曆書排列，選定二十八宿中的三宿當值。為了表示對迎神的虔誠，也為了人神之間的暢通無阻，每次迎神賽社上都需要幾個馬裨。馬裨是代表著神來驅鬼辟邪的，扮演馬裨的一般都是最底層的人。因為自古以來人們都認為，不潔的東西往往是一種抗拒其他不潔的妖魔鬼怪，只有用不潔的底層的人才能鎮壓那些更邪惡的東西。馬裨在迎神賽社中要表演神靈附體，神靈附體後的馬裨自然不同於常人，所以在表演中，馬裨往往要用一些自殘的方式來顯示自己真的是被神靈附體了。有的馬裨用六七寸長的匕首穿透自己的手腕，有的馬裨用七寸長的鋼釺刺穿自己的兩腮，還要掄著兩米長的鋼刀，為上香會開路。還有的馬裨用帶環的鋼刀往自己前額上亂砍，滿臉是血地往前走。

一些年老的馬裨死後便很少有人能再做得了馬裨了，馬裨已經成為了縣城裡的一種傳說，令聽者變色。只聽楊德清說，我們可以表演穿杖。我已經到別的村裡打問過兩個老人了，其實這根本就不是什麼神靈附體，只要表演時不停地往傷口倒冰水和用香紙擦拭鋼筋，就能起到止血作用，取出鋼筋後在傷口上抹上香灰就可以了。因為穿杖部分在臉部，在鋼筋瞬間穿過後，臉部的黏膜、肌肉、皮膚會同時緊密收縮，雖然軟組織被破壞了，但血也不會流出。這就類似於古時戰爭中，刀或箭插入體內後，如果不立馬拔出，血就不會往外湧。更為重要的是，臉部的血大部分都是毛細血管，鋼筋在裡面停留一兩個小時，已達到凝血狀態了，到拔出時，本身出血就很少了。常勇的臉色已經變了，她戰戰兢兢地問了一句，要我做什麼，我一個瞎子，什麼都看不見。

楊德清說，你不要害怕，跟著我就行了，到時候我把一根鋼筋從我腮幫子上穿過去，再穿上你的腮棒子，我們兩個就穿在一條杖上，這樣我走你就跟著我走，就像平時你跟著竹杖走一樣，我會給你帶路的，也就那一會。不要害怕，聽老人們講，只要在迎神賽社上穿杖都沒有人會疼的，可能真的是有神靈附身也不好說。現在這手藝基本失傳了，沒有人願意做這個，看看都覺得害怕，我今天已經和東街大隊裡說過了，我說今年的馬禪就我和常勇做了，他們正愁找不到人，馬上就答應了。

常勇眼睛空空地對著窗外，忽然陰陰地笑了，因為我們是這個縣城裡最爛最不乾淨的人，是嗎？什麼算命，什麼神靈附體，說到底了，不過就是給人看的雜耍，只不過，算命這雜耍不用流血不用死人，而馬禪這雜耍是要用命來玩的。

楊德清走到了她面前，她看不見，卻感覺到有一團黑影像鳥翼一樣逼了過來，她罩在了他的影子裡，她忽然低下頭去。楊德清說，我知道你害怕，其實我也害怕……我心裡也沒有底氣，我不知道究竟會有多疼，我也不知道我們會不會死。可是，你也說過的，這樣像狗像蟲豸一樣活著，連男人女人都分不清地活著還不如去死。如果我們在今年的迎神賽社上真的表演成功了，真讓人覺得我們是神靈附體了，那我們就活出頭來了你知道嗎？不是說能掙幾個錢，而是，以後任是誰都不敢小看我們了，不會再把我們當狗當蟲豸了，就算是不講迷信的人對上過神的人心裡都是要有幾分畏懼的吧。尤其是你，你爺爺不是想讓你靠算命來謀一條活路嗎？人家憑什麼信你說的話，只有你上過神做了乩身，別人才會從心裡敬畏你，才會有人來找你算命，才會把你當神供著。我聽人說文水的一個女人就是做了乩身後，不僅是當地人紛紛找她算命，就連很多當官的也開著小車花大價錢來找她算命，貪的錢越多心裡越是害怕，見個廟就要燒香。聽說得和這女人睡一覺才會轉運，儘管睡一覺是大價錢，他們還是爭先恐後地花上大價錢要和這五十多歲的女人睡一覺。聽說她現在住著洋樓開著小車，每天有人把她當神仙供著，她能餓死嗎？其實和你說吧，我根本不信鬼不信神，我抬棺材都不怕，我連死人墳上的供品都吃過，這都是騙人的。不錯，做馬褲的都是最下九流的人，可是你要想好了，這是我們唯一的機會，不這樣虐待自己一次我們就一輩子都逃不出自己的地獄。你就不想真正地活成一個人嗎？

迎神賽社那天終於到了，大雪已經下了三寸厚還是沒有停的跡象。人們踩著厚厚的雪圍觀在成湯廟前，先是八音會開道，八音是指金、石、土、革、絲、竹、木、匏八類樂器的合奏，八個樂手穿著長袍馬褂，領上斜插一面紅色的，下面有一尺多長的三角旗，旗中間綉龍。後面是百戲，有旱船，竹馬，高蹺，八卦錘，形意拳，大頭娃娃。再後面就該馬褲表演了，人們在雪地裡圍成一個圈，把楊德清和常勇圍在了中間。兩個人都穿著鮮紅色的綢衣綢褲，披著大紅色的斗篷，帶著大紅色的頭巾。楊德清一手拿著六寸長的鋼釺，一手拉著常勇的手慢慢走到了場地中央。雪越來越厚，他們走在上面咯吱作響，大團大團的雪花撲到他們的紅衣上面瞬間就被烤化了。

一陣西北風刮過，他們的斗篷像血一樣在風中燃燒著，灼傷著人們的眼睛，因為這灼傷，人們更加嗜血了，驚恐地竊笑著，卻目不轉睛地盯著他們。楊德清的眼睛被風雪迷住了，他突然有些害怕，便更緊地拉住了常勇的手，常勇也死死拽住他的手，幾乎把指甲嵌進他肉裡去了。他們就像一對即將被執行死刑的囚犯，無處可逃，正要被眾人觀賞接下來的臨刑。楊德清站在那裡極力讓自己鎮定下來，他拽住自己的一口氣使勁往下嚥。氣在往下沉，漸漸沉至丹田了，他感覺自己像被鑄了鐵芯一樣漸漸站穩了。慢慢地，他有了一種靈魂出竅的感覺，他彷彿都能看見他的靈魂奔向了大雪紛飛的天空，於是他的肉身開始麻木開始進入了一種類似於休眠的狀態。他覺得自己彷彿是一支香點著了，馬上就要化成一道青煙，真的要作為一個通靈者去祭祀那天地間的神靈了。

他開始動手，他拿起鋼釺，在眾人驚恐而貪婪的目光中緩緩舉到了腮部，他環視了一圈人群，迎接著眾人的目光，他們竟不敢接他的目光，這讓他感到滿意。他又長長吸了一口氣，找準一個位置，一定不能刺到頜骨之類的硬處，他舉著鋼釺又靜靜地看了一眼常勇，所有的目光都聚焦在他身上了，所有的人都屏著呼吸等著他。就在這一瞬間裡，楊德清忽然有了一種正站在燈光華麗的舞台上的錯覺，他正衣著優雅得體地站在燈光深處受著所有人的膜拜。他甚至微笑了一下，一使勁，那支鋼釺就穿過腮棒子戳進他嘴裡了，人群一聲驚呼，有的人捂住了眼睛卻又馬上從指縫裡偷看。鋼釺從舌頭上鑽過的時候，他竟舔到了它的味道，金屬伴著雪花的氣息，剛烈，冰冷，夾雜著雪的清香。還有，他聞到了自己的血的氣息，血和金屬融在一起的時候忽然會變得這麼詩意，一種殘酷的詩意，詩意中還帶著兵器的朔氣，這詩意與朔氣同時澆築進了他的身體裡，像鋼筋水泥一樣忽然便讓他巨大堅硬起來。他的身體深處生出了一種可怕的血腥的蠻力，只輕輕一用力，這鋼釺便穿過舌頭從那只腮幫子戳出來了，人群又一聲驚呼。他真的沒有感覺到一絲疼痛。他往中間移動鋼釺時傷口開始出血了，他飛快抓起地上準備好的瓶子，把裡面刺骨的冰水往新鮮的傷口上倒。血不流了。

他把目光轉向常勇，常勇像一座紅色的石碑一樣呆呆地站在雪地裡，雪花已經把她的半張臉蓋住了，她也不去撣，似乎存心等著這大雪完全把她埋掉。他腮上插著鋼釺一步一步走到了她面前。她感覺到他的氣息了，忽然使勁翻著白眼，慌張地茫然地環顧著四周，似乎是期望這時候有人會衝過來把她救走。楊德清拉住了她的一隻手，她往後一退，掙脫了，他再一次一把抓住她，牢牢地抓住了她。他用另一隻手輕輕拂去了她臉上的雪花。他一邊拂一邊在她耳邊含混地艱難地說，不怕，真的，一點都不疼。在那一瞬間，他看到有兩行淚從常勇深陷下去的眼眶裡流了出來，她的白眼珠更森然了。他替她把淚擦乾淨了，然後，站到她一側，把伸出去的鋼釺對準了她的腮部。他一手拿著鋼釺，一手托著她的腮，他嘴裡插著鋼釺，費力地一個字一個字地往出擠，哥就在你身邊，哪兒都不去，記住了？

常勇一聲不吭，兩隻手在劇烈發抖，似乎急於想抓住點什麼。楊德清一使勁，鋼釺從常勇腮幫子穿過去了，人群剛發出驚呼，他已經用飛快的速度又一戳，鋼釺從腮幫子那頭出來了。他不能再扭臉看她，現在，他們被串在一根鋼釺上了。他拼命往常勇的傷口澆冰水，血止住了。他用盡力氣地對她說了一句，我們現在都是神靈了。他開始往前挪動，他每走一步，鋼釺上串著的常勇就得跟著他往前一步，而且他們的步伐必須一致，必須同時邁出一隻腳去，不然便前進不了。眾人的目光像雞血一樣打進了他身體裡，他被一種極度的興奮包裹著，嘴裡含著鋼釺一次又一次地給常勇發出命令，起。兩人邁出一步，再說一次，起，兩人再走一步。這支鋼釺像一支射出去的箭，刺穿了他和常勇。大雪中他們真的變成了一個人，一個四手四腳的人，遊走在半神半鬼之間。

雪越下越大，兩個紅衣人像大雪中的兩滴血一樣，一步步走進了成湯廟。

五

迎神賽社之後，常勇大病了一場。病好之後，她突然和從前不大一樣了。

她開始不停地自言自語，獨自坐在屋裡或者拄著竹杖走在街上的時候，她都在那裡自言自語，好像她周圍始終站著一個肉眼看不見的人，再或者，人們覺得那圍在她身邊的根本就不是人。就是不自言自語的時候，她也和從前不同了，她隨便往哪一坐，臉上身上都有一種詭異的端凝空虛之氣，她臉上沒有任何表情，就只那麼心平氣和地空著。好像她是一處空空的廟宇，她的靈魂已經走開了，已經騰空了，給別的什麼魂靈騰出地方來了，香火之氣卻還在這廟宇裡繚繞不去。只這裊裊的香火氣便在她身體裡戳了一根堅硬的芯子，把她牢牢夯在了那裡。插過鋼釺的兩個腮幫子留下了淺淺的兩個疤，這兩個疤也讓她看起來神祕了很多，好像什麼鬼神在她臉上烙下的印記，使她從人群中一下就跳出來了。就連她那兩隻可怖的白眼，也像某一種讖語了。她看起來，不太像人了。

其實常勇不過是因為經歷了鋼釺穿腮的極度恐懼以及被萬眾矚目的極度興奮之後，產生了一種類似於精神分裂的癔症。當時為了克服對鋼釺的恐懼她極力給自己一種強大的心理暗示，她可是被神靈附體的，一點都不會痛的，更不會死的。當這種強烈的暗示被一把鋼釺瞬間定格下來之後，就再也揮之不去了。穿腮之後她便開始認為，她確實是被神靈附了身的，她不再是一個常人。

在這次迎神賽社之後，果然多了一些來找常勇算命的老頭老太太。他們來找常勇的時候，常勇就在炕上盤腿一坐，白眼珠使勁翻著翻著，頭忽然就耷拉下去了，就像是突然睡著了。等到她再次緩緩抬起頭來的時候，她的神情和聲音忽然都變了，她有時候做出婦人的嬌媚狀，翹著蘭花指，聲音也變得又尖又細。好像她已經完全不受自己控制了，她身體裡正附著一個女人的魂魄指揮著她說下去說下去。有時候她又忽然變成了一個老態龍鍾的老人，又是咳嗽又是打哈欠，連腰都直不起來，臉上也像憑空生出了很多褶子，每一道褶子都拖著她的臉向下垂去，使她看起來瞬間就老去了幾十歲。她的聲音也是蒼老的，老得連字都咬不住了，走風漏氣的似乎正從一張沒有了牙的黑洞洞的嘴裡發出來，讓人聽著都駭然。這時候她好像又被一個老人的魂魄控制了，老人的魂魄坐在她的肉身裡，通過她的嘴說著自己想說的話。等魂魄說完之後，常勇開始慢慢甦醒，她耷拉的頭慢慢抬起來了，滿面倦容，好像剛打過仗一樣。她用白眼珠看看周圍，說，我這是在哪裡了，怎麼這麼累啊。

來算命的老頭老太太看得口瞪目呆，也不管常勇到底說對了幾句，其實就是在被所謂的靈魂控制的時候，常勇嘴裡說出來的仍然是一些模稜兩可的話，無非就是有求必應，給算命的人各種心理暗示罷了，總之就是要給那些老頭老太太一種無限的希望。可是來算命的人都被常勇這種詭異的氣場鎮住了，只覺得這瞎子可能是在迎神賽社中真的通靈了。這可不是丟個銅錢測測八字，這是上了一個檔次了，她已經變成乩身了。

這話一傳出去，有事沒事的人都湊到常勇家門口來看熱鬧，倒是裡三層外三層像看戲一樣熱鬧，常勇連門也不出，就坐在自己家的炕上一次又一次地進行著重複表演。最多就是換換附在她身體裡的那個神靈的年齡和性別，男的，女的，兒童，老的，少的，反正神仙不問出處，大約和人一樣各個年齡層次的都有。

眾人的圍觀給了常勇一種劇烈而新鮮的刺激，就像在她身體裡種了一個魚鈎一樣，人們期望著能從她身體裡釣出更血腥更刺激更神祕的東西來，她必須不負眾望，必須把戲演到底，演到骨頭裡，榨出自己所有的可怕潛質，才能在這巨大的無邊無際的黑暗中站住腳，活下去。她成了人神臨界處的一個優伶，在燈火輝煌處供眾生賞玩。

她很快就對這門技藝嫻熟了，什麼事都是一回生二回熟吧，哪有越做越不熟練的。為了回饋觀眾，她自作主張，在傳統扶乩中加入了很多新的內容。她自小聽爺爺唱晉劇唱上黨梆子唱隊戲，什麼《太極圖》、《光武山》、《過五關》、《斬華雄》、《鴻門宴》、《氣周瑜》，她都能唱得下來的，瞎子因為眼瞎心明，基本聽一遍就能背得下來。這點童子功，現在居然都派上用場了。表演時她還兼有很多道具，木劍護符不離身。附身的神仙的品種也越來越多，她的體內儼然是蟠桃盛會了，眾神逗樂打趣，流連忘返。

漸漸地常勇都有點迷戀這種表演了，雖然她心裡知道多數人還是不過把她當個消遣來觀看，但就是這消遣也夠餵養她一陣子了。她周圍聚集的人越多，人聲越嘈雜，她就越興奮，這種極度的興奮催化著她，使她周身迅速發生了化學反應。她暴露出的潛質讓她自己都覺得害怕。她入戲極快，而且非常稱職，一旦開始表演她的眼前就開始出現各種神靈的幻象。與其說是眾人需要這些神靈不如說她才是最需要的那個人，於是，她虔誠地向著那些幻象伸出手去，她感覺到那幻象終於握住她的手了，像一個父親或母親一樣握住了她的手。她像一個基督徒得到了耶穌的庇護，頓時便流下淚來。現在，她是他們的孩子，父親母親爺爺，誰都會拋棄她，可是這些被她一手造出來的幻象是永遠不會拋棄她的，因為，他們是被她親手造出來的，她就是他們的廟宇。

她在黑暗中和這些幻影喃喃說話，她擁抱他們，他們便也擁抱著她。在擁抱的那一瞬間裡，她渾身一抖，彷彿真的在那個空虛的擁抱中感到了他們身上的溫度，他們愛她，她相信他們是愛她的，這點愛她渴望了多少年啊。她一邊喃喃自語一邊微笑一邊流淚，眾人鴉雀無聲地看著她，都被這種神祕的氣氛震懾住了。而她在這片寂靜中愈發滿足愈發投入，她被那些神靈的幻象擁抱著溫暖著，她覺得她已經不在人間，甚至她懷疑自己是不是已經登上了雲頭，再無所謂什麼眼睛不眼睛，她坐在那裡可以俯視到眾生，可以悲憫眾生，她甚至看到了自己在人群中的那具醜陋的肉身，真是醜陋啊，一個瞎子，一個半男不女的怪物，她那麼憎恨它。而現在，她分明是這些俗人的菩薩，她在普渡他們。

這種虛幻的崇高感緊緊緊緊地裹著她，有如給她塑上了一道金身，她在黑暗中感到了自己此時的祥和，寧靜，美麗。她的淚嘩嘩往下流，就為了能與這些幻影擁抱，她真的情願再不醒來，她情願就在夢中要一個長長久久的擁抱，情願她自己也只做一個沒有肉身的幻影。

可是她知道這不可能，沒有什麼不能醒來。周圍再次開始喧嘩，那些幻影慢慢消散了，她和他們依依惜別，淚流滿面。就在那一刻，她突然明白，原來這世界上其實根本無所謂孤獨，因為沒有什麼是抵達不了的，最真實最恆久的東西其實就活在人的一念之間，你不讓它死它就永遠不會死。你在意念中想著它的擁抱的時候，它就會一直一直用巨大的羽翼抱著你。

她坐在油氈的一朵牡丹花上，一邊流淚一邊微笑。像一尊真正的佛。

眾人看戲看夠了，還得回家做飯吃飯，還得外出掙錢養家，所以都紛紛散去。散去的時候有的人留下五塊八塊，有的人給她留下二斤桃酥，還有的什麼都不留，赤手空拳地來看戲再赤手空拳地回去。反正一個瞎子也看不見，至於神靈，誰願意信誰就去信吧。你要是不信，他們也不會賴著你。

這期間楊德清也越來越忙，自打過年那次迎神賽社之後，就有鄰縣的鄰村的人陸陸續續過來請他去做求神祭祀的馬裨。

他每次過來看常勇的時候臉上都帶著傷，只是常勇看不見。他四處做穿杖，掛鍘，吐火等各種駭人的表演，有時候在臉上插的都不是鋼釺，而是鋼刀，鋼刀從這個腮幫子插進去，從那個腮幫子穿出來。還有的時候把幾支鋼釬一支一支從腮上捅過去，把整個腮幫子捅得像個馬蜂窩。有時候還要用刀往自己額頭上砍，砍得越狠就越逼真。越是這樣別人越覺得他不是人，越覺得他不是人便越敬畏他。每次表演完他都要歇好多天，白天閉門不出，只在晚上的時候去看看常勇。他一定要等臉上的傷口痊癒了才接著出去表演，馬褀是不能受傷的，受傷的那只能是人。而他現在已經不是人了。

他每次去看常勇的時候都給她帶點吃的，可是他絕不肯過夜，和她坐著聊一會就走了，常勇怎麼留他他都不肯。事實上，他對常勇的整個態度都不及從前了。他整個人變得很生硬很暴烈，好像那砍在他身上的每一刀，那每一根插進去的鋼釬都在他身體裡一個最幽暗的部分沉積下來了，它們像落葉一樣越積越厚，直至在他身體裡開始發酵開始變質，開始蛻變成一種戾氣。以前她留他不要走的時候，他便會憐惜她，留下陪她，可是現在，他連頭都不回，帶著一臉傷疤陰鬱地堅決地離開了。他帶給她什麼吃的時候，也會不容商量地對她說，你快把這個吃了。就在她說話的時候他會非常暴躁地打斷她的話，不讓她再說下去。

然而這暴戾讓她心生舒服，她知道這種暴戾不過是他的一支援軍，他必須靠這點戾氣來支援他的軟弱，他的無用，只有這樣，他才能讓自己有一點虛張聲勢的猙獰。他借用了儺戲中那個驅鬼人的面具，戴在了自己臉上，這一戴他就再也不願摘掉了。因為他躲在面具的後面忽然產生了一種溫暖安全的感覺，似乎這是一處遮風避雨的好去處，他躲在這面具後面其實誰都找不到他，那個他本身忽然從這世界上消失了。他情願他消失，因為他對他太厭惡太看不起了。他越是暴戾她越是心疼他，因為她知道，他越是暴戾便越是因為他本身在搖搖欲墜，他快撐不下去了。

一個晚上，她終於和他說，咱們不做這個了好嗎？要不我們離開交城吧，我們去別的地方，要不躲到呂梁山裡去，誰都不認識我們，我們倆就是種點地也能活下去的。

他粗暴地打斷了她，能去哪，我們能去哪，去了哪不是像螻蟻像狗一樣活著？沒有人會把我們當人，我們自己也習慣了不能把自己當人。你信嗎，我們就是去一個沒有人認識我們的地方，我們照樣不能把自己當人。她說，像現在這樣每天用刀子往自己臉上砍，用鋼釬往腮幫子上戳，你就覺得自己是人了嗎？他冷笑，現在也不是人，但這樣做一個怪物要比做一個人好。就算是怪物，別人也是需要我的，敬畏我的。你要知道，現在，我們倆都是需要觀眾才能活下去的，我們是靠演戲活著的，所以我們不可能逃到無人的地方去。那樣我們更活不下去。

不錯，他們都是怪物，可是她明白，更需要這樣一個怪物的其實不是縣城裡的人們，而是他自己。從前的種種羞辱與種種罪惡感在他身上留下了巨大的缺口，不如此自虐他便不足以填補自己身上的那些缺口。他正在把一種暴力正當化，而把暴力正當化的過程就是他正面接受自己恥辱的過程，接受了這恥辱他才覺得自己強大了。她知道，他粗暴地拒絕在她這裡過夜是因為，他已經做不了愛了。那是他的一種恥辱。男人總是會用加倍的虛張聲勢的強硬去填補自己一個地方的軟弱。

六

轉眼已經是夏天，天氣越來越熱，蚊蟲多起來，家家戶戶掛起了竹簾。竹子是新砍的，簾子一掛，滿街是竹子的清香。這點竹香在北方縣城的街道上流動著，像長出了一層陰涼的青苔。

常勇有段時間沒見到楊德清了，她無端地有些忐忑，但又不知道去哪裡找他，便四處問人打聽。這個晚上，楊德清忽然敲開了常勇的家門。她一開門就聽出他走路有些不穩，便問，哥，你怎麼了，最近你到哪了？楊德清沒有說話，進屋就坐在了炕沿上。常勇挨著他坐下來，又疑慮地問了一句，你是不是病了？楊德清呆呆坐了一會，忽然對她說，常勇，以後我要是不能來看你了，你自己可要小心。常勇坐在那愣了幾秒鐘，然後她忽然伸出手向他摸去。他向後躲閃了一下，常勇便用更大的力氣撲了過去，他躲閃不及，兩個人都跌倒在炕上。常勇的手從他身上一點一點地向上摸著，她一邊摸一邊恐懼地說，你怎麼這麼燙，你發燒了？你怎麼燙成這樣？等摸到他的臉時，她的手不動了。她把那隻手哆哆嗦嗦地收回來放在自己鼻子下聞了聞，她突然尖叫了一聲，你怎麼了，你到底怎麼了？

楊德清靜靜地看著她，一句話都不說。他的臉看起來異常猙獰，上幾處很深的傷口正在發炎流膿，傷口像嘴唇一樣翻出來，露出了猩紅色的裡子，猩紅色的最下面若隱若現地沉著幾點雪白，那是骨頭。事實上，他的整個臉都已經變腫變成黑紫色了，只是常勇看不到。常勇的手再次伸過來，他不再躲了，安靜地坐在那裡讓她摸，她摸著他的臉，他的眼睛，他的嘴唇。摸到後來，她的手漸漸停住了，她像個母親一樣無聲地把他的頭抱在了懷裡。楊德清一動不動地伏在那裡閉上了眼睛，他說，常勇，以後晚上一定要把門關上了，不要再讓任何人進來。我就是不來了你也要自己好好往下活。常勇忽然推開他從炕上跳下去，開始摸索著收拾東西，她一邊收拾一邊說，走，我帶你去省城的醫院，不要怕花錢，我有錢。我真的有錢，你看，你快看。她收拾起一個小布包背在身上然後就跌跌撞撞地去拽楊德清，楊德清不動，她就使勁拖他，她大聲說，快走啊，你坐在這兒幹什麼，快起來。

她拖不動他，她又使勁拽他的胳膊，他胳膊一鬆，她便整個人跌倒在地。她爬起來又一次摸到了那隻胳膊，她的淚下來了，落在楊德清那隻滾燙的手上。那隻手太燙了，以至於淚一滴上去她就能聽見它吱吱地被烤乾了。楊德清的聲音很輕很弱，像個很柔軟很柔軟的嬰兒，沒用了，丫頭，我就是最後來看看你，我真的不放心你，以後要是有人再欺負你可怎麼辦。我走了你就養條狗吧，千萬別再讓什麼人進來了。丫頭，你別怕，就是走了我也在那邊等著你呢，我們肯定還會相見的。這樣死了多好，我起碼不是餓死的不是被人像狗一樣打死的，能這樣死掉是好事，你應該高興啊。她抱住他嚎啕大哭，你也不要我了嗎，連你都不要我了嗎？

楊德清靜靜地流著淚，一句話都不說，淚水在他猙獰變形的臉上溝壑縱橫。常勇忽然把他按倒在炕上，她摸索到他的褲腰，開始拼命往下扯他的褲子。他不反抗，她把他的褲子脫了就開始用手摸索那個地方，那裡很安靜，她用手使勁撫摸它，但那裡始終是軟的，沒有一點點硬起來的跡象。她的淚一滴一滴地落在了它上面。楊德清忽然起身，粗暴地把她推在了炕上，只兩下他就脫掉了她的褲子，他把她的兩條腿大大攤開，然後，他把一隻指頭從那裡伸了進去。他用那隻指頭捅著她，她開始呻吟，他便捅地更用力了，他一邊捅一邊說，哥對不起你，就當你是哥的女人了。常勇一邊嘩嘩流淚一邊扭著身體大叫，我本來就是你的女人，我都懷過你的孩子了，快操我，你狠狠操我吧。楊德清也流著淚，嘴裡不停地說，哥這就操你，你這小淫婦，你真淫蕩，其實你是交城縣裡最淫蕩的女人，別人都以為你是半男不女，其實你是交城縣裡最淫蕩的女人，你恨不得讓所有的男人都把你操一遍是不是。你可真是個女人。

常勇流著淚大笑，是的，是的，我就想做女人，我本來就是女人，我就想讓男人操，哥你快要我，你今晚就把我弄死了好不好，你操死我吧。楊德清哽咽著連聲説，好，好，這就要你，哥這不就在要你嗎？他的那隻手指更深地伸了進去，那個洞穴把他的一隻手指吞沒了，他開始伸進去兩隻手指，三隻手指……最後，他的整隻右手都伸進那洞穴裡了，常勇不顧一切地瘋狂大叫，她叫著，我還要，還要，哥，再深點再深點，你再插我，再插進去啊。楊德清的那隻手更深地向裡伸去伸去，他把整隻胳膊都要伸進去了。常勇把兩隻腿分開到了極限，她像個真正的蕩婦一樣大笑著扭動著，忽然她大叫著，哥，你插進我的子宮裡了，你插得好深。然後，她開始渾身抽搐，她的臉上出現了一種瀕死的極致的笑容。現在，她是女人了，他是男人了，他們交媾成了一枚血腥的標本。久久交纏，再不放開。

兩個人都久久地一動不動，楊德清的那隻手還插在她的洞穴裡，他的整條手臂都快被吸進去了，他就那麼安靜地趴在她兩腿之間，看起來他像是剛從她子宮裡生出來的新生的嬰兒，身體出世了，一隻胳膊還沒有出世，還連在母親的子宮裡。

一切都那麼靜謐安詳，似乎一切才不過是從頭開始。

常勇閉門謝客，不見任何人。她和楊德清在一起關了三天三夜之後，門終於開了。楊德清已經死了，死在了她的炕上。東街大隊只雇了兩個人，草草把楊德清埋在了城外的墳地裡，送喪的只有常勇一個人。

又是半年過去了，一場大雪覆蓋了卻波街。棗樹和柿樹的鐵畫銀鉤映在蒼青色的冬日天空下，看起來分外寂寞。柿樹的頂端有一些搆不著的柿子還掛在枝頭，這些金色的柿子一半被埋在了雪裡面，早已凍僵了，在陽光下閃著一種玉石的光澤。人們踩著攢下了積雪的青石板路，小心翼翼地出來進去出來進去，忙活著又一天的營生。竹簾已經換成了厚厚的棉布簾，棉布簾多是用碎布頭拼成的，一塊一塊地細細鑲嵌在一起，看起來有一種五光十色的卑瑣的華美。厚厚的簾子後面捂著白菜燉土豆的氣味，窗台的罐頭瓶裡插著一枝白菜花。整個冬天卻波街的人們吃的都是土豆和白菜，還有長長的手擀麵。這個冬天看起來和以往的冬天沒有什麼不同，節氣的替換微微給人們帶來一點調劑。冬至來了要吃頓餃子，然後就該等臘八了，臘八家家戶戶要做餾米，要腌臘八蒜。然後就該等著過年了。周而復始，永無盡頭。

可是就是在這個冬天卻波街上忽然平地掀起了風波。縣裡下來文件，卻波街被納進老街改造的項目中了，這條街道要拓寬要重修，也就是說，臨街的老店鋪老宅子全部要拆掉。整條卻波街鼎沸了，一時間有的人哭有的人笑，有的人集成一串已經準備要上訪告狀，還有的買好農藥刀具準備隨時以抹脖子上吊喝毒藥來要挾。幾乎所有的人嘴裡都說著同一句話，還讓不讓人活了？這老街拆了，店鋪拆了，老宅子拆了，人們靠什麼生活，住在哪？雖說最後也要折合成拆遷房來賠償，但一平米的老房子折合一平米的新房，新房子不知猴年馬月才能蓋起來不說，還在偏僻的城郊，店鋪是沒法開了，這店鋪沒法開就意味著人們唯一的生路斷了。往後的日子怎麼過？全家老小都餓著嗎？縣裡的領導自然是管不了這麼多的，他們要政績，要政績就得先修路。最沒活路的永遠是平民百姓。

拆遷的最後通牒下來了，到時推土機開過來就把臨街的老店鋪全部推倒了，通牒催促著人們趕緊搬家。郤波街上的男女老少沒日沒夜地聚在一起商量對策，不能搬啊，搬走了就是死路一條，可是不搬？怎麼才能不搬？常勇家的老宅也是臨街的，也在拆遷範圍。離開從小長大的老宅子，離開沒有眼睛也熟悉不過的郤波街，她怎麼活？常勇心中明白，嘴上郤什麼都不說，人們這麼一忙也顧不得去她家算命看扶乩表演了，她閒得慌，每天也拄著竹杖湊在人堆裡，聽別人在那出各種計策。

人們嘴上說再多終究也沒有擋住推土機的鋼鐵之軀，拆遷如期開始了，先從郤波街的最東邊開始動工，只半天功夫房子便倒了一排。雖然人們嘴上硬著說死也要死在自家宅子裡，可是真的眼見推土機開過來了，還是沒有人敢玩命的。哭著喊著也終究把房子把店鋪給人家騰出來了，家具什麼的沒來得及往出拿的直接就被埋進塵土裡去了。開旅店的王老七，自恃自己是個瘸腿的殘疾人，旅店又是他唯一的收入，眼見推土機開過來了就是躺在床上不起來，他放出話去看推土機有本事就把他直接埋了。結果，拆到他旅店這裡了，進去幾個大漢把他連人帶床抬了出來，把他露天安置在了雪地裡，由他躺著，想睡到什麼時候就睡到什麼時候。不一會，推土機轟轟就碾平了一排旅店。

眾人一看這形勢越發焦急，這樣下去，不過幾天整條卻波街就平了。被拆了房子的楊金花像瘋了一樣，衣冠不整，蓬頭垢面，見人就罵，她跳著腳，嘴角吐著白沫，一個指頭直直戳著天空，我非要去找他拼命不可，我要去堵他家的門殺他全家，讓他光著屁股跑出來跑進去地向我求饒，讓他給我跪下求饒。說歸說，也沒見她哪天早晨去堵了縣長的門，大夥就任由她跳來跳去地說，說再多也不過是個自我安慰，沒有用的。馬上就要拆到自己家門上了，除了搬走真是沒有一點辦法。可是，又搬到哪裡去？天寒地凍的，再租個小破房住？恐怕連爐子都不能生，屋裡放盆水都能結成冰。這是北方的數九寒天啊。

眾人正圍在一起跺著腳想辦法，這時候，一個年老的女人忽然在人群中看到了常勇。一瞬間她兩眼發光，蹣跚地走到常勇跟前，滿嘴走風漏氣地對她說，常半仙你快給人們算算，這怎麼才好啊？快給人們想個辦法啊。眾人一聽立刻圍了上來，急病亂投醫，就是有一根稻草都不會放過的，何況常勇還是個半人半仙的乩身。人們七嘴八舌都包圍著她，快給我們算算，這劫能躲過去嗎？還有個聲音在人群裡忽然說，常勇，你也想想辦法，你家那宅子不是也靠著街？等那宅子一拆，你往哪住去？你連眼睛都看不見，幹什麼方便？我們好歹有眼睛能看見，你怎麼辦？人們一片唏噓，頓時覺得自己的不幸稍微輕了些，他們把自己的不幸轉嫁到這個瞎子身上一部分了。是啊，誰不幸能不幸過常勇。雖說她能算個命打個卦，可大家心裡明白，她不過也是個肉身，哪能抗得過一架推土機？她孤人一條，連個住處都沒有了，眼睛又看不見，以後怎麼活？

眾人正唉聲嘆氣的時候，沉默多日的常勇忽然開口了。她靜靜地站在人群裡，臉上有一種神祕安詳的微笑，她說，我來給你們想辦法。人群靜了一下，彷彿沒聽懂她在說什麼。繼而明白過來了又相繼做出了各種複雜的表情，她一個瞎子能有什麼辦法？除非她真的不是人，真的能召喚神靈來幫助這些肉身的人們。可是，她真的不是人嗎？她到底是男人還是女人，這麼多年裡人們一直就沒有搞清楚，現在，連她到底是不是人，人們都搞不清楚了。不過，這種迷惑稍微安慰了絕望中的人們，人在走投無路的時候總是會想到向神靈求助的。即使平時不信神鬼，也會在走投無路的時候為自己臨時杜撰出幾個神靈來。

現在，人們齊刷刷地盯著常勇，人們真希望她不是人啊，希望她這具肉身其實是假的，轉眼之間她就可以飛上雲端，變成救苦救難的菩薩。可是常勇沒有任何飛起來的跡象，她還是那麼篤實安詳地站在那裡，還是個翻著白眼的瞎子。

她開始往回邁步，只聽她說，先回吧，明天一早我自會有辦法的。說完便拄著竹杖，一步一步向自己家門口量過去。沒有人敢跟著她，她最後一句話雖然給了人們一些微薄的安慰，但也莫名地讓人覺得恐懼。似乎是她真的要在明早搖身變成什麼怪物要使出什麼可怕的神力了。人們一邊期待一邊恐懼。這一夜，卻波街上幾乎所有的人都失眠了，包括常勇。

這一夜又下了厚厚一層雪，新鮮的大雪把前幾日的殘垣都覆蓋掉了，整條卻波街看上去潔淨而荒涼，像是一個異域的星球，雪地上還沒有人踩過，所有早起的人們看著這原始的雪原都有點莫名地發怵，似乎已經是身在異域了。八點以後推土機又開過來了，雪天也不影響工程的，今天要繼續拆，再過兩天整條街也就被拆平了。人們陸陸續續地來到卻波街上，嘴裡呵著白氣站成一堆都呆呆看著那架推土機。就要開工了，就在這時候，人們忽然聽到了竹杖戳在雪地裡發出的渾濁沉悶的聲音，是常勇過來了。

常勇拄著竹杖，一步步向推土機走去。所有的人都不敢發出一點聲音，他們齊齊為常勇讓出一條路來。所有的眼睛都盯著常勇，他們想看清這瞎子在一夜之間可有變化？沒有，沒有一點變化。只是，她渾身上下都濕漉漉的，似乎是剛剛不小心掉進水裡了，剛從水裡爬出來。衣服濕透了，貼在她身上，這一貼，人們突然發現這瞎子居然有胸有屁股，難道，她真的是個女人？濕漉漉的男人一樣的短髮貼在她額上，正往下滴水。她看起來有些冷，嘴唇凍得鮮紅，這抹鮮紅使她看起來甚至有些嬌媚了。有個男人甚至想，這女瞎子其實還長得不賴，真是可惜了，這麼多年就裝成個男人，也不容易啊。

常勇已經走到推土機五米開外了，她站住了，忽然回過身來，用白眼珠子看著後面的人群。然後，她扔了竹杖，盤腿在雪地裡坐下了，她坐得很端莊很沉靜，就像平日她在炕上做扶乩一樣，立刻讓人感到有一種神祕的可怕的氣場從她身上散發出來了。眾人不知道她要做什麼法術，全都屏息看著這雪地裡的瞎子。忽然人群中有個小姑娘的聲音在空氣中撕裂開來，媽媽，她身上有汽油味。

就在這個時候，常勇那隻放在口袋裡的手已經掏出來了，她手裡捏著一只紅色的打火機。就那一點紅，跳動在無邊的雪地裡，看起來有些妖嬈。常勇忽然微笑了，很靜很深的一種笑，像株蓮花一樣在雪地裡笑著。人群忽然反應過來了，幾個男人在雪地裡向她衝去，推土機裡也跳出了兩個跌跌撞撞的男人。可是晚了，她已經打出了一簇火苗，然後，她輕輕一抱，無比安詳地把這簇火苗抱在了自己懷裡。

嘩一聲，她整個人都燒著了，很快，她浸過汽油的每一寸皮膚都被火焰吞沒了，她變成了雪地裡的一團火照亮了所有人的面孔。在點著自己的一瞬間她意識裡只閃過了一句話，是對死去的楊德清說的，我們憑著自己的力量終於衝出了自己的地獄。你是，我也是。多麼好，我們都不是餓死的，也不是被人打死的。

是的，爺爺說的對，楊德清說的也對，在這個世界上誰先走都沒有關係的，不過是殊途同歸罷了。在一切苦難之後所有的人都會再次相見，再次擁抱。在即將失去意識的最後一秒鐘裡，她的盲眼在金色的火焰裡第一次看到了她自己的身影，一個女人裊娜的身影站在一條金色的大河邊，一頭拖及腳跟的長髮，衣袂紛飛。她正低頭看著自己在河中的倒影，如臨水照花。

自由故

一

這一日，博士樓裡所有的目光傾巢而出圍剿著呂明月，真是上了二十多年的學都沒有享受過如此殊榮。因為她決定退學。

剛才和導師拍桌子的英雄氣概還如餘燼一樣炙烤著她，直烤得她渾身上下冒火。活了近三十年，頭一次做了回自己的英雄，真是漂亮，她不能不高看自己。只恨樓道裡空蕩蕩的寂靜無聲，連個給她喝彩的人都沒有。她踩著自己的回聲出了中文系古舊陰暗的樓門，一頭扎進了外面的陽光裡。陽光很好，在她頭頂流光溢彩，她幾乎忘了腳下的台階，只如偉人塑像一樣屹立在那裡環視著這校園。從碩士到博士在這校園裡居然已經窩了六年，卻從不曾真正看過它一眼，這校園對於她來說從來只有兩條路，一條是通往圖書館的，一條是通往食堂的。如今，她卻要與它們道別了。最重要的是，是她自己選擇了這種戛然而止。她有些豪邁還有些悲壯。她去意已決，導師再罵她三天三夜也沒用。

當天晚上她就被左鄰右舍的女博士們圍攻了。左邊的鄰居永遠穿著睡衣蟄伏在宿舍裡看書，她最驕傲的事情就是讀博幾年委實省下了不少衣服錢。她說，你這是腦子進水了嗎，博士都讀了三年了，再堅持個一年半載就畢業了，你現在退學了幹什麼去？右邊的鄰居又瘦又小，永遠留著可愛的童花頭，表示她永遠不會長大。這髮型果然讓很多人以為她還是本科小妹妹，她當然得意。然而最讓她得意的並不是她長不大，而是她日益增長的學識與她不朽的外表所形成的鮮明對比。天山童姥似的。她口氣也是童姥的，長輩一樣教訓著呂明月，不要以為就你一個人累，誰不是在這脫皮掉肉地熬著，要不為什麼叫我們博士狗，總有像狗的地方吧。我知道你肯定是發愁畢業論文，沒事，我也才寫了幾頁，誰也沒寫了多少，是不是？你說你退學多不划算。聽眾中唯有一個三十多歲的女老博士熱烈地支持她，她晚上愁論文，白天愁嫁人，她說，真佩服你，其實我也早就不想往下讀了，現在我最想做的事情是生孩子，可惜沒人和我生。說到生孩子她兩眼放光，立刻把昏暗的宿舍照亮了。有人又問，呂明月你退學後打算去做什麼？

呂明月被一群人圍剿著，表情卻很淡定，只是微微笑著，並不多說話，有如鬧市裡的僧人入定，看上去略有些詭異。她自然已經想好了退學後去做什麼，只是不能和她們說。她對這幫女人的了解絕不亞於對自己手指頭的了解，她們和她都不過是一路貨色。當年為什麼讀研，因為找不到好的工作，後來為什麼讀博，因為還是找不到好的工作。其實她們對做學問的興趣遠沒有對看肥皂劇的興趣大。長得略有姿色的，恨不能一見導師就撒嬌。據說這系裡那個最有姿色的女博士就是坐過導師大腿的，雖然坐過之後後事不詳，但她顯然自以為有了導師的蔭庇，走在路上都覺得自己高人一等。現在博士堆積如山，像她們這種院校畢業的中文系博士只能遠銷三四線小城市。更何況像呂明月這樣的女博士。

她身材五短，滿臉雀斑，五官當中最為碩大醒目的是那一副鼻孔，別人與她對視的時候最先看到的永遠是那兩只黑洞洞的鼻孔，在這副鼻孔的威壓下其他部位都不顯眼，在她說話或笑的時候還會看到她長著兩只很大的門牙，一笑就像隻兔子似的。從幼兒園到博士，將近三十年的時間裡她一直在扎扎實實給人做配角，誰都不會正眼看她一眼。所以她一直奇怪父母為什麼給她起了一個如此皎潔璀璨的名字，明月，與她如影相隨這麼多年好像只是存心要嘲諷她一般。不過只要一想哥哥的名字也就釋然了，她哥哥叫呂明亮，比她更金碧輝煌了一圈。當農民的父母一心想讓他們出人頭地熠熠發光，才起了這樣的名字以託重望，從這個角度來看，他們與叫張發財李進寶的沒有什麼本質區別。她不過是個女版的張發財。

活了三十來歲就談過一次短暫的戀愛，最後還是對方說喜歡上別人了堅決要和她分手，並且還補充說他發現他其實從未愛過她。好像她不過是他一塊實習基地，從她這裡出發他才得以投身於真正開始的戀愛事業。果然，此後她站在宿舍樓的窗口就會看到男友和他的新女友拉著手走過，她一邊看著他們的背影一邊號啕大哭。此後很長時間裡，她都默默地把自己劃定為一個棄婦，一個一無是處的女人，然後忍辱負重發奮考研再考博。她並不是什麼讀書天才，但一個人一旦覺得自己除了讀書什麼都做不了時，那就誰也攔不住她了，她便一路飆車讀到了博士三年級。讀博期間倒是有個隔壁的女博士要給她介紹男朋友，結果那男人看上了介紹人，而她，縮在那裡只不過是一團不小心長成了人形的空氣。

就是在這一年裡她忽然感到了哪裡不對勁。這種感覺有點像剛進大一時的迷茫，好像把她從一只碗裡倒進了一口鍋裡，她一時不知道該游向哪裡。但是這種感覺比大一時更孤獨更強烈，好像苦心孤詣搭了很多年的積木，快搭到頂了卻突然發現原來圖紙就是錯的。

然而這積木的坍塌也還是需要最後一根羽毛壓下來的。這根羽毛是由她的一篇論文引出來的。有一篇論文她自認為下足了功夫，卻四處投稿無果，讓她付高額的版面費她又不願意，覺得與在地攤上賣處理的豬肉無異。就在這時候有個編輯給她回信了，說是異常欣賞她的才學，並要幫她送審至一個學術評獎機構。這封電子郵件她不厭其煩地讀了一遍又一遍，像撫摸戀人的手一樣怎麼都摸不夠。她開始時是一邊讀一邊興奮，到後來是一邊讀一邊流淚。她流淚並不是因為能發出一篇論文，而是，這麼多年裡終於有一個人肯把她當金子一樣從砂堆裡撿了出來。他居然不吝筆墨用了異常欣賞四個字，每個字對她來說都是電閃雷鳴，把她荒廢了三十年的人生全照成白晝了。要是那編輯現在就站在她面前，她一定會涕淚交流地為他鞍前馬後，像個真正的僕人一樣。這個形象是她後來才為自己想出來的，當時她感激涕零，根本無法看清自己的嘴臉。

即使只被一個人欣賞了她卻覺得像得了什麼天下大赦一般揚眉吐氣，恨不得能奔走相告。好似她忽然便站到了地球的中心，再給她一根槓桿她就把地球撬起來了。此後她便按他的說法，靜候佳音。她每天要翻看郵箱無數次，就是為了看看那人給她回信了沒。沒有，一直沒有，她只好不停地往下翻郵箱。這樣幾個月後，還是杳無音訊，她卻患上了強迫症，只要往電腦前一坐，第一個動作就是開郵箱。晚上睡覺前的最後一個動作還是開郵箱，沒有，郵箱是空的。她再一次咣地一聲關上了郵箱，都能聽見在這宿舍裡激起的巨大迴響，好像她正寄居在一只空罐頭瓶裡一樣。躺在床上她義正言辭地告誡自己，明天絕不再翻看郵箱了，他愛回不回，她憑什麼讓自己像隻隨時準備著討好人的狗……可不，真是像狗。

但是她絕望地發現，第二天起床後的第一件事，她又是習慣性地翻開了郵箱。好像這郵箱已經變成她的呼吸和血液了。她像受刑一般每日被荒蕪空曠的郵箱傷害十次，睡一覺之後接著再上刑，再來下一輪十次。她停不下來，好像在湍急的河水中被沖著一路向前狂奔。四個月裡對方再沒給她回過一個字，她卻無時不刻不想著對方和對方即將施捨給她的恩典。情形如同一場無邊無際的暗戀。受虐四個月後，她終於身心疲憊無力再應付，便鼓起勇氣腆著臉給那編輯去了一封郵件詢問下文。結果，此信發出便泥牛入海。她不甘心，更何況已經厚了一次臉皮了，再厚一點也無所謂了。她便又寫了一封信問詢，結果這次是自動回覆，該郵箱已停止使用，徹底廢棄了。

她渾身一哆嗦，忽然明白過來，對方大約就是為了躲避像她這樣的人的糾纏才換郵箱的吧，就像一個人為了躲避追殺而不得不喬裝整容。她居然逼著人家不得不更換了郵箱？這和逼著一個人亡命天涯有什麼本質區別？她居然有這麼大的能量，簡直是核武器的威力。

她急急忙忙離開宿舍，只想離那台電腦遠一點，唯恐與它再打正面，唯恐再被它羞辱。她跌跌撞撞開始下樓梯。她沒有任何目的地繞著樓梯往下走，一圈又一圈，蜘蛛吐絲布網似的。她走得氣喘吁吁，顛三倒四，有時候一步就跨了兩個台階，卻是一步也不敢停留，只覺得那可怕的郵箱還跟在她後面，一路追過來，一定要再把她捉回去。她只能更快地逃走。

這樓梯居然也有走完的時候？她突然發現自己已經站在外面的陽光裡了。明晃晃的陽光打在她身上讓她有一種雙重的羞恥感，好似她沒穿衣服就跑出來，站在陽光下面丟人現眼。宿舍樓下人來人往，有人忽然扭頭看了她一眼，她心裡一驚，立刻便覺得自己被人認出來了，好像她剛剛殺過人，剛從犯罪現場逃出來。她驚恐得那麼逼真，幾乎連自己都要相信了。她趕緊跑到宿舍樓後面，樓後面是一塊狹窄的空地，除了鳥兒和蟲子鮮有人至。因為是樓的背影處，陰涼安靜，倒像一座小禪院。她一個人在那裡坐了整整一下午，像一枚果實被鑲嵌在了那道縫隙裡。

她坐在那裡專心致志看著自己的手指，好像在數自己究竟有幾個指頭。五個指頭數了又數，她忽然無聲地冷笑了，冷氣從她碩大的鼻孔裡噴出來。她開始解凍，開始漸漸甦醒。他為什麼要給她希望，給她一點可憐的希望把她釣起來再扔下去，然後看著她在岸上掙扎，是覺得這樣好玩嗎？她情願他根本就沒有理睬過她，就讓她在那黑暗的地方一直待著一直待下去她會更感激他。

也就是在這個下午，她幡然醒悟，其實真正該恨的是她自己，她從來不過就是個軟體動物，別人賜給她一句讚美就像是賜給了她一根嶄新的脊椎。這麼多年裡那些深埋在她軀體的地窖裡的幽靈忽然全部復活了，突然之間她如此渴望那些從來不曾存在過的自己，她渴望自己能從頭來過，她想在三十歲的時候再從頭活一次。這三十年裡她平庸、順從、卑微，渴望認可而從不被認可，想諂媚而沒有機會，想坐男人大腿而不得。原來從她心裡，已經不下一百次地幻想過坐到導師的大腿上……可事實上，她和導師關係很差，她幾乎得了妄想症加被迫害症，總覺得導師不會讓她畢業。難怪她要仇視那個有姿色的女博士，因為她只能望梅止渴。

更重要的是，這還只是個開頭，一眼望過去，簡直是一種無期徒刑。總要畢業吧，總要找工作吧，一切她嚮往的東西都即將拒絕她羞辱她，根本輪不到她。就像那封郵件，飛過來也不過是為了更好地羞辱她。她插翅難逃。也就是在那一瞬間裡，她忽然做出了一個決定，退學。她不想再和她們一起頭破血流地往一個方向擠了，她要一個人與她們背道而馳。

她們繼續讀她們的博士，進她們的高校，削尖腦袋過她們的體面生活去。而她……回頭是岸，她要去過一種最自由自在的生活，此後再不需要懼怕導師不讓她畢業，再不需要為找一份體面的工作憂心忡忡夜不能寐。

這時候已經夕陽西下，她忽然看到一個高大節烈嶄新的自己正站在金色的光線裡，如廟宇裡的佛陀一般正慈悲地俯視著這校園裡的眾生。她慢慢向宿舍走去，昏暗下來的光線裡，夾著書本的女博士們與她匆匆擦肩而過，她們正忙著去圖書館或實驗室。她們熱火朝天地與每一分鐘搏擊著，誰都不會留意一個逃兵即將誕生。她繼續慢慢地慢慢地往前走，像影子一樣從她們身邊飄過，好像她已經是不存在的了。這種感覺讓她打了個寒顫，就好像她和她們已經陰陽兩隔了。

這個晚上，坐在萬分熟悉的宿舍裡，她卻不知道該怎麼處置這個全新的自我。她自然還在留戀著那個曾經的自己，那個人多年裡雖然卑微渺小但勤奮刻苦，堪稱是被社會機器批量拓出來的五好青年。可是現在，這個新生的自己，多少帶著點邪氣的自己正脅迫著那個曾經的自己，她讓她沒有容身之地，要把她趕出這間宿舍。折騰到半夜都睡不著，她開始偷偷哭泣，為自己那個丟失的身分。她第一次感覺到了隱藏在她身體裡的其他自己，一個又一個的自己，裝在透明的瓶子裡標本似地全都羅列在了她面前。她們讓她覺得自己面目全非。

她們陪著她一宿無眠。

二

離開京城呂明月終於如願以償地踏上了西去之旅。

坐在火車上她的第一個想法就是先告訴桑小萍。桑小萍是她大學時代的唯一閨蜜，當然，在大學期間，兩個文藝女青年的友誼還是靠譜的。她們平庸得相似，醜陋得相似，這樣的女生在大學裡比比皆是，走在一起簡直像孿生姐妹，難以區分。雖然相似但她們也經常相互鄙視，她曾嘲笑桑小萍的名字，小萍，這名字掉進沙子裡就撿不出來了。桑小萍也笑，給你起了個明月就真把自個兒當輪月亮了？你家不是還有尊明亮麼……呃，還是你哥比你更有殺傷力一點。

但這不影響她們黃昏時分在校園裡的林蔭路下一圈一圈地散步，紙上談兵地辯論著究竟什麼是人生。她們自然都知道自己是大學校園裡永遠不被男生們注意到的那種女生，但只要她們組合到一起了，氣場便驀然壯大了，像兩個人合成了一個龐大的巨人或者是胖子，還帶著森森的妖氣。那時候她們對人間的一切都躍躍欲試，恨不得立刻跳進這口煮沸的鍋裡讓自己萬劫不復。她們鄙視漂亮女生，因為覺得女人既然漂亮了肯定就沒有腦子，而她們既然不漂亮那就必定有一個能量驚人的大腦。她們深信自己所說的每一句話都是宇宙間剛剛被刨出來的新鮮真理。

她們一起去逛街的時候，雖然只敢從那些廉價的批發市場上買東西，卻不妨礙她們高高在上地冷睨著這個世間。呂明月說，看看這些人們，把自己做的事情都真當成那麼回事兒，還好像真的很重要似的。桑小萍也覺得這些人好笑，同時又覺得她們兩個本身的存在就是一個滑稽的符號，倒像是兩個小丑看著一群小丑在笑。

呂明月認為桑小萍霸道而刻薄，永遠喜歡壓迫侮辱與自己關係最親近的人。桑小萍則認為呂明月太矯情，比如呂明月老說，現在工作這麼難找，怎麼掙扎都沒有尊嚴。不如將來我們兩個一起去德令哈吧，那裡有大片紅彤彤的枸杞和藍色清澈的湖。找個牧民嫁了，跟著他浪跡天涯，多自由自在，也不用考慮一平米房子多少錢，攢個首付還得勒多少年的褲腰帶。

桑小萍說呂明月的矯情足夠讓她死幾次。

就是這個女人大學畢業後居然去寫小說了，大約也是因為手不能提肩不能挑，自知這輩子做美女無望，只好拼著命往才女的方向靠攏。好像一旦做了才女便有資格朝著美女們冷笑了。呂明月為此鄙視她，說你不過是因為考不上博士才去寫小說，就算你寫上幾本小說出來，賣又賣不掉，就是送人了還要被人當廢紙賣掉。難不成你在舊書市場淘到自己的書時，一看居然扉頁還在，於是悲憤之下大筆一揮，寫上再贈XXX先生，然後再顛顛送到人家門口去？桑小萍則鄙視她是因為寫不了小說才去讀博士。她們都認為對方是什麼都幹不了才會去做手頭的事情，不過終究是一路貨色，也算沒白做一回知音。

她靠著車窗，看著外面的無邊夜色和夜色裡飄過的幾點燈光。她都可以想見，現在桑小萍一定正鑽在黑屋子裡，衣衫不整蓬頭垢面地坐在電腦前敲字。她活像個盲人一樣，終日依靠小說來幻想，一邊還為自己幻想出來的人物呲牙咧嘴地掉淚或竊喜，甚至喪心病狂地以為自己是他們的上帝。還沒見她寫出一個像樣的小說呢，身體已經捷報頻傳，她時不時向她彙報她的孤獨，她的脊椎，她的眼睛，她的鼻子，她的牙齦，她的內分泌。她看起來像一部行駛在半路上的破車，所有的零件都在搖搖欲墜，她隨時有半路上拋錨的可能。

不過呂明月並不同情她，她不能不鄙視她的職業，因為在她看來這些寫作的人不過都是些染有窺視癖和暴露癖的患者，不僅喜歡暴露自己身體裡大腦裡的每一個隱祕角落，還喜歡窺視他人的一切隱私，並以觀察到位，以能夠一刀見血而竊喜。

而桑小萍對她的評價是，你除了會寫點誰都看不懂也不願看的論文還會什麼？她想咆哮，奶奶的，姑娘可是搞學術的女博士，學——術，懂不懂？可是她最終還是把這兩個金碧輝煌的字嚥下去了，因為事實上桑小萍也沒有給她誇張多少。

不過她們終究是知音，無話不談，桑小萍時常向她訴說自己遭受的委屈，她說有個女作家每次給編輯投稿的時候一定要附上照片，讓對方先瞻仰一下她的美貌再看文字。她說這和你有一毛錢的關係嗎？有本事你也發張照片傾國傾城去嘛。她說當然沒有一毛錢關係，可是她就是覺得委屈還不行嗎。其實她真正的委屈在於，她沒有這個美貌可以在小說的前面先兜售照片。她不過是想做主角而未遂。

後來讀博的時候呂明月發現自己在悄悄憎恨那個最有姿色的女博士，一開始她對自己產生了可怕的錯覺，以為自己是過於正義過於大義凜然。後來她才恍然大悟，因為深諳自己的醜陋她才這麼憎恨旁人的美貌。原來她也不過是個未遂者。她頭一次肯定了自己的猥瑣，確實猥瑣，一點兒也不亞於桑小萍那個女人。她愈發篤定，她和桑小萍真是一路貨色。

此刻，桑小萍還苦兮兮地坐在電腦前焦頭爛額，而她已經輟學坐在了逃亡的火車上，明顯地，她的境界已經勝出那個女人一籌。此等偉大勝利一定要有人和她分享才好，她開始在昏暗的車燈下給桑小萍發短信。

女人，我決定不讀博了，我退學了，雖然只有一年就畢業了。

女人是她們從本科時代開始對一切閨蜜的統稱，就像無產階級兄弟之間統稱同志一樣。儘管那時候都不過是些無知少女，就是因了這無知，女人這稱呼才足夠她們意淫將來。除了敬稱她為女人，她還必須得強調一年這個關鍵的前提條件，一年啊，轉瞬即逝，傻子都知道。不是這殘酷的短促便不足以襯托出她此次決定的英勇，有了這時間的襯托，她氣質上就更接近於捨身炸碉堡的烈士了。

你是不是瘋了，還有一年就畢業了。

她看著短信微笑了，這個女人還是這麼俗，真是俗得不可救藥。居然連她都勸她不要退學。她根本就無法理解她，所以她也就只配寫點不成器的小說聊以自慰。她以高僧的姿態回了一條。苦海無邊，回頭是岸，我要獨自前往德令哈了。

真想到那找個牧民嫁了？你除了讀點書什麼活都不會幹，不會放羊不會生孩子還老端著個女博士的架子放不下，沒有哪個牧民會娶你的。

那個女人的意思是，在德令哈，她會比在偉大的首都更像個廢物。這個刻薄的女人，詛咒她一輩子嫁不出去。事實上，自打她開始以寫作為生之後確實更嫁不出去了。因為她們操此職業的女人老是得意洋洋地在解剖男人們的肉體和靈魂，而男人們早就打著哈欠去找胸大無腦的小姑娘去了。胸大點是真的，別的都是假的。恕不奉陪。

不過她並不生氣，她知道短信那頭的女人一定在吃酸葡萄了，大約是因為她知道自己這輩子也不會跟電腦拍屁股走人前往德令哈。就像她知道自己這輩子都沒有機會在小說前面先附上一張美人照，還是搔首弄姿拋媚眼的那種。她微笑著，回她一句，繼續寫你的小說吧，我要前往德令哈啦。

德令哈，美麗的德令哈，世外桃源的德令哈。

桑小萍沒再回過來，她在手機背後消失了，消失在了茫茫夜色中，又拋下了孤零零的呂明月。呂明月望著車窗外轟隆隆輾過去的夜色，凜然一笑，好像在慶祝自己想像出來的一種偉大的勝利。繼而，好像連她自己都感覺到這勝利的可笑了，她又一陣悲涼，裹了裹衣服。忽然她看到了車窗玻璃裡自己的影子，這個其貌不揚的矮個子女人裹著一件衣服呆頭呆腦坐在那裡。車窗外呼嘯而過的列車車燈一節一節映在了她透明的身體裡，好像她是一艘漂在海面上的船隻，滿載著異鄉的璀璨燈光正不知要漂往何處。

她一陣恐慌，連忙拉上窗簾。

兩天兩夜之後她終於到達德令哈了。她幻想多年的德令哈，那裡有枸杞有湖水，有牦牛有戈壁，人們在原野裡快馬奔跑，在戈壁灘上迎著地平線上升起的太陽奔跑。在蒙古包裡，他們在姑娘們綿長不絕的歌聲中暢飲青稞酒，一碗又一碗。晚上則頂著星光露宿草原，頭頂是曠廣蒼穹，身下是遼遠大地。從現在開始，做一個自由自在的人。

她拖著自己唯一的箱子擠進了熙熙攘攘的火車站，陌生的疲憊的焦躁的面孔們匯聚在一起，看起來像條猙獰的河流。河水嘩嘩退去之後只剩下了她這唯一一塊礁石了，所有的人都有去處，只有她不知道自己應該往哪裡去，於是，她像塊贅肉一樣被滯留了下來無法消化。

她拖著箱子在火車站前面的廣場裡一圈一圈地徘徊著，因為行動可疑，一個保安已經開始注意她了。而她此刻心裡正困惑的卻是，今晚怎麼睡覺。她坐了幾十個小時的火車硬座來這裡，與苦行僧磕著長頭一步一步跪拜到聖地有什麼區別？圖的就是自在。而自在已經無邊無際地展現在她眼前了。

她看著廣場裡的長椅，打定主意就在這裡過夜了。正是六月，睡在露天之下倒是不算冷。她把包當枕頭，剛躺了上去便被那個盯著她的保安叫了起來，這裡不能過夜，快點離開。呂明月拖著箱子被趕出廣場在街上走了半天，走到了一座陌生的橋頭。她看到有兩個真正的流浪漢正睡在橋下，卷著破爛的鋪蓋，隔著幾米遠都能聞到酸臭味撲鼻。她站在那裡渾身一怔，好像站在電影的布幕下面看到了不該看到的血腥鏡頭，兒童不宜。這就是她想像中的波西米亞式的自由?她打了個寒顫。

她拖著箱子狂奔過橋，不敢再停留一分鐘。半個小時以後她終於找到了一家便宜旅館。看來還是有錢好啊，有了錢才能到處做人。

毫無懸念的，一晚上有蟑螂蚊子甚至一隻老鼠的陪伴。這就是自由的代價?躺在黑暗中，她開始思念那間博士生宿舍。如果不是那些九頭鳥一樣的嫉妒、無窮無盡的期待和恐懼終日糾纏著她，那間斗室倒還能算得上一只遮風避雨的花盆，她要是想像株植物一樣在裡面多賴幾年，也沒有人會把她連根拔掉。可是，在那她還沒有待夠嗎?待在那裡也不過是受刑罷了。無論等待什麼，只要在等待便是牢籠，便會剝奪自由。尤其是當你心裡還僥倖殘留著一線希望的時候，那簡直是一種酷刑。她周圍的那些女博士們，她不能不在深夜再次想起她們，過不了兩年，她們會紛紛走進高校或者某科研機構，打著女學者的幌子嫁個體面男人，絲毫不覺得這只不過是積蓄了三十年的對生活的陰謀終於得逞了。她們是充滿將來時態的一群女人，將來會站在食物鏈的頂端位置，指揮著腳下的那些後來者。

而她呢?她沒有將來時，她把它們連根切掉了，她只有當下，只有現在時。她起身拍死一隻蚊子，就著那點鮮豔的蚊子血她忽然問了自己一句，她究竟在做什麼。這一問，她忽然又打了個寒顫。覺得黑暗中有一群女人正圍剿著她嘲笑著她，她究竟在做什麼?她是不是不過是把懦弱當任性，把任性當驕傲，把驕傲當自由，把自由當榮譽，榮譽當宗教？她彷彿置身於一片混亂複雜的數學公式裡，無法換算，也無法得出結果。

這個夜晚漫長荒蕪，卻並不寂寞，那群女博士通宵陪伴著她，寸步不離。黑暗中，她與她們的目光赤裸裸地相對著，像一種古老的深入骨髓的格鬥。不，她不能輸掉，她一定要讓她們知道，身在牢籠中的人和過著波西米亞式生活的人是多麼的不同，她一定要讓她們都羨慕她。想到這裡，她兩只大鼻孔裡噴著熱氣，儼然覺得自己是卡門的魂魄附身，她恨不得披上毯子，鬢角戴一朵金色合歡花，捧著占卜命運的水晶球，咯咯笑著斜睨著這個世間。

不錯，以目前的格局來看，那群女博士是一群穿著禮服戴著禮帽在岸邊觀光的女人，而她是那個脱光了在水裡裸泳的女人。不過，慢慢的，想脱光的人越來越多，到最後一絲不掛的最終會成為正面人物，而她們的道德境界也在同步攀升，由傷風敗俗上升至天人合一的光輝頂點。而那些衣冠整齊的觀光客倒成了反面人物，她們雖然衣服捂得嚴嚴實實，道德境界卻每況愈下，恐怕要由衛道士墮落為窺視者，還經常未遂。

她躺在逼仄的黑暗中為自己想像出來的前途笑了，還沒笑完淚卻出來了。

好容易在蚊子的呻吟中熬到了天亮，天亮之後謀生問題浮出了水面。是啊，就是要自由也得先吃飽，囊中本就沒幾個錢，先找個工作吧。可以一連幾天都未果，除非她拉下臉去小飯店做服務員，她一個肄業女博士去做服務員？白天找工作，晚上再回那間小旅店。她雖然害怕回那裡過夜，但不回去怎麼辦？肯定不能讓自己像乞丐一樣去露宿街頭，可是，在這骯髒的小旅店裡住著分明要比露宿街頭更陰損，就像有處傷口發炎了，卻還要努力用一層皮把它包起來。

她走在黑暗中忽然就嘲笑起自己，原來，至今她心裡想的仍然是一種體面的生活，一個體面的工作一個體面的住處。她明明情願被這種體面綁架，她卻放棄前途來西北流浪。這簡直是南轅北轍。她明白了，她現在所做的一切其實不過是想在社會秩序中建立起她自己可笑的殖民制度，並插上自己一個人的旗幟。

又過了幾天找工作還是未果，她撐不住了，決定先租個房子住下，起碼先從這骯髒的旅店裡逃出去。看來，吃和住的問題永遠是一切問題的祖宗。這天她剛拐進一條巷子，忽然在巷子口看到一張啟事。有人在找合租者。她猶豫了兩秒鐘，撕下了這張紙，上面寫著連絡人王先生。電話打通之後她在附近一棟破舊的老樓裡找到了這套房子。敲門之後，有人從裡面開了門，探出一張臉來。她被這張臉嚇了一跳，忍不住後退了兩步。怎麼說呢，她從沒有見過這麼大的嘴巴長在人臉上，兩只嘴角像匕首一樣直直劃過兩頰，一直劃到耳根下才罷休。因為嘴太大，所以很難合攏，露出了兩排白森森的板牙，像一只秋天的大石榴實在難以藏住滿腹的果實。王先生熱情地把她請進去讓她參觀房間，一邊介紹房間一邊介紹自己，他說他是東北長白山人，幾年前也是隻身來到了德令哈，他說他叫王發財。

呂明月又是倒退三步，像看外星人一樣看著王發財。

你叫王發財？

是啊，怎麼了？

確定不是你的筆名？

我爹給起的，打小就這名字，從來沒換過。

可是你怎麼能叫王發財？

我為什麼不能叫王發財，難道你也叫王發財？

呃，不是……

確實，她是不叫王發財，可是從心裡她一直根深蒂固地認為，自己只不過是王發財的一個變種，從本質上講，她其實就是另一個王發財。無論是呂明月還是呂明亮，距離王發財都不過一步之遙，甚至連一步都要不了，他們就是遠親，他們都是從同一種土壤中長出來的植物，生命棲居於生命，骨頭長出骨頭，王發財長出呂明月或者呂明月長出王發財。就是在那一瞬間，她決定要暫時寄宿在這房子裡 就是因為身邊這個陌生人名叫王發財。他給了她一種親人的假設。

三

她提出能不能先付一個月的房租，因為她實在沒有多少錢。發財看起來並不滿意，他咧著大嘴說，一個月太少了，你最少也要付三個月的。他要趕她走，她拉開箱子急忙往出掘寶藏，掘來掘去只掘出整整齊齊一沓證書，因為羞愧和急於炫耀，她的兩隻手急得亂抖，話在嘴裡也像沙子一樣鬆散不成形。你看你看，我可是正經人，這是我的本科畢業證，這是我的學士證書，這是我的碩士畢業證，這是我的碩士學位。她多麼多麼想再追加一句，這是我的博士畢業證書，這是我的博士學位。可惜了，下面是空的。儘管空口無憑，她還是不肯罷休地痛苦地補充了一句，她發現在那一瞬間她真的很痛苦，痛苦得遠遠超出了她自己的想像，她說，我是博士肄業，其實只剩一年我就可以畢業了。是我自己退學了。我想來德令哈是因為……覺得在這裡可以自由自在地生活。

一摞證書擺在她手裡像一摞大大小小的牌位，好像她是一座廟宇，這些牌位都是供在廟宇裡的，每一個牌位都在證明著她的身分，證明她是誰，她這個人群裡的丟失者。她的淚忽然就下來了，但又覺得自己此刻好像沒有理由流淚，所以一邊流淚一邊卻覺得生澀羞愧，好像不應該，好像是把別人的眼淚偷了過來用的。

然而這些牌位神奇地顯靈了。發財看著那摞證書眼睛忽然直了，他伸出兩隻手握住了呂明月的兩隻手，像是與前來接頭的同志終於相認了，他的淚也幾乎要落了下來。他表情激動，三十二顆牙齒無一遺漏地全部暴露了出來，展銷會上搞促銷似的，他說，我初中畢業後就再沒上過學，十幾歲的時候就離開長白山出來打工，我做過廚子，做過建築工地上的小工，什麼都做過，你看你看，這根指頭就是那時候在工地上被砸的，已經徹底廢了。說著他向她擺弄著右手的食指，果然，那根指頭彎不下去也伸不直，像一根強裝在他手上的木頭假肢，榮耀地呆呆地站在那裡。這根指頭使他的整隻手看起來像是血肉與木材的古怪混合體，事實上，他整個人看起來都像一個古怪的混合體，他的臉上縱橫交錯著天真與蒼老，淳樸與狡猾，像個長得像祖父的孩子，又像個長得像孩子的祖父。

他像扛著自己的旗幟一樣搖著那根指頭，語氣越來越激動，他說，這些年裡我幾乎把所有的職業都做了一遍，睡過馬路掃過廁所，三天吃不到一粒米也有過，找不到一口水喝四處找水龍頭也有過。這輩子我最痛恨的就是我上學太少，你不知道啊，只要看到讀書多的人我就會覺得無比崇拜，我就恨不得和他們換一下，讓我變成他們該多好。我曾經一心想當作家，所以這麼多年裡有一點空就寫點小豆腐塊往報紙上投，投了一年又一年一年又一年……我為什麼來德令哈，說來也可笑，就是因為當年讀了海子的那首詩，我就一路找過來了。

那你現在做什麼？

現在我是一家報紙的記者，以前我經常給他們投稿，後來他們主編就收下我做了記者。

王……記者。

發財忽然亮著三十二顆牙嘎嘎大笑起來，頓時滿屋子的白光閃爍。他邊笑邊說，快不要笑話我了，我就上到初中畢業，一見到你這樣的文化人我就覺得崇拜死了，快住下快住下，先住下再說。說著他就過來奪呂明月的箱子，好像生怕她從他指縫間溜走了。一秒鐘之內他們已經成了二十年重逢的故人。他奪下箱子忽然像想起了什麼，又咧著嘴追問了一句，那你為什麼不把博士讀完呢？呂明月現在既怕人家問這個又盼人家問這個，問她好像是在把玩她新鮮的傷口，真是殘忍。不問又好像壓根就不尊重她這個人，根本就是無視她的英雄氣概及其行為，更殘忍。她幽幽嘆了口氣，一幅欲言又止的表情，說，想換種活法，想活得自由自在一點。你不聽說現在有很多人扔了好好的工作跑到麗江開旅店嗎？就是圖個自由。

發財又嘎嘎大笑，說，我爹說得對，書讀多了腦子就被糊住了，所以他不讓我再上學……呂明月略略有些惱怒，她聽出他這弦外音是說她腦子進水了。她想奪回箱子，卻聽發財又說，對於我這樣的人來說，有一碗飯吃就比什麼都重要，只要不餓著我就什麼都不怕了，看來你還是沒有被餓過，現在找一份工作多難啊，我能當上記者簡直就是想都想不到的事情。現在走到街上別人還是以為我是個民工，你是不是也覺得我長得像民工？哈哈。只要他們不趕我走，我就絕不離開這裡。我是恨不得像蘿蔔一樣種下就再不動了，實在是流浪夠了，自由夠了，你是……他沒再讓自己往下說。

他捂著嘴想阻止自己大笑，無奈還是笑聲四濺。他說，一分錢難倒英雄漢，餓了你就知道還是有飯吃要緊。要不你先跟著我跑吧，給我打打下手，房租我全出，你住著就行了。

呂明月覺得自己已經感激涕零了，她那沒有節操的原形馬上就要暴露了，這麼多年裡誰給她一點恩惠她就會這樣。她想，真是骨子裡的下賤。她連忙加以掩飾，顧左右地問，這是你租的房子？

可不是，能租個房子我已經很知足了，哪能買得起。你看到旁邊那個富麗堂皇的小區了沒，對，就是那個愛華苑小區。聽說這兩天小區裡的人們正鬱悶著，你猜怎麼？這小區最初的規劃是個經適房小區，不知怎麼到了開發商手裡，搖身一變就變成了高檔小區，後來又聽說這小區為什麼起個豔俗的名字，愛華小區？原來開發商的情人就叫曹愛華，這小區是開發商獻給自己情人的禮物。並且據可靠情報，這小區的整體規劃就是按照他情人躺下的睡姿設計的，所以才蜿蜒曲折，別有洞天。你知道現在住在這小區裡的人們鬱悶什麼？他們都擔心自己是不是正好住在了曹愛華的襠部。哈哈哈。我雖然連曹愛華的襠部都住不進去，雖然只能住在他們附近的貧民區，但是就是靠著這些有錢人，每天看著他們的小車出出進進也覺得生活是很好的啦。活著怎麼能老和人比呢。

原來世界上還真有不想做主角的人。呂明月由不得對他肅然起敬。她又仔細打量了一下這房子，房子是很舊了，裡面有幾件家具都是缺牙豁口的，散發著時光鑿刻下來的霉味，不像是家具服侍他，倒像是他在這屋裡收養了幾個殘缺不全的家具老人。這些家具老人的身上擺設著各種簡陋的小東西，一個牙膏盒做的筆筒擺在桌子上，用紙板剪出的雪花狀的杯墊，用飲料瓶做的花瓶，裡面插著一枝孤零零的玫瑰。就連窗台的那扇玻璃上都貼滿了花鳥魚蟲，她走過去一看，原來都是些已經乾枯的標本，有春天的小草，夏天的薔薇，秋天的落葉，有蝴蝶的標本，燈蛾的標本。她可以想見他在燈下捕到一隻燈蛾，然後小心翼翼地笨拙地把牠夾在書中，像等著一罈酒發酵一樣等著牠慢慢變乾變枯變絢爛，最終變成了一枚時光中的標本。

她的眼睛忽然又濕潤起來，在那偉大的首都，混跡於那群女博士裡的時候，她從不知道世界上還有王發財這樣的人。好像生活就是唾棄他一千次，他還是要眼含熱淚去擁抱它。

既然有人收留，她決定就在這裡閒雲野鶴一段時間。

第二天早晨，天光未亮，她就聽到樓道裡傳來震耳欲聾的歌聲，歌聲雖然跑調嚴重，卻鏗鏘嘹亮，猶如雄雞打鳴響徹整個樓道。她被吵醒再無法入睡，只好躺在床上假寐。她正躺在床上想發財不知道起床了沒，卻聽外面的門鎖咔噠一聲，有人從外面開門進來了。她一驚，莫非有人打劫？緊接著，她又聽到和來人一起殺氣騰騰地破門而入的還有樓道裡那嘹亮的歌聲，「澎湖灣啊澎湖灣，外婆的澎湖灣，有我許多的童年幻想，陽光沙灘海浪仙人掌，還有一位老船長。」歌聲在瞬間便像結實的磚頭一樣砌滿了房間裡大大小小的角落，一時竟有了水洩不通的感覺，好像空氣都是固體的。她慌忙穿好衣服，走出自己睡的那間臥室，探頭一看，客廳的窗前站著一個人，王發財。發財雙手捧著一枝玫瑰捧到胸前，正站在窗前繼續歌唱〈外婆的澎湖灣〉。一曲唱罷，他換成了淺吟低唱，一邊哼著澎湖灣，一邊把塑料瓶裡的那枝舊玫瑰取出來，把手中那枝新鮮的玫瑰插了進去。

一回頭他看到了呂明月正在他背後，便咧開大嘴亮著三十二顆牙齒大笑，起來了？睡好了沒有？呂明月說，都被你的歌聲吵醒了。發財繼續大笑，哈哈，早起是我多年的習慣，改不了，我每天早晨五點就準時醒了，然後我就下去跑步，跑完步去菜市場買菜，順便給自己買一枝玫瑰。

每天一枝？

對，每天一枝獻給自己的玫瑰，雷打不動。

說著說著他又唱了起來「我早已為你種下，九百九十九朵玫瑰……」她懷疑他無論看到什麼，大約都要為之高歌一曲，過會還要歌唱牙刷歌唱早飯歌唱蔬菜。他不知從哪裡翻屍倒骨刨出來這麼多古老的歌曲，歌詞上都蒙著一層厚厚的灰塵，他也不去撣，抓起來就唱。還唱得如此投入，旁若無人。

她說，你每天這麼大聲唱歌也不怕把鄰居們吵醒了？

發財咧著嘴說，他們早就習慣了，你過兩天也就習慣了，你也應該向我學習，活著一天就要大聲唱歌，我每天都是從菜市場一路唱著回來的，手捧玫瑰放聲高歌，從來沒有人過來阻撓我。每天唱歌的時候我就想，人能活著真好啊，活著本身就是一件多好的事情啊。

她想，這麼熱愛生活的人倒也少見。她眼前出現了他把一枝孤零零的玫瑰捧在胸前，張著大嘴昂著頭一路放聲高歌的情景。頓時臉頰發熱，好像他替她丟人了一般，她不由得要替他臉紅。發財沒去注意她臉色的深淺，兀自高歌著游弋到廚房做早飯去了。他開始在廚房裡放聲歌頌豆角，西紅柿還有雞蛋。她覺得在早飯之前他還應該畫著十字架再來一番祈禱，感謝上帝，感謝您賜予我們蔬菜和糧食，感謝您讓我們活著的人每天能填飽肚子。

呂明月一邊替他臉紅著，一邊卻又忍不住偷偷瞻仰著發財的背影，一個人熱愛生活熱愛到了這種地步人也算條好漢。她不得不佩服。

早飯之後，呂明月跟著發財去下鄉採訪。兩個人換乘了數種交通工具，最後在鄉間土路上找到了一輛名叫蹦蹦車的三輪車抵達了線人家中。發財咧著大嘴說，沒辦法，沒錢人沒有車，去個偏僻的地方就只能把人類交通史橫坐一遍。再找不到車的犄角旮旯就只能騎毛驢了，不過真有毛驢騎那是好事，也算名士風流。

他的大嘴裂開，牙齒在陽光下閃著釉光，表示他很嚮往騎著毛驢的名士生活。他看起來會輕易滿足於任何一個最小的細節。好像一切的一切對他來說都是額外的恩賜。

採訪完畢，發財問主人借了摩托車，帶著呂明月向村外的油菜地駛去。他們帶著風聲從無邊無際的油菜地裡飛過，對著那油菜花看久了就感覺它們馬上要燒著了，金色的大火即將把一切吞噬。遠處有個山坡，山坡下有一幢白色的屋子，那房子看似近在眼前，他們卻走了幾十里地，繞過一條寬寬的河流後終於到了山坡下的白房子前。此處綠草從坡頂傾瀉而下，陽光從雲端灑落萬丈，空氣清澈，一群眼神天真的牛羊在草坡上啃著草隨處遊走。他們坐在了山坡上，眼前平地無垠，天空又低又藍，坡下片片青稞綠地，不遠處橫亙著一條彎曲的河流，河流對岸是一望無垠的金黃色大地，油菜花開滿了整片平川。那大片的金黃一直延伸到深青色的山腳下，群山之中，一座座衝入雲端的雪山威嚴而立，上接藍色的天空，天空中則隨意擁著大堆大堆蓬勃的白雲。

她在草地上跑了幾步，覺得此等景色簡直令人窒息。忽然她像想起了什麼，掏出手機拍照，然後發到微信上去。她看到了不算看到，更重要的是要讓那些還趴在電腦前憋論文的女博士們看到。她覺得自己此刻的心理就像是一個可憐的小孩子好不容易搶到一塊糖，連忙要把這塊糖向所有的人炫耀一遍，似乎因了這塊糖的存在便可以減少她的可憐。連自己都覺得自己真是齷齪，齷齪而可憐，然而，手卻已經不是自己的了，兩隻手獨自行駛著愣是一口氣把十幾張照片全部傳了上去。

她一定讓她們看，一定要推到她們眼皮子底下給她們看，讓那些女博士們看看她已經掘到了怎樣一處寶藏，她已經占領了怎樣一處風水寶地。這哪裡是人間，分明就是天堂，此刻她就是新住進來的神仙。她在這裡自由自在，沒有論文，沒有導師，沒有工作，不用期待不用幻想也不用幻想落空。懲罰一個人最好的方式就是讓她嚮往而不得。而她是她們放在遙遠的德令哈的一隻眼睛，她會替她們看到一切，替她們忠實地記錄一切匯報一切。

照片發上去沒一會，有女博士開始給她回覆了，她們說一句，好美。太美了。真美。然後附加一個大大的感嘆號。回覆太短了，字太少了，這遠遠不能滿足她的虛榮和預期，她一邊悲愴著，一邊卻也得到了些略略的滿足。她相信此舉已經給了她們一個打擊，也不枉她扔掉即將到手的博士學位而遠去雲遊。她突然發現此刻的自己是這樣的憤懣和委屈，她此時的氣場如同一隻尖叫的貓，似乎急於抓住點什麼撕碎點什麼才能平息搖搖欲墜的她自己。她就是化成灰就是變成一個乞丐，她也是個女博士，沒有人能抹殺得了這點。沒有。

她胸口愈發疼痛，她連忙對著這傻藍的天空大口呼吸。忽然發現發財不見了，四下裡一找才發現，發財正躺在草地上對著天空靜靜流淚。她向來見不得男人流淚，覺得這是女人的專利，但她還是問了一句，你怎麼了？發財眼淚汪汪地說，我是覺得這天實在太藍了，我一輩子沒有見過這樣藍的天，這一切怎麼能這麼美，美得讓我忍不住要掉淚。呂明月聽得頭皮發麻，連忙調轉頭去，不忍直視發財那張一把鼻涕一把淚的臉。她想，這個男人，好像來到世間就是為了感謝這世間的一切，簡直像個朝拜的聖徒。

此後她就跟著發財到處採訪到處遊蕩，然後再向她們炫耀她如今的自由自在。可是那些女博士們漸漸不再理她，甚至一個字都不回了。她們的冷淡令她的身體裡忽然再次裝滿了羞辱，她為什麼要退學，是因為她智商低因為她真的就不配博士畢業嗎？她只是厭倦了像後宮一樣的爭鬥，而不是真正怕了她們。也真是奇怪，只要充斥著女人的地方，即使沒有一個男人居然也能像後宮。雖然自我撫慰了一番，但心中的餘怒未消，彷彿她身體裡裝滿了發育不成熟的少女的怒火，不恰當卻又完好無損的怒火。是啊，就她這樣一個女天才，這樣一個聰明人，現在卻除了自由什麼都沒有，沒有工作沒有積蓄沒有體面沒有前途。她狠狠用手砍著地上的一棵草，彷彿那草就是她自己，它該被砍。

四

這時候發財採訪完了，咧著大嘴向她走了過來。他永遠都這樣咧著大嘴笑著，她不知道他在睡夢中是不是也這樣，但是只要是他醒著的時候他都是同一種表情，彷彿對生活賜予他的每一分鐘每一秒鐘都無比滿意，滿意到了骨頭裡，以至於睡著都能笑出聲來。發財站在她面前大聲說，還想去哪我就帶你去。她抬起頭來看著這個大嘴醜男人，他長得是真醜啊，可是就連這樣一個醜男人都沒有表現出對她的一點點想法，當然如果他追求她她會毫不猶豫地拒絕他，可是他居然根本不追求她。她一邊用手下意識地遮掩自己的大鼻孔，一邊想，她和他在一套房子裡住了三四個月了，他也沒有表現出對她的一點點企圖，好像她連女人都不算。

以前她是女博士的時候，聽人說到，你們女博士樓上住的女生都不像女生，個個都是面無表情，只有眼睛間或一輪。儘管把她們說得性別不明，可她聽著也並沒有生氣，因為她知道那還是對她們女博士的一種變形讚美。可是現在，除掉女博士的身分之後，她卻仍然沒有變成一個女人嗎?難道她已經變成四不像了嗎?不像男人不像女人不像天才不像廢物，什麼都不像，也什麼都是。分明是一隻長著四隻腳的怪物。她再一次告訴自己，她從來就不值得任何人渴望，她三十年的人生猶如一樁罪惡一樣令她羞恥。

她忽然就號啕大哭起來。

發財安慰她的法寶永遠是，想去哪兒？我帶你去。想吃什麼？我帶你去吃。想怎麼樣就怎麼樣。好像她只是幼兒園的一個兒童，所有的哭鬧永遠與吃喝拉撒有關，而他時刻打算像縱容一個無知的兒童一樣縱容她，似乎他是她一個慈祥的父親。這讓她有些許幸福還有幸福背後更深的恥辱感，他為什麼就不能把她當成一個女博士來哄？為什麼就只能當做女童來哄？可是，女博士又該怎樣哄呢？難道兩個人躺在床上討論學術課題，討論有幾篇論文發在核心期刊嗎？她哭得更凶了，以示對他和她的懲罰。他們都是該懲罰的人，都是。她放著即將畢業的博士不讀，任性地跑到這鳥不拉屎的大西北來遊蕩，該罰。而他面對著一個智商超群的女博士不追求，不是把她當成無性別的人就是當成六歲的兒童。也該罰。

發財忽然看著她兩眼放光，大嘴幾乎要裂到耳根處了，她仰著鼻孔看著他，心裡一驚，怕他即將要說，我發現我喜歡上你了。要是這個醜男人真這麼說了怎麼辦，她忘記了自己的其貌不揚，心裡又是緊張又是得意。彷彿這句話已經說出來了。如果他真這樣說了，她當然得拒絕他。怎麼可能？他一個五年級畢業生，嘴還長得這麼大，簡直是巨大，要是和他接吻，他的這張嘴肯定能把她的整個頭都吮吸下去。不僅嘴大，還有一個指頭是殘廢的，即使全身所有的地方在動，那根指頭也絕對不會動，它已經死了，已經蛻變成了一截木頭。她怎麼可能答應這樣一個男人的追求？

她正兀自想像的時候，發財開口了，可她聽到的是，要不我帶你去吃手抓羊肉好不好？要吃白條還是黃燜？我知道有一家羊肉做得特別好，他家還有黃酒，我們可以吃著羊肉喝著黃酒，這是天下最好的享受了，哈哈，好不好？她已經做好全副武裝準備好對付他的反攻了，沒想到卻一招撲空，因為防衛過當用力過猛，還差點摔倒在地。她坐在原地半天沒吭聲，好像她沒有反應過來，根本沒聽懂他在說什麼，他講的羊肉與黃酒對她來說都不過是天外來物。

黃昏的天空與湖面呈現出一種更為奇異的藍，從地裡回家的人們三三兩兩朝天空唱著歌，空氣將他們花兒一般的嗓子變成了一個歌唱的花園。再遠處的房子裡飄出了飯菜的香味。又一天要結束了，她鎮定情緒，抬起頭來，像個兒童一樣天真地對他說，好，去吃羊肉喝黃酒。

發財帶著她又翻過一個山坡來到了河邊的一家羊肉店。二斤羊肉二斤黃酒，大塊的手抓羊肉垛在他們面前，雖然夕陽西下，陽光還是很刺眼，兩人坐在店門口，一人戴了一頂草帽。連著在外跑，呂明月比剛來時已經黑了好幾圈，發財則早已是漆黑如碳。她看著發財忽然笑了，說，你真像個小老頭。發財咧著大嘴，牙齒閃著白光，說，你現在也挺像個小老太婆的。這句話居然沒有讓呂明月生氣，她戴著草帽坐在一堆羊肉前面，手裡捧著黃酒，對面坐著發財。忽然此時這種情景讓她心裡一動，這樣生活下去其實也沒什麼不好。這些天裡她就這麼無恥地吃他的喝他的住他的，也從沒有聽到過他一句怨言，好像倒是他欠了她的債。她是多麼無恥啊。她心裡又是冷又是熱，她忽然就抬起臉仰著大鼻孔審視著發財，挑釁地說了一句，發財，你就不喜歡我嗎？

話一出口她就後悔了。她已經輸了，她等他這句話實在等不到便自己先替他說出來了。因為她心裡毫無理由地固執地認為，這句話就是發財該說的話，他只是沒有說，不等於它不存在。而她只是像個性急的牧羊女一樣提前替他把它放出來了。可是這羊兒一旦提前放出來了看著竟也不像羊兒了，像基因突變了一般面目可憎。如果他殘酷地拒絕她怎麼辦，再委婉也終究是殘酷的，他說，我覺得你很好，可是我們還是做普通朋友吧。或者，我是為了你好，你應該找更好的男人。天哪，如果她居然被一個只上過初中的醜男人拒絕了，她怎樣才能把這隻羊兒趕回羊圈？若是被那些昔日的女同窗們知道了，她還有何臉面存在於世？

她活著只不過是她們的一個笑話罷了。越往後這個笑話越堅硬，直至石化。

她連忙低頭擺弄一塊羊肉，彷彿正在專心地伺弄她的一塊土地。

這時候她聽到發財說話了，那聲音從很遠的地方傳過來，一時她竟疑心發財已不在人間，更不在她身邊。她不看也知道，他此時必定是咧著大嘴露著三十二顆門牙，她聽見他說，何止是喜歡，我簡直是崇拜你。她心裡隨著這句話轟隆一聲，彷彿有什麼東西剛剛經過了爆炸，然後她努力平靜下來剖析這句話的意思，崇拜？崇拜是什麼意思？就是把一樣東西當神一樣供起來而決不去使用？還是他在委婉地巧妙地用崇拜去遮掩那個真相，那就是他根本不喜歡她，而她卻還要在這裡自作多情。不僅自作多情還要自取其辱。

此時她想對桑小萍說，女人，我真的不值得任何人渴望嗎？她的淚忽然又下來了。

發財卻忽然抓住了她的一隻手，他慌裡慌張結結巴巴地說，我這人不會說話，要不，要不你就嫁給我吧。如果你肯嫁給我肯和我一起在這裡生活，讓我做什麼都願意。你可以不工作不賺錢，我東跑跑西跑跑賺的錢也夠兩個人用，如果你願意旅遊我就陪你去，去哪都可以。我會每天送你一朵玫瑰花，直到我……不在了。你是我見過的第一個女博士，以前我做夢都想不到的，因為自己文化太低覺得實在配不上你，只要你不嫌棄我。

她驚呆了，這是突如其來的求婚嗎？可是，他們之間怎麼連個戀愛的過程都沒有就直接跳到求婚上去了？他是看她可憐而施捨給她的求婚嗎？還是為了節省戀愛的成本？確實，談戀愛多多少少是要成本的，發財大約是覺得談戀愛不划算吧，不如乾脆結婚。這段表白有兩處讓她感到不舒服，第一處是每天一朵玫瑰，就算是她不出現，他不也照樣每天給自己買一朵玫瑰嗎？就是隨便換了哪個女人，他也可以賣個人情說這花是送她的，其實不過是送他自己的。

第二處是她是他見過的第一個女博士。難道他願意娶她的原因僅僅因為她是個女博士？也就是說，如果他真的喜歡的話，喜歡的也不過是女博士這頂帽子，而不是那個戴帽子的女人。其實帽子的下面就是一隻母豬也沒關係。

儘管耐不住她的任何剖析，但畢竟還算是一番表白，平生第一次被人求婚，她不能不稍稍感動一下。繼而她又是一陣悲涼，難怪這麼多年沒有男人追求她，原來是沒有遇到發財這樣的醜男人。可是她怎麼能答應他呢，怎麼可能？難道她會嫁給這樣一個男人嗎？她需要的只是他的表白，她並不需要做出回答。原因很簡單，因為她不愛他，所以她需要他愛她。

如果剛才發財拒絕了她怎麼辦，她簡直出了一身冷汗。她以為自己逃到了與世無爭的地方，從此以後只剩下了自由自在，沒想到，等待的背後還是等待，幻想的盡頭還是幻想，她不過是一個環球旅行的麥哲倫，無論繞地球幾圈終歸還是要回到那個原點。

似曾相識的屈辱，好面熟啊。她連連冷笑，又想流淚。她抓起那只碗大大喝了一口黃酒，什麼是自由？自由就是她有主宰權。今晚她要把自己喝醉。喝醉了好和他上床。她不會和他戀愛不會和他結婚，但她要和他上床。似乎不和他上床便不足以懲罰自己不足以懲罰這個世界，而發財正好又長得那麼醜，真是足夠懲罰的籌碼。不過，和一個這麼醜的男人上床終究是個挑戰。尤其是他那張巨大的嘴和三十二顆牙齒。她又喝了一口酒，喝醉了把眼睛一閉，那就和誰睡都一樣了。

最後她如願以償地把自己喝醉了，然後她如願以償地和發財在黑暗中在酒醉中睡到了一起。她的意識躲在重重疊疊騰雲駕霧的酒精裡，不肯鑽出來辨認發財，即使認出了發財也恨不得裝作不認識他。她縮在殘留的最後一點意識裡把黑暗中的發財想成了別的男人，那是她中學時代暗戀過的一個老師，暗戀了他好幾年，當年不是靠著這暗戀還未必能考上大學。還是那種暗戀好啊，你可以用你全身的所有器官去想著他接近他，你會背熟他身上的每一絲氣味，卻永遠不會和他說一句，我喜歡你。現在她要把這醜男人想成是他，在想像中終於和他做了一次愛。雖然發財的床上功夫實在是不怎麼樣，她也只能勉為其難，替那想像中的中學老師抱歉了。

兩人睡過之後的第二天，發財滿面紅光地在屋子裡出出進進，當然仍然不忘買了一朵玫瑰花。她可以以為是為她買的，也可以以為是為他自己買的，反正花上又沒貼標籤。發財一邊在廚房做早飯一邊大聲唱歌，她躺在床上聽著他的震耳欲聾的歌聲一陣厭惡，以前怎麼沒有發現他跑調跑得如此嚴重，簡直是五音不全。除了跑調還是覺得額外的刺耳，她想了一想才想明白，大約是因為今天這歌聲裡充滿了志得意滿。志得意滿什麼？因為昨晚剛睡了一個女人？不，她斷然否定。他得意的是，他睡了一個女博士。準確地說，是睡了一頂女博士的帽子。她敢保證，那博士帽下即使是那隻母豬躺著，他也照睡不誤。對他來說，能睡一頂女博士的帽子就是一種榮耀。她獨自冷笑。

這時發財扯著洪亮的嗓音叫她吃早飯了，他說過的，只要她喜歡他就可以為她做任何吃的，他什麼飯都會做。她下床款款走到飯桌前，好似一個新生的慈禧太后。

又是他最拿手的羊肉麵片湯加煎包。她想，也沒見待遇比以前好了，便有些笑自己先前的天真。趁著吃飯的當兒，發財提出一個要求，從今往後他們倆就搬到一間屋睡吧，兩個人各睡一屋顯得很怪異。她想，才過了一晚上怎麼就怪異了，她在這住了三個月都沒顯得怪異過。食物從胃裡轉移到了心裡，塞得滿滿當當，吃了兩口她就藉口說不舒服回到自己屋裡了。

黃昏時分，下起了小雨，站在窗前，荒涼堅硬的西北漸漸模糊漸漸柔弱，而遠處的黑暗已至，這點柔弱即將縮進那黑暗的蚌殼裡。發財採訪未歸，她在窗前站了一會，給桑小萍發了條短信，女人，今晚我忽然覺得從沒有過的孤獨，我現在有大片大片的空白時間，沒有人再逼我趕我，為什麼我卻還是覺得不自由。

短信回過來了，那是你還不習慣，就像你戴枷鎖戴得時間太長了，就算給你摘掉了，你還是會保持著原來的姿勢走路。

她說，這幾天我本來想好要發狠把中國哲學史讀一遍，卻也只看了幾頁。因為讀的時候我也並不快樂。我想和男人睡覺是不是會快樂一點，結果還是不快樂。

短信半天才回過來，這讓她懷疑那女人是不是一邊正和男人約會一邊給她發著短信。那女人說，哲學解決不了的問題和男人睡覺肯定也解決不了。

她說，女人，來德令哈吧，我們在一起總會好一些，就算是沒有男人，兩個女人在一起生活也挺好。只要我們兩個在一起的時候，我們的短處才會相互得到彌補，我們在這個世界上才能變得邪惡而強大，無所畏懼。

短信回過來了，女人我也想你，可是有些東西只適合遠遠地思念著。

有些東西只適合遠遠地思念著？比如和父母，比如最好的朋友，卻無法在一起。好像人活著就是為了和所愛的人不停地分離，分離。她獨自發了一會呆，然後決定出去一個人看場電影，很久沒有去電影院看過電影了。她打著一把傘走到了電影院，懨懨欲睡的賣票員忽然驚醒，詫異地看著她，像看著剛剛降落到地球上的外星人。她拿著票走進影廳，燈光轉暗，電影開始了她才明白了售票員的目光，原來偌大的空曠的寂寥的影廳裡只坐著她一個人在看電影。她想坐在哪就可以坐在哪，坐到天花板上看都沒有會管她。幸好不是恐怖片，她抱著一桶碩大的爆米花，機械地往嘴裡填著爆米花，像個白痴一樣看完了一部白痴的喜劇片。她一個人在黑暗中笑，笑得前仰後合笑得蹬腿拍椅子，笑得像個真正的傻瓜，像個真正的外星人。她一個資深文藝女青年，一個研究現當代文學的女博士，一個兩天不看文藝片就會死的女人，竟一個人看完了這樣一部垃圾喜劇片。

電影結束了，她抱著那把濕漉漉的相依為命的傘踽踽走進了雨中，一切都是濕漉漉的，夜晚是濕的，電影是濕的，她也是濕的。她一隻手高高撐著傘，一個人在雨中邁著自創的舞步，此刻她是多麼自由，自由得隨時能跟著這把傘飛起來，飛到外太空去。她不用再寫論文，不用再討好別人，不用再苦苦等待別人的讚美，不用再覬覦著導師的垂青，她不用再期待任何事，也不用期待落空後再被羞辱。現在，她在一個牛羊肥美的世外桃源裡，甚至不用工作，有個醜男人願意養著她，居然願意養著她這寄生蟲。空前絕後的自由，從沒有過的自由就這樣降臨了，有什麼不好？她一圈一圈地旋轉，像只螺旋槳一樣隨時都要飛起來，飛走。可是，她的淚還是下來了，她在雨中開始哭泣，大聲地哭泣。

一切都是濕的，沒有人會看到她在哭泣。

五

回到家中，發財已經回來了。問她幹什麼去了，她說去看電影了。發財咧著大嘴笑道，看個電影還去電影院啊，在電腦上還不是一樣看，何必花那個冤枉錢。她冷笑一聲，不屑再說一個字。發財見她不說話了，忙過來看著她的臉色討好地問，今晚看的什麼電影啊？其實我也喜歡看電影的，沒事幹的時候我也會偶爾在電腦上看部電影，只不過看電影不划算，還不如寫個小稿子掙點稿費實惠。你都喜歡看誰的電影啊，我喜歡看香港的警匪片，尤其喜歡看劉德華演的。你喜歡看什麼電影啊？

她接著又冷笑了一聲。她本想著用博格曼、費里尼、塔可夫斯基、安東尼奧尼、帕索里尼、戈達爾、波蘭斯基、布努埃爾這一連串名字砸死他，可是忽然又覺得可憐，不只是他可憐，她也可憐。他們真是一對可憐蟲。

雨還在下，西北居然也有這麼多的雨。「這個世界——你開得再快也躲不開它——帶著許多匕首向你撲來。」這是誰的詩，也被淋濕了。

發財在她身後發出遙遠的清晰的明顯在發抖的聲音，是因為興奮？她警惕地想，他興奮什麼？他說，該睡覺了吧。

又該睡覺了？這可是他一天中望眼欲穿地等待著的唯一時刻？就因為可以和她睡覺？或者是可以和一個女人睡覺？

當然，一個性關係不純潔的人，簡直像坦克軍團，從來都所向披靡。從理論上講，姦淫是最大的自由，可是，她睜大眼睛，仔仔細細看著眼前這個男人。今晚沒有喝酒，沒有酒精的遮蔽和掩護，一切竟像放到了顯微鏡以及放大鏡下一樣，連每一根汗毛都纖毫畢現。她驚恐地看著他咧到耳根處的大嘴，三十二顆明晃晃的牙齒，嫁接上去的樹枝一樣的手指，還有他的香港警匪片以及他的劉德華。天哪，她居然和這樣一個男人睡了一覺。

如果附近有個神父，她一定要跪到他腳下去懺悔。發財被她看得有些怕了，後退了兩步，臉色開始變灰變暗，剛才那點灼燒著的興奮像木炭一樣漸漸熄滅下去了。

她看著他的臉忽然再次感到自己的可怖了，四個月裡她吃他的喝他的住他的，不掏一分錢地心安理得地賴在這裡，她心裡是沒有他，沒有就罷了，居然還這麼吝嗇與他睡過一次。也夠小氣與無恥的。可是如果再施捨他一次，她還必須得把自己灌醉，好把他想成是別人，不能是那個中學老師了，還得再換一個男人意淫。虧得她這麼多年還是暗戀過好幾個男人，她也只能暗戀人家，無邊無際的黑暗一般的暗戀，如今正好拿他們補償自己。但今晚沒有酒，她也不想喝。她連忙說著涼了頭痛要早點睡了，然後便跑進自己住的那間屋子，然後還下意識地從裡面把門拴上了。她趴在門上聽外面的動靜，生怕發財會過來敲門。可是，客廳裡久久都是靜悄悄的，發財好像一直就保持著剛才那個姿勢，一動沒有動過。她內疚而羞愧，羞愧而恐慌，恐慌而解恨，這一解恨居然好像平白無故又占了發財很多便宜。然後她一邊解恨著一邊睡著了。

雨下了一夜。

第二天早晨她照例聽到了發財嘹亮的歌聲，卻不想起床，一直賴到他上班走了，她才起床。走到客廳裡她忽然發現窗台上的玫瑰不是一枝，而是忽然變成了五枝。顯然是發財今天早晨臨時加的。她又看到桌子上的籠屜下面扣著留給她的飯，還冒著熱氣。她一口也不吃，就呆呆看著那繚繞的熱氣。平心而論，發財也算個好人，除了長得醜了些沒文化了些。可是她也長得不美，要不就真的和這個男人結婚吧，他畢竟是這麼多年裡唯一願意收留她的男人。如果長得帥點的那也根本輪不到她，如果還有些才氣的那就更可怕了，看看系裡的那些男博士們就知道了，恨不得能找個有錢的岳父來解決他們這些鳳凰男的棲息問題。據說數學系有某男，追求到了某領導的女兒，偏偏這領導看不上他，不過他也並不灰心，只管一趟一趟金石可鏤地往領導家跑。領導終於同意了愛女的婚事，並且為愛女買好了房子順便裝修了，這日要帶著全家過去參觀新房，正好領導家四口人把一輛車剛好塞滿。領導便對某男說，那你自己想辦法過來吧。某男顛顛同意了，於是騎上自行車一路尾隨著領導的小車去看新房。

雖然事實如此她還是覺得不舒服，還是覺得心裡硌得慌，想了半天忽然明白了，還是因為發財不夠體面。別說嫁給發財了，就是和發財睡過，她就已經輸給那些女博士們了。她居然在這麼偏僻的地方還這麼無休無止地惦念著她們，好像連自己的性生活都要請她們批准和觀摩似的。她覺得自己已經無藥可救已經病入膏肓了。

可她仍然覺得不對，好像有一種更深的恐懼正潛伏在她身體的某個地方，然而，這種恐懼又好像是別人的，正在別人身上發生，因為是旁觀她才看得這麼清晰這麼殘酷。她明白了，她是不愛發財，可是，發財怎麼能也不愛她。她相信她確信，發財不愛她。因為有前三十年豎在那裡墓碑一樣提醒著她，她根本不值得人渴望，她醜陋猥瑣充滿欲望和野心，她只不過是個主流之外的未遂者。

那他為什麼願意娶她？她冷笑了，對他來說，她不過就是個渾身赤裸的女人頭上戴了頂博士帽站在他面前，因了這赤裸和赤裸之上唯一的帽子，所以才加倍刺激了他的性欲吧，倒像是，這變成了一種適合他的性愛情趣，而她其實與那些扮護士扮空姐的色情表演者無異。

原來是她在表演給他看，還順便勾引了他。

她忽然又想起了發財討好她的目光，濕漉漉的，狗一樣的目光。她便又安慰自己，也許也許，發財並沒有這麼可怕。而只是她自己被一種古怪的方式綁架了。

她對桑小萍說，女人，你說為什麼真的有個男人願意對我好，我還是這樣孤獨這樣不自由？

短信回過來了，你們知識分子就這樣，得意時候做做儒家和寵婦，失意時做做道家和棄婦，還要獨坐幽篁裡彈琴復長嘯。你現在就是獨坐幽篁裡，卻又不甘心，一定要讓所有的人都知道你正一身風骨地坐在竹林中彈琴。你真正需要的是燃燒的城市，為你燃燒的城市，所有的男人都是你的俘虜，跪在你想像中的風華絕代的腳下苦苦哀求，而你策馬揚鞭追逐你無盡的疆域，如果換個時代你其實最願意做的是一個女成吉思汗。所以一個人對你好怎麼能夠用？

可是他只是願意對我好，卻並不愛我。

你覺得他應該跪下來求著你舔你的腳指頭？女人，我說句實話，不要因為自己博士退學了就覺得天下所有的人都欠了你。

……連這樣一個男人都不愛我。更可恥的是，他不愛我卻想和我睡覺。

男人可以隨便和一個女人在一起，而女人得和比自己優秀的男人在一起才甘心，即使不比自己有錢，也一定要比自己聰明聰明再聰明。

她知道桑小萍下一句沒有說出的話是，正因為你既不漂亮也沒有錢，所以只能要求男人一定要比你聰明聰明再聰明。因為你知道自己唯一可以自恃的就是聰明了。然後，她像是為了安慰她一樣，在短信裡又補充了一句，不過這年頭，誰但凡有一點點可驕傲的資本不是用到極致呢？

她回她，你這個自以為是、得意洋洋的女人，這世界上壓根就不會有哪個男人想和你睡覺。

然後她關掉了手機，感覺這樣就可以把桑小萍推在門外了。

就在這時敲門聲響了，她嚇一跳，恍惚間覺得是桑小萍來看她了。她當然不會拋下她不管，她相信。她向那扇門衝去，站在門外的卻是發財，他下班回來了。她把門開了一條縫，露出一隻眼睛窺視著門外，雖然只是一條縫，發財的大嘴和三十二顆牙齒還是像空氣一樣頑強地擠進來，向她撲過來。她下意識地往後一步，問，怎麼了？發財在門縫裡舉起一本書遮住了自己的臉，她一看，是一本厚厚的《中國現當代文學三十年》。大學時代的教材忽然出現在這裡，她嚇了一跳。發財怯怯地說，你能出來一下嗎？她想，明明是在他自己家中，他卻不說讓我進去而是說你出來一下。她心裡軟了一下，覺得自己鳩占鵲巢不說，還這麼霸道。

她走出屋子，發財立刻咧著大嘴，重新把那本書明晃晃地送到她眼前去，似乎她是個盲人，根本看不清那上面斗大的幾個字。他對她說，這是我今天新買的，打算好好學習一下。他的語調聽起來很古怪，有點緊張有點炫耀，接近希望、信仰，還有一點慈悲。似乎站在他面前的是決定著能不能錄用他上大學的校長。她有點憐憫有點厭惡還有點內疚，忙說，那你看吧，我去做晚飯。發財忙跳起來阻攔，我來做我來做。她一臉嚴肅地說，你不是要看書嗎，我來做吧，反正我也閒著。這話沒錯，她確實閒得發慌。

帶著補償和內疚，她把自己關在廚房裡一口氣做了三個菜一個湯。做飯的時候她看著鍋裡冒出的白氣再次安慰自己，日子就這樣過下去其實也不錯。就像那個海邊晒著太陽打漁的漁夫，打漁是為了掙錢，掙了錢為的卻是能在沙灘上晒著太陽。她現在不已經提前一步到位了嗎？她懷揣著剛剛破土而出的一點點溫柔把菜端到了客廳的桌子上。因為沒有書房，發財正坐在那張桌子邊看書。一出廚房的門，她就和手裡的那盤菜一起被釘在那裡了。

發財坐在桌子邊睡著了。他仰躺在椅子裡，耷拉著頭，正一下比一下更猛烈更辛苦地打著盹，那本書被翻了一頁，正蕭索凋零地躺在他懷裡，好像上面蓋滿了厚厚的落葉。她輕輕地走了過去，像是怕驚醒了他，放下那盤菜，她又重新仔細地打量著他，一遍一遍地殘忍地打量他。他大嘴裡拖著一道明亮的長長的涎水，好似一隻剛吐出絲的蜘蛛。原來睡覺的時候他的眼睛是閉不攏的，此時他的眼睛半閉著，殘留著一圈可怕的眼白。她細細地端詳他，幾乎要把自己的整張臉都湊上去了。他的頭看上去那麼大那麼大，顯得下面的身體那麼小，小得好像不過是他頭上長出來的一個腫瘤。她發現自己心裡其實有那麼多黑色的小洞，隨便跳進去一個都足以把她淹沒掉，可是此時，她拼命想往進跳，只想墮落進去。

就在這時，發財忽然驚醒了。他一睜開眼睛猝然看到了她那張臉，他一驚，差點連人帶椅子一起跳了起來，好像她那張臉具有炸藥的威力。他眼睛裡依然空著茫然著，顯然還沒有搞清楚自己坐在這裡幹什麼，但是，他的手，已經背叛了他的大腦獨立出來了。那兩隻手都顧不得擦掉嘴角的涎水就迅速地，絕對是以非正常的速度抓起了腿上的那本書。然後，他坐在那裡一眨不眨眼地認真讀了起來。幾分鐘過去了，呂明月終於說了一句話，書拿倒了。發財又一驚，再朝著書上仔細一看，可不是，他連忙把書倒了過來。再抬起頭，呂明月已經不見了。她回到自己房間裡去了。那頓晚飯，呂明月一口沒吃。

窗台上的玫瑰在以幾何速度增加，由五枝變成了十枝，然後是十五枝，二十枝，好像它們學會了自身繁殖一般，一夜之間就能繁衍出一倍多的玫瑰來。發財外出採訪的時候，她就一個人出去遊蕩，她把自己扔在草地上，大朵大朵的白雲從她頭頂上萬馬奔騰而去。更遠處的藍天離她好像不過咫尺。她相信再沒有第二個人像她這樣看到了這麼多的白雲，這麼近的藍天，還有身後這無邊的草原。好像這天空這草地這白雲都是她一個人的。是啊，她多麼想離這個世界近點再近點，可是，她的天空是孤獨的，草地是孤獨的，玫瑰是孤獨的，嘴唇是孤獨的，乳房是孤獨的，桌子是孤獨的，晚餐是孤獨的，自由是孤獨的。她的眼淚流下來了。眼淚是孤獨的。

發財除了孜孜不倦地增加了玫瑰的數量，還像螞蟻一樣陸陸續續往家裡搬回了幾十本磚頭一樣厚的世界名著。每次他把書搬回來的時候都要先向呂明月邀功請賞一番，他重重地友好地拍著那些書的書脊，好似它們是他剛從外面招募來的工人，正等著給它們安排苦力活，不免先慰勞一下。他咧著大嘴說，《戰爭與和平》，打三折買的，你們大學裡肯定讀過的吧？哈哈，我打算用三天時間把它們讀完，等我讀完了再和你探討。他做出一個學者的預備姿態，似乎三天之後，將從這幾本厚厚的《戰爭與和平》裡誕生出一個新鮮的學者來。

她不敢與他正視，連忙把目光移向他處，似乎這幾本小說是她的仇人，一看見它們她就深受恥辱。她躲回房間裡了，發財則坐在客廳的桌子前用功。過了半個小時，她要去衛生間，不得不再次走進客廳。然後，毫無懸念地，她看到發財坐在那裡已經睡著了。涎水從嘴角垂下去一直接到了地上，像榕樹新長出的氣根，正向下探索，馬上就要在地板上安營紮寨了。她躡手躡腳地走進衛生間，怕把他吵醒了。她實在不忍心看見他乍醒來時的那種表情，好像猛地醒來卻發現自己被綁到刑場上了。然後她再從他身邊悄悄經過，偷偷溜回房間，就讓他一個人在那無邊無際地打盹打盹。有時候他睡得過於投入，一個盹就栽到地上去了，連氣根都不需要了。

過了幾天他又訕訕地過來敲門。她掀開一條縫，露出一隻眼睛，問，怎麼了？他侷促緊張地笑著，嘴咧得更加巨大遼闊了，他躲避開她的目光說，今天我買了瓶很貴的紅酒，你想不想……喝一點啊？

她用全身上下的每一根毛孔鄙視著他，他想故技重演？看來也不是惦記了一天兩天了。她忽然感覺到了他身上的另一個部分，另一個可怕的部分，好像在他身上還住著一隻生物，這隻生物與他的膽怯他的懦弱正是一對孿生兄弟。

她殘酷地告訴自己，他只不過想睡她。這些天裡他用更多的玫瑰花，用幾十本世界名著來臨時搭建一條簡陋的船，好乘著這船順利游到她的床邊。他大約覺得她就值幾枝玫瑰花加幾十本打折的世界名著，另外還得浪費他一瓶紅酒。他簡直是在替她明碼標價，然後再跑過來替她蓋戳驗收。可是，如果連他都不想和她睡覺呢？她會不會更加覺得挫敗？她臉色慘白，雙眼卻像燒著了一樣聚精會神地瞅著他，好像他是她剛剛發現了的一幅巨幅海報，這海報上面只有他孤零零一個頭像。想看不清楚都不行。發財被她看得毛骨悚然，往後退了兩步。

她鼻子裡發出一聲巨大的冷笑，然後當著他的面重重把門關上了。

客廳裡久久沒有發出任何聲音。好像發財已經不在那裡了，她疑心他是不是已經去睡了。就在這時，她忽然聽到客廳裡傳來了低低的抽泣聲，一個男人的笨拙醜陋的抽泣，接著，抽泣聲越來越大越來越響亮，簡直要變成號啕大哭了。她僵直地靠牆站著，一動不動，似乎稍微一動一回頭就被外面的發財看到了。她只覺得有一種很酸澀的東西正從她腳底下往上湧，這種酸性物質腐蝕著她，讓她幾乎有點站立不穩了。她幾次想把手伸出去想打開那扇門走出去，可是終究還是沒動。她久久地屹立在那個靠牆的地方，像被綁架在那裡一千年了。客廳裡的哭聲漸漸小下去了，漸漸變得斷斷續續絲絲縷縷。

在那一瞬間她忽然有一種恐怖的衝動，她想像隻鷹隼一樣衝出去，再次挑開他的那團傷口和那團傷口裡的哭聲，讓他重新響亮起來。因為，就在剛才，就在那一片哭聲裡，她忽然對他有一種從未有過的憐憫和心疼，還夾雜著一種奇異的滿足，似乎她是他的債主，今晚她終於討債成功了。

客廳裡的哭聲終於停止了，異樣的死寂像金屬一樣砸下來，砸得她無處可逃，她終於推開門衝進了客廳，發財正在客廳裡收拾一只行李包。她怔怔地看著他收拾東西，最後當他背起包準備出門的時候，她忽然在他身後大喊一聲，王發財你要去哪？發財回過頭來，他紅著兩隻眼圈看上去分外醜陋，醜陋到了略帶猙獰的地步。燈光從他頭頂上壓下來，榨出了他小小的影子，那影子只有那麼一點點，好像他是剛從童話裡逃出來的小矮人。他看著她說，我知道你不想看見我，我出去找個地方住，你一個人睡的時候記得把門關好了。說完他又往出走。

她在他背後歇斯底里地又喊了一聲，王發財。發財回過頭時她已經滿臉是淚了。她一邊嘩嘩流淚一邊對他喊著，王發財你對我到底有沒有一點喜歡？有沒有？有沒有。

可是你喜歡我的什麼？我一直在想，如果那天走進你這屋子的是另一個女人，你照樣會喜歡她是不是？也就是說，你喜歡的其實並不是我，而只是那個走進來的女人。

……其實，不管是你還是我，在這人世間都不過只是一隻蟲豸，我們都是些卑微的小人物，沒有人會在乎我們的生死。今天我們活著，也許明天我們就不在這個世界上了，可是我真是貪戀這世間的陽光，我覺得就是每天什麼都不做就只是能躺在秋陽裡，我就很滿足了。所以我總是拼命地想去愛我活在世上的每一天，去愛我遇到的每個人。你說得對，如果走進這屋子的是別的女人我也會去愛她，可是，走進這屋子的是你，所以我會去愛你。

她終於把他們最上面的那層皮剝去了，她看到了裸露出來的鮮血淋漓的傷口，鮮紅鮮紅地直往她眼睛裡跳。她已經分不清這傷口到底是在她身上還是他身上，她先是感覺到一陣劇痛，就像是這傷口確確實實是長在她身上的，然後，劇痛之後她卻感覺到了一種奇異的快感，一種受虐時才會有的快感，似乎那傷口越是鮮血淋漓她便越是過癮。這真相，她本來就知道。她流著淚忽然就指著他的鼻子尖叫了一聲，王八蛋，你這王八蛋。

他扔下包，走過來抱住了她。她尖叫著，你走啊，你不是要走嗎？然後她泣不成聲地也抱住了他，她不住地說，你這王八蛋居然要把我一個人扔下，你居然要把我一個人扔在這裡，連你也不管我了。

他輕輕拍打著她的背，像在哄一個夢魘中的嬰兒，他一邊拍打她一邊說，我怎麼會扔下你不管呢，你這傻孩子。也許，你的自由就是被束縛，被一樣東西緊緊地束縛著你才會感到自由。有的人天生適合戴著腳鐐跳舞。你就是。

她靠在他的肩膀上久久抽泣著，抽泣著。

六

一年時間快過去了，他們仍然生活在同一屋簷下，有時候他們會像一對真正的戀人一樣牽著手散步。有時候又會像仇人一樣吵架謾罵，哭泣。後來王發財勸她出去找個工作，不為掙錢，但是可以改變心情。她自己也早已厭煩了這無所事事的生活，便臨時找了一份工作。她去了一家小文化公司裡給老闆做祕書。當然，應聘的時候她仍然帶來了她的所有證書，一本一本給老闆看了，最後還隆重補充了她的肄業博士學位。她重點強調，不是她畢業不了，她只是想活得自由一點。

老闆當場錄用了她。老闆叫王進，看不出年齡的一個男人。聽有的員工說他五十了，還有的員工說他已經六十了，只不過保養得好。不過有一次她進他的辦公室時他正看著一張照片，照片裡他抱著一個一兩歲的小女孩。見她進來他慌忙把照片反過來，像是怕被人看見了。一兩歲的小女孩總不會是他的女兒吧，那就是孫女或外孫女了。想到這男人居然也怕像女人一樣唯恐被看出年齡，她便覺得有些好笑。

公司裡一共只有六個員工，其他幾個都是二十來歲剛剛畢業的小孩，無論是年齡上還是學歷上都讓她覺得自己鶴立雞群，同時又讓她覺得深受恥辱。在這公司裡出沒的時候，她感覺自己活像個沒落的貴族不幸流落到了民間巷陌，儘管她高高昂著頭還是能感覺到那幾個小孩蔫蔫的目光一有空就審視著她。好像他們正在瞻仰，究竟什麼是肄業博士或者究竟什麼是老女人。而且她覺得他們看的關鍵不是前者，一定是後者。她一遍一遍憤憤不平地想，倘若多年前她本科畢業時就去找工作也不至於連這樣一份工作都找不到吧。結果兜了一大圈，一大把年紀了卻和這樣一堆小孩混在一起了。她便儘量不和他們說話，免得知道他們正在窺視她。

好在王進對她表現得很是熱情。他中午叫外賣的時候，會給她也叫一份。其他員工當然享受不到如此殊榮了。有時候他買回一堆水果，一定要把最多的一份分給她。他在辦公室裡哈哈笑著說，這是照顧人才嘛。其他幾個小孩看她的目光更意味深長了，一個個像小老頭小老太太一樣坐在那裡拈著鬍子看大戲。她暗暗想，現在的小孩子們真可怕。他們這樣看她，好像她已經不再是人，她成了一種新型的機器人，或者是，老闆的情婦。而在他們的眼裡，這二者之間顯然是沒有什麼區別的。

老闆的情婦？她把自己嚇了一跳，好像真的從鏡子裡看到自己變成了一個新型的情婦。她居然引誘自己往這個方向想？她吃不下去了，她發現自己居然又是慌張又是喜悅。她推開盒飯，自己下樓找涼皮吃。

懷揣著這點喜悅和慌張，她仍然每天按時上下班，然後道貌岸然地坐在辦公室裡，連自己都覺得自己活像個守株待兔的獵人。果然，王進的殷勤眼看著有了熊熊燃燒之勢。他去深圳出差幾天，回來時把她叫到了辦公室，把一只裝在盒子裡的精緻皮包推到了她面前，嘴裡仍然是打著哈哈，我這可是照顧人才，誰讓你是博士呢。她看著那只皮包上的吊牌先是一驚，繼而身體裡面像被電熨斗剛剛熨過一樣，渾身上下的舒展熨帖。她真想立刻告訴桑小萍，女人，這個男人在追求我，他確實在追求我。儘管短信沒發出去，她的小人得志還是把自己嚇了一跳。她擔心自己被這得意一烤，已經成了透明的，所有的人都能看到她心裡這條短信。她連忙義正言辭地推辭，說自己不能要這麼昂貴的包。

然後不出她所料，她不接受王進便不依不饒，連說這不是不給他面子嘛，如果她不要的話那以後真是無法在一起工作了。接著他再次強調了她對他的重要性，甚至於聽起來他公司的一半前途都捏在她手裡了。好像她是他千里迢迢歷盡艱辛終於取回來的真經。

作為一個肄業女博士，又流落到如此寒酸的小公司，她不能讓自己太小家子氣，於是她半推半就地收下了這只包。事後回味起此番情景，又讓她覺得她好像已經是他半推半就的半個情婦了。然而，給一個已經有孫女的老男人做情婦大約也不是什麼太體面的事情。看來，像她這樣的女人，只有一種宿命，就是找醜男人或者是老男人。

她把那包往桌子下一塞，猛然呵斥住了自己，想什麼呢？她怎麼一定要把自己往一個情婦的方向誘拐？呆坐了片刻她忽然想明白了，王發財，就連這個醜男人也並不是愛她，他只是泛愛，像上帝一樣愛他的每個子民。這麼一解釋，似乎不做王進的情婦倒是對不起她自己了。她從桌子上的小鏡子裡瞥了自己一眼，看可有異樣，恍然覺得情婦這個角色好像已經真實地附在她身上了。

繼而她又飛快地悲從中來，天哪，難道她就廉價到一個包就收買了？可是無論怎樣，她必須偷偷承認，此刻她心底確實有一種隱祕的可恥的喜悅。她又仔仔細細看著鏡子裡的自己，想看看自己其實是不是並沒有想像中的醜陋。不然王進為何要對她如此殷勤。鏡子裡的女人卻醜陋如常，沒有半點讓她驚喜之處。她看著鏡子裡的女人想，她這麼亟不可待地想上鈎莫非是因為活了近三十年卻從沒有一個男人誘騙過她？也就是說她其實一直在暗暗等待一場誘騙？以此類推，可不可以說，這個世界上一切平庸無奇的女子其實都暗暗渴盼著一場引誘？被引誘而拒絕與從沒有人引誘畢竟是兩個本質上就不同的概念，怎麼也不應該被換算到一起。

她站在鏡子前多麼想告訴桑小萍她現在的感受，自我實現的驕傲，難以名狀的惆悵，渴望被征服的強烈欲望，柔腸寸斷的未遂。真是五花八門，應有盡有。

發財每天下午來她公司樓下等著，接她回去。她一再申明不要他來接，他還是照來不誤，風雨無阻。有那麼幾個瞬間，她簡直要懷疑發財是不是真的愛上她了。可她轉而又想起了他耷拉在椅子上的睡姿，他睡得那麼投入那麼醜陋。她忍不住又對比著眼前的王進，他倒是比發財有錢有風度有情趣，美中不足的是，他太老了。可是，不管怎樣，他的殷勤確實讓她更有成就感。

為了不讓幾個同事看到發財是來接她的，她下班之後還要在辦公室滯留一會，等到其他人都走光了，確定周圍沒有人了，她才戰戰兢兢地下樓，坐上發財的摩托車。然後戴上墨鏡，用紗巾捂住嘴，一副倉皇逃離犯罪現場的樣子。

這樣一段時間之後，又先後有包的親戚們，比如絲巾衣服鞋子都死皮賴臉地向她湧了過來。她把它們一一藏在辦公桌下，一有空就偷偷窺視著它們，似乎它們是她在一場戰役中獲得的戰利品，她暗暗感謝它們，因為它們讓她感覺到了前所未有的尊嚴和驕傲。王進是如此看重她，以至於想用這麼多名牌來收買她。作為一個被人用重金收買的人，她當然得意，可是又一邊得意一邊害怕，她看出來了，事態越來越清晰了，他絕不是真的把她當成了一個所謂的人才，他顯然是使出了追求一個情婦的伎倆。繞來繞去還是要與情婦這兩個字迎頭撞上，好像它們本來就在前面等著她一樣。因為從沒有給人做過情婦，才會如此惶恐。她本是想著貞潔地為人妻的，沒想到突然有一天發現自己竟是塊做情婦的料。簡直是過於意外的收穫。

上班時間她有空便躲在衛生間裡端詳著鏡子裡的自己，他真的喜歡她嗎？她既不美貌也不年輕，在這樣一個小公司裡也絕沒有她發揮現當代文學修養的機會，她也不可能把在核心期刊上發表的幾篇論文一一貼在額頭上讓他們觀瞻。然而他還是要追求她，想來想去，那就只有一種解釋了，那就是，他和發財一樣，也是在追求一頂博士帽，至於帽子下面的女人總是其次的。她對著鏡子連連冷笑。誰讓她是女博士，她為什麼偏要是個女博士。就像一個女富豪拷問著一個覬覦她的男人，為什麼我是個女富豪，誰讓我是個女富豪，所以你只可能愛我的錢。

此時她真想對桑小萍說，女人，我們是多麼病入膏肓啊。

那女人一定會說，如果沒有人把你當女博士了，你也許會更失落會更覺得他們看不起你。

如果她這麼說，她一定要反擊她，如果有人不把你當女作家了，你肯定會惱羞成怒，會懷疑對方的品味。而事實上，對方不過覺得你窮酸，落魄，除了寫字一無是處。

因為，因為，那畢竟是你唯一可自恃的。

虛構出來的短信讓她有一種虛構出來的勝利，她站在鏡子前，死死往那鏡子深處看去。鏡子深處站著一個人，她恍然覺得那並不是她自己，那也是一個女人，一個面目模糊的女人。她知道，那是桑小萍。這麼多年裡，她和這個女人一直就是這樣，一個站在鏡子裡，一個站在鏡子外，看著彼此。她把一隻手放在鏡子上，好像是要去摸到那個鏡子裡的女人，這麼多年裡，她們相依為命，是這個世界上唯一的知己，可是她也必須承認，這麼多年裡，她們也很深地厭惡著對方。因為，看著對方就是看著自己。她的淚下來了，她把濕漉漉的臉貼在了冰涼的鏡子上，鏡子裡的女人也把臉貼在了鏡子上，她們離得那麼近那麼近，似乎她們馬上就可以擁抱在一起了，就像她無數次想像中的那樣。

這天快下班的時候，王進忽然給她發來短信，說讓她下班後等他，他要請她吃晚飯，還說他備了一瓶上好的紅酒。她一怔，忽然就覺得這條短信似曾相識，一瓶上好的紅酒？她忽然想起來了，王發財，王發財就說過同樣的話。他們一心讓她把自己灌醉，讓她躲在酒精裡面不出來。然後，她就可以順理成章地和他們睡覺了。最後的結局不過就是和她睡覺。多麼沒有懸念。

她再看桌子下面堆放的那些禮物時忽然心裡一驚，它們躲在這裡其實早已為她債台高築了。這債務堆到一定程度的時候，王進來討債了。她對著它們久久發呆，然後又獨自笑了。其實她早知道的，她自恃這麼聰明的女人怎麼可能不知道？

下班之後，等其他人都走了，呂明月開始行動，她捧著他送給她的所有禮物走進了他的辦公室，他正坐在那裡等她。見她手裡拿的東西不免一愣。她看了看他又看了看禮物，忽然，長久以來對愛的渴望猛地都轉變成憎惡了。一種面目模糊的憎惡，她不知道自己在憎惡什麼，只覺得她必須得爭取出一種抽象的，不太擬人化的，更高層次上的道德來。她看著他終於開口了，老闆，我決定辭職了，謝謝你這兩個月裡對我的所有關照，這些禮物我想我還是退還給你得好。

說這番話的時候，她不知道自己臉上正起著某種挑逗性的變化。似乎她一邊往後退著，一邊卻向他撩起了自己的裙擺。她站在那裡像潛水者剛出水的一瞬間裡渾身披著一層完好的水簾，像層盔甲一般閃閃發光。他不說話，以一個六十歲男人諱莫如深的目光注視著她，那目光像是順著某一種紋路鋒利地進入了她的骨骼裡，血液裡，她被他看得渾身發虛，好似一只風箏馬上就要飛走了。他再不拽住她她就要飛走了。她正轉身欲走，他忽然說話了，既然……你決定要走，我也就不留了，本來嘛，這樣一個小公司也是留不住你這樣的人才的。他還是要執拗地叫她人才，似乎這才是她真正的名字，這多少讓她有些毛骨悚然。他的話還在繼續，不過已峰迴路轉，至於這些禮物，本是我的一片心意，你要是覺得實在不喜歡我也不勉強，還希望你以後有更好的前途。

她後背上一陣發涼，好像背上開了一個洞，裡面陰風陣陣。他居然連預想中的假意的推辭都沒有？他居然沒有說，送出去的東西怎麼能再收回來。然後不顧一切地把它們再還回到她手中，告訴她，這本來就是送給她的，她值得擁有這些禮物。她迅速朝那些禮物掃了一眼，帶著一種猝不及防的惶恐，就好像它們真的要與她不辭而別了，她卻連個心理準備都沒有。那些包那些衣服，她連吊牌都沒有剪過，更不用說用過了，它們再回到他手中之後，還可以以一個嶄新的面目流落到下一個女人的手中。真是環保，它們是可以回收利用的。

她想對桑小萍說，女人，今晚我想和你一起在德令哈的草原上飲酒，頭上是浩瀚星空，腳下是蒼茫大地，我們不醉不歸。

她大義凜然地對他一笑，轉身要走，她感覺自己腳步不穩，略有踉蹌，她立刻命令自己，快出去，有尊嚴地走出去。可是他再次峰迴路轉，他站起來攔住了她的去路，今晚可以請你吃個飯嗎？相識一場也不容易，你既然要走，今晚就算是為你餞行了。她看著他的眼睛，她忽然發現他的眼睛已經潮濕了，他說，很久沒有好好喝過酒了，你今晚想喝點酒嗎？我們不醉不歸。他像是看到了她透明的身體裡正游動著的那條未發出去的短信，一瞬間她幾乎淚下。

她給王發財發短信說今晚不要來接她，她要和朋友一起去吃飯。然後她坐上王進的車，他帶著她去了一個偏僻的飯店吃飯。他說這兒人不多，清靜，但有幾個菜做得極好吃。喝下幾杯酒後，她開始和他說，我有個好朋友叫桑小萍，我們酒量都不好，但我總幻想著能和她一起來大草原，在星光之下，兩個人徹夜聊天喝到爛醉就睡在篝火邊。可是，這麼多年過去了，我們再沒有見過面。現在她要是也在該多好，不過還是她不在的好，她要是坐在我們身邊，喝上幾杯她肯定要流著淚對你說，我就把她交給你了，你要好好對她。哈哈，你說可笑不可笑。她是見我和哪個男人在一起就想把我趕緊託付出去，唯恐我一個人活不下去。可是，這世上只有她是真的心疼我。

他卻狡猾地避開她的話題，開始講他年輕時候創業的艱難，講他這麼多年裡怎麼維繫著這樣一個小公司，然後又講起了他的外孫女，這是他第一次和她講起他的外孫女。他講得眉飛色舞，忽然之間就復原為一個真正的慈祥的外公了。他是想刻意提醒她什麼？她冷笑一聲，又喝下去一杯酒。

兩個人漫無邊際地說著話，喝著酒，漸漸地都有些喝多了。他眼睛血紅，忽然伸出一根指頭僵硬地指著她說，不管你以後去哪裡去做什麼了，我都會覺得你是我認識的女人裡最優秀的。她的淚嘩得就下來了，她抬起頭來直直地看著他，嘴唇在哆嗦，她知道自己接下來要問什麼了，可是再不問就沒有機會了，明天她就不會再見到這個男人了。她心裡感到一種巨大的恐懼，這恐懼幾乎可以把她整個吞噬進去了。然而，她還是沒來得及勒住它的韁繩，她聽見自己的嘴唇裡吐出了那幾個可怕的字，你喜歡過我嗎？

天哪，她為什麼要如此可憐又如此可怕。她為什麼見一個男人就想求證，你喜歡我嗎？難道我就不值得你喜歡嗎？他的回答她不用聽就能想到，果然，他兩眼放光，毫不猶豫地說了一句，當然喜歡。

她感到了前所未有的絕望，前所未有的厭倦，前所未有的自我唾棄。

她猛地起身，一陣頭暈，她確實喝多了，她喃喃地說，我該走了，我該回去了。他搖著酒瓶說，還有這麼多，喝完了，再喝一點。她搖頭，漫無目的地搖頭，他還在挽留，再喝點嘛，以後想和你喝酒也沒有機會了。她眼前又出現了那排禮物的魂魄，它們蹲在她面前，哭著喊著向她湧過來，要她帶它們回家。她是多麼委屈，同時又確定自己是多麼下賤啊。她更劇烈地搖頭，說，我該走了該走了。他拉住她一條胳膊，試圖留住她。她突然就歇斯底里地喊了一聲，我要走，不要攔我。

他提出開車送她回去，她沒有反對，坐在了副駕駛的位子上。他開著車，沿著一條寂靜的馬路慢慢往前走，好似這輛汽車在散步。前面有兩盞路燈壞了，馬路上拓下好茂密的一片陰影，車慢慢駛進了那片陰影，然後忽然停住了。

在一片金屬般的寂靜中，她忽然聽見了自己陌生起來的聲音，因為陌生顯得加倍尖利，怎麼了？沒有人回答。過了幾秒鐘，忽然有隻手伸過來抓住了她的一隻手。她一驚，想要掙脱，他的另一隻手也伸過來了。她嘴裡喊著，你放開，再不放開我要報警了。然而她的手並沒有動，他的手也並沒有停下。她感覺到她的全身開始融化，但是分明的，她心甘情願這種融化，或者說，整個晚上她其實都在暗暗等待這份融化。她竟然一直等待著做他貨真價實的情婦，即使他已經收回了所有送給她的禮物。收得片甲不留。

最後，在一片如雜亂電壓的喘息聲中，她再一次聽見了自己鬼魅般的聲音，你喜歡我嗎？

告訴我你喜歡我嗎？

兩個人穿好衣服後都有點不敢直視對方的臉，都說要下車去透透氣。王進一下車就迫不及待地點起一支菸，順便問了她一句，要不要來一支。她猶豫了一下，說，好。她剛把那支菸點好，還沒有送到嘴裡就站在那裡呆住了。前面不遠處的樹影裡站著一個人，他旁邊停著一輛摩托車。儘管他周身躲在一片黑暗中，她還是不費力地就認出來了，他是王發財。

這時，站在陰影裡的王發財走了過來，他咧著那張大嘴走到了王進面前，他忽然指著他說，我看到了，你在車上把我女朋友強姦了。呂明月和王進同時愣住了。然而王發財根本不給他們說話的機會，他帶著一種前所未有的戾氣和凶狠，把那隻不會動的殘疾指頭指著王進說，你想公了還是私了？私了的話對誰都好，你出十萬塊錢我就不再追究這件事。你要不同意我現在就報警，怎麼樣，你考慮幾分鐘。

王進迷惑地看著呂明月，問了一句，他是你男朋友嗎？呂明月看看他又看看王發財，張了張嘴卻沒有說話。王進以一個六十歲男人的目光深不可測地飛快掃了這兩個人一眼，然後他忽然拿起手機，報了警。在他報警的那一瞬間，王發財一楞，她發現他連連後退了幾步。王進掛斷了電話，以一種可怕的冷靜對他說，是不是強姦還是等警察來了再說吧，你說呢？說著他又把臉轉向了呂明月。

然而呂明月只是怔怔地盯著王發財，她從他臉上看到了一種前所未有的恐慌，她看到他踉蹌著又往後退去，他退到了樹蔭下轉身要扶住自己的摩托車。這時候忽然警笛響起，警車已經到了。一番羅生門式的詢問之後三個人都被帶走了。

最終她否認是強姦，說自己是自願的。因為她不想要王進那十萬塊錢，不要這錢她還可以高看自己幾眼。她以為此事就此就可以了結了，但結果還是讓她意外了。只有她和王進走出了警察局，王發財被扣留下了。他是一個被通緝中的畏罪潛逃犯。

過了好幾天她才相信了事情的真相，原來王發財本名叫王東滿，東北人，十年前他十九歲，在東北四平市的一家建築工地上做工人時，因為被砸殘一隻手指而得不到賠償，與包工頭發生了衝突，失手打死了包工頭，然後畏罪潛逃至大西北。在德令哈隱姓埋名了十年，如果不是這次被警察檢查身分證時發現了問題，他還可能繼續把身分隱瞞下去。

七

呂明月最後一次去看王發財的時候，他因故意殺人罪已被判死刑，並且放棄了繼續上訴。她用對講機問他，你為什麼要那麼做，訛他的錢是因為你恨我嗎？

他神情冷淡平靜，他說，我早就知道我隨時可能會被發現，被抓走，因為我畢竟殺過人。從十九歲我就知道我是一個沒有明天的人，只是多活一天算一天。你不是總笑話我熱愛生活嗎？那是因為每一天對我來說都可能是最後一天。我知道我不可能照顧你一輩子的，所以我總想著要給你留點什麼，錢是最實用的了，一分錢餓倒英雄漢啊，給你留下一筆錢，我就是走了也可以安心了。

她的淚嘩得下來了。

他又說，這麼多年裡你是我唯一一個女人，我知道，你並不愛我，可是我還是要謝謝你，因為對我來說愛就是贖罪。這些年裡我把愛當成了信仰，我一直拼命地去愛這人世間的一切是因為，我幻想著哪天我把罪孽贖清了我就真正自由了，我就沒有罪過了，就不用再坐牢再償命了。我一直想，等到真的自由了，我就終日與世無爭地躺在搖椅上晒著太陽，聽著落葉的聲音和花開的聲音，你說那該多麼好。可是，我等不到了。

她已經泣不成聲了。

他忽然笑了，他說，至於你這傻孩子還是去找能真正束縛住你的東西吧，對你來說，大束縛可能就是大自由。比如宗教，比如愛情，比如一種至死不能改的依賴。

此後呂明月就從德令哈消失了。後來這個女人只出現在過桑小萍那些俗不可耐的小說裡，她每次出現的時候桑小萍都會給她換一個新的名字，而事實上她們都不過是呂明月。在小說裡她時而去了貴州支教，時而又去了甘肅最貧苦的定西孤兒院，後來又去了西藏尋找那些朝拜中的苦行僧。她一直居無定所也一直沒有結婚。

她最後一次出現在桑小萍的小說裡是一個叫馮一燈的人物形象，她被誘騙進了某宗教組織，並且愛上了這個組織的頭目，他們一起四處詐騙錢財。最後當事情敗露被警方追捕的途中，馮一燈為了救自己的組織頭目，自焚而死。最後一段描寫是這樣的，「……他向站在窗前的她伸出手去。卻聽見她站在那裡安靜地對他說，我不會恨你，我們都罪孽深重，可是你活著比我活著更有用，那麼多人需要你，所以你應該活著。謝謝你最後對我的愛，它像大雪一樣能覆蓋一切，我收到了。說完她就站在那裡猛地關上了窗戶，然後從裡面栓死了。然後，她最後看了他一眼便拉上了窗簾。他在離開的一瞬間又回頭看了一眼三樓的那扇窗戶，夜已深，其他窗戶都已經熄滅了，只有它還亮著。突然他發現，那扇窗戶裡起火了。深夜裡，紅色的火焰把那扇窗戶染得鮮紅剔透，如同黑暗中一塊血色的琥珀。」

九渡

一

白毛，你的信。

一個頂著一頭花白頭髮的年輕人從角落裡站起來，那頭白髮在燈光裡閃著一種銀質的光澤，鈍而明亮。

他先把手在衣服上擦了擦，然後才小心翼翼接過了那封信。獄警手裡的最後一封信也分出去了，眾犯人卻還像一群沒有分到食物的猴子一樣，懊惱地不甘地圍著他，恨不得從他手裡再長出幾封信來。獄警不再理會他們，咔噠一聲關了牢房的門。他們像是再次被推進了洞底，高高的鐵窗像洞口一樣懸在半空中，洞口裡沉著幾點金色的星光，但是深不見底。

青森的燈光帶著一種燈光本身的體重往蒼白的牆壁上擠，牆壁上便被逼出一種墓碑上的潮濕。燈光從高處墜下壓在了每個犯人的臉上，每個人的臉上都被榨出了一輪陰影，陰影深處是兩隻木質的眼睛，盯著什麼地方一盯就是很久，像是釘子釘進去了一樣。監獄裡的每一天每一夜都長得極其相似，就像一棵巨大的植物，夜以繼日遮天蔽日地生長著，自顧自地繁衍出一片又一片紋理相同的葉子。

在監獄裡沒有星期，也無所謂月分，只有無邊無際的時間像一條大河一樣往前狂奔，犯人們便自製出了一套監獄裡的曆法，那就是以收到一份家書作為一個月的開始。從這天開始往下數，一直數到三十天的時候收到另一封家書，這就是新的一個月的開始，然後再數下去。所以一旦書信沒有準時到達，犯人們便覺得曆法突然失效了，時間忽然之間紊亂了，荒涼而雜蕪地瘋長成一片，一點盡頭都看不到。真正讓人恐懼的就是時間深處這種無邊無際的荒涼。這種荒涼要比他們的生命本身更強悍更堅硬，它們像牙齒一樣牢牢長在他們身上，不會腐爛，不會死亡，只會像飢餓和乾渴一樣把他們掏空。

生活在監獄裡的人們是生活在一處荒島上的，四周都是汪洋，他們根本不可能從這裡逃出去。那些信便是他們和這個世界的唯一血脈聯繫。那是血管，不是別的。一旦這血管斷了，他們便被這個世界徹底遺忘了，他們會在這暗無天日的角落裡逐漸乾枯成時光下面的化石。所以有信來的日子便是監獄裡的節日。

幾束目光帶著嫉妒落在白頭髮小夥子的手裡，就像有幾個人的體重同時向他壓了過來。

他本名叫王澤強，白毛是他的外號。他十六歲進了少教所，兩年後又轉到監獄，他的頭髮是從進了監獄後開始變白的。這是他在監獄裡的第八年了，他像一株植物一樣，過一秋頭髮便白一層，到第三個年頭的時候，他已經沒有一根黑頭髮了。一頭白髮在燈光下閃著一種銀色的寒光，每一根白髮都是通體透亮的，像白色的羽毛。然後，白髮下面是一張年輕的鐵灰色的臉，散發出的也是堅硬的鐵氣。這使他看起來就像一株被嫁接起來的奇異的植物。

一株身首異處的植物。

王澤強坐在鋪上，把兩條腿一盤，就像一隻蟲子突然把所有的觸角都收回去了。他開始小心地卻是極其安靜地看信。這種異樣的安靜像柵欄一樣圍在了他身邊，把那些目光擋在了外面，近不了他的身。信已經是開口的，監獄裡的每封信都要被監獄裡的幹部先檢查過之後才能到犯人們手中，有時候一封信在他們手裡半個月之後才能輾轉到犯人們手裡。同樣，犯人們寄出去的信也要被看過之後才能往出寄。他從已經撕開的信封裡取出了裡面的信，頂著一頭白髮，縮在荒野一般的燈光深處，像一個凍手凍腳的雪人一樣，開始瑟縮地，一個字一個字地讀信。

信是母親劉晉芳寫來的，每個月一封，每封信都是兩頁，信的最開頭永遠是「強強」兩個字。他先是攥著這兩個字，久久不願放開。就像在走進一間溫暖的屋子前先捂著兩顆炭火暖暖身，以適應裡面的溫度。然後，他開始一個字一個字地往下讀，每一個字都要看很久，看實了，捂熱了，咬碎了，已經消化下去了才去看第二個字。他捨不得看完。第一遍看完再回頭去看第二遍，然後是第三遍，反反覆覆咀嚼。直到熄燈之後，才把信疊起來放在枕頭邊，一隻手搭在信上睡覺。就像是，有一個人正睡在他的身邊。

在監獄的八年時間裡，每個晚上他都守著這些信，這些信也守著他，逐漸的，它們被他守成了一個人形，一個有體溫的會說話的人形，默默地陪了他八年。

一封信的餘溫夠他用個十天八天的，在最後一點餘溫散盡的時候他便開始等下一封信的到來。等信的時候是一種前不著村後不著店，曠野裡獨行的孤獨感，好在他心裡知道走一段路總有歇腳的時候。這八年裡，劉晉芳的信每個月都會按時到的，風雨無阻。但是這八年裡，他沒有見過她一面。她從來沒有到監獄看過他，她只在信裡告訴他，她身體不好，走不了遠路，從家裡走到學校都氣喘吁吁地不能講課。還說怕見了他兩個人都會難過，不如不見。她說只要習慣不見了就不會老是盼著見，沒盼頭的人才能刀槍不入，什麼都傷不了他。她在每封信的結尾都會說她在家裡等著他，等著他回去給他做好吃的。她一次次地告訴他好好表現，八年很快就會過去的，到了八年頭上他就能出去了。她在每一封信裡都反覆告訴他，八年就是一瞬間，就一瞬間。

於是，他一直活在一種錯覺中，那就是，八年就是一瞬間。

現在已經是第八年頭上了，再過三個月就年底了，那時候他就能出去了。回頭一看真的是一瞬間。像一滴水。這八年裡他想起劉晉芳的時候，總覺得她的臉是在一截對面駛過的火車車廂裡的，在車廂昏暗的燈光裡，這張臉倏忽就不見了，正駛向異鄉。他甚至都來不及看清她的五官，她的眉眼像宣紙落在水裡一樣，絲絲縷縷的墨跡倏忽就溶化了，煙霧一般幽靜地纏繞在一處，像一只繭一般把她包裹在最裡面。他看不清她，也摸不到她。但是他知道她就在那只繭裡等著他，這八年裡她像一塊玉佩一樣被他隨身帶在身上，貼著最深的皮膚，硌著他，暖著他。他也想曾小麗，想起她的時候，她也是面目模糊的，她和劉晉芳就像兩個月光下的影子，可以在他身體裡隨意出入，卻始終都留給他一個背面。他看不到她們的臉。似乎她們一旦在陽光下顯形就蒸發不見了。她們是住在他身體深處的兩個鬼魅，八年裡他用一寸寸的時光和思念餵養著她們，他心甘情願這樣的，因為他怕她們離開，她們要是離開了，他就剩一具空空的軀殼了，像頹垣殘壁一樣荒涼無依。只有歲月的風聲嗚咽著穿過。

他情願她們就住在裡面，即使這八年時間裡他根本不可能見她們一面。他是她們的巢穴，只是她們不知道。

劉晉芳不是他的親生母親。他是被曾祖母帶大的。他是被親生父母遺棄的，因為他是個私生子。據說當年他被關在一只雞籠子裡擺在路邊，誰想抱走就抱走。最後收留他的是曾祖母。

曾祖母帶著他回到了村子裡，一直到他十歲。據說他的父母親最終還是沒有結婚，他們十年裡都沒有去看過他。他們恨不得他不存在，因為他的存在是一種罪證。他十歲那年曾祖母已經九十多歲了，嘴裡已經沒有一顆牙了。吃東西的時候她用牙床把東西一點點磨碎，像石磨似的，再就著水嚥下去。曾祖母太老了，她坐在門前的石墩上時就像一只風乾了的絲瓜掛在那裡。她每天用一隻手拄著拐杖，一隻手在眼睛上搭起涼棚看著來來去去的村裡的人們。她和人說話的時候，就張開沒有牙齒的嘴，露出了裡面孤零零的舌頭，因為沒有牙齒，聲音是走風漏氣的，像四處是洞。說出來的話也像是被剪過一樣，短了一截。眼角的皺紋太深了，像堆疊的礦石一樣把兩隻眼睛深深埋在下面。他就跟著這樣一個老人過了十年。

十年後的一天，曾祖母忽然帶著他去見了一個人。這是個女人，他認識，是他們村小學的語文老師，叫劉晉芳。劉晉芳原來是鎮上中學的老師，三年前自願來了村裡當老師，三十歲了還是單身一人，沒有結婚，也沒有孩子。小孩子們見了她都有些害怕，她不苟言笑，常年梳一種古怪的髮式，就是把兩條麻花辮高高盤在頭頂，像一朵雲朵在那裡，使她看起來像戴著什麼巍峨的冠冕，又像長著兩隻巨大的角。她的臉極消瘦，顴骨高聳，眼睛深陷，薄得幾乎看不見的兩扇嘴唇終日抿在一起，似乎根本就沒有開口說話的打算。她確實見了誰都不說話，頭和髮髻一起向上昂著，細長的脖子裡像是被卡了彈簧的，直直繃著。村裡人見了她也不說話，因為她雖是移民，根子不在這裡，但她身上那點事還是像瘟疫一樣也被帶了過來。殺都殺不死。

據說，劉晉芳為了能調到省城的學校去，在鎮上當了幾年的老師都沒有找對象結婚，一心要到省城去。為了能調進省城去，她先是和鎮長睡覺，然後又和鎮上的書記睡覺，偏偏鎮長和書記關係一直不好，明裡暗裡地鬥了很多年。一天晚上，他們正好在劉晉芳宿舍門口碰見了。那個書記剛出來就看見鎮長走到門口正準備進去，就丟下一句話，她屁股上可長著一顆紅痣呢，不仔細看還真看不出來。鎮長進去後急忙脫下她的衣服，一看屁股上果然有顆紅痣，也不是一次兩次了，他以前卻真沒注意到。鎮長當時就軟下來了，折騰了一晚上都進不去。據說這以後他還吃了不少中藥。聽說她還和鎮上中學的校長睡過，那校長酸文假醋的，可能也是答應要幫她調動吧。睡完了還要四處給別人講細節，傳得幾乎全鎮都知道了。

劉晉芳便自願去了村裡的小學當老師，省城去不成反落到村裡，她成了卡在村裡人們喉嚨裡的一根魚刺，吃不進去也吐不出來。每次她在講台上講課的時候，學生們都緊張而神祕地盯著她看，就像看著廟宇裡的神像。有時候上課鈴都響過五分鐘了，她才頂著高高的髮髻無聲地飄進教室。有一次她站在講台上的時候，有的學生發現她衣服上中間一粒扣子沒有扣，像一扇窗戶露出了裡面的內衣。

有時候到下課了她還坐在教室門口不走，坐在那裡看女生們跳皮筋。偶爾有一個學生忽然發現她坐著的居然是她那只走到哪帶到哪的杯子。她用屁股尖坐在這只細長的玻璃杯上，就像釘在一根針上一樣，津津有味地看著女生們跳皮筋。女生們被她看得都不會跳了，紛紛敗下陣來。

曾祖母帶著他一共去了劉晉芳家裡三次。第一次去的時候太早了些，劉晉芳一開門，她一頭極長的黑頭髮便像水草一樣把整個門縫裡塞得滿滿的。她還來不及把頭髮垛在頭頂，王澤強從沒有見過這麼長這麼茂密的頭髮，簡直有些殺氣騰騰的感覺，妖冶地不顧死活地生長著。頭髮因為太長了，把她那張臉和身體都窄窄地裹了進去，像裹進了一只頭髮編成的籠子裡。她躲在那籠子的深處，像獸一樣看著他們。

他聽見曾祖母指著他説，就是他。劉晉芳一邊迅速地往起挽頭髮一邊看著他。那麼長的頭髮在她手裡幾下便被砌起來了，高高砌到了頭頂，像座牌坊似的。她整個人便像從水草叢裡走了出來，面目漸漸清晰了。趁著她們兩個説話的時候，他遠遠站在了院子中間，他直覺她們是在説他，他有些莫名的膽寒，只想遠遠躲開些，似乎只要躲開了也就可以當做它不存在。

第三次去劉晉芳家裡的時候是個黃昏，劉晉芳正在屋簷下的泥灶上熬小米粥，這次她頭髮整齊，正不停地往圓鼓鼓的泥灶肚子裡填著柴火。鐵鍋裡的米香溢得到處都是，屋子裡不知什麼地方擺著一架錄音機，錄音機裡正放著一支奇怪的音樂。後來王澤強才知道那是大悲咒。

趁著她們説話的時候，王澤強偷偷朝屋裡看了一眼，只看到一盤土炕，一張桌子和一只木箱子。牆角裡還架著一張蜘蛛網。簡直像荒郊野外的寺廟裡的清寒，這個女人主動把自己扣在這樣一個地方？她們說了一會話，曾祖母便帶著他回去了。這時候天已經黑了，回去之後，曾祖母像往常一樣熬小米粥，拌鹹菜，然後和麵做燒餅。那天晚上她和了奇大無比的一團麵，那團麵像瓷質的雲一樣被她揉捏著，又被捏成了一只只像器皿一樣的餅，下了鍋。他都喝完粥吃完餅了，曾祖母還在那做燒餅，那團麵只瘦下去了一半。做好的金色的燒餅整整齊齊地碼在灶台上，像一摞摞剛燒好的磚，似乎整個晚上這樣摞下去，光這些磚就要砌成一堵牆了。他問曾祖母，老娘，夠吃了，不要再燒了。曾祖母說，不燒完麵就剩下了，剩下了怎麼辦，你先睡去。

剩下了怎麼辦？他覺得這句話有些奇怪，好像暗藏著一種隱隱的危險。可是他不願多想，等他最後實在睏得支撐不住的時候，曾祖母還趴在灶台前，她看起來被灶火烤得更乾了，他似乎都能看到她身體裡被烤得乾脆的藍色血管，像枯枝一樣，一掰就斷。這個晚上九十多歲的曾祖母忽然變得力大無窮，一次又一次地把麵放在鍋上，再把餅拿出來垛好。她渾身上下沒有一點點睡意，皺紋圍起來的眼睛深處跳著幾點很邪的光亮，這幾點光亮使她整個人看起來都很邪。似乎她身體裡忽然站著另外一個人。

他有些害怕又有些恐懼，他再一次勸阻她，老娘，明天再燒吧，又吃不完，留著會壞的。曾祖母斷斷續續的聲音也像被焙乾了一樣，紛紛灑灑地落了他一身，你先睡，你快睡吧。他突然之間便有了一種在雪地裡行走的絕望和悲愴。然後，曾祖母不再理他，她殘酷地不理他，任由他一個人睡在闊大的炕上。他悄悄哭了一會也就睡著了。第二天早晨他醒來的第一個瞬間看到的是垛在桌子上的十摞整整齊齊的燒餅。它們像金色的磚瓦一樣無聲地卻是肅穆地砌成了一堵牆，堅固地站在他面前，似乎拿什麼都推不倒。

他急忙翻身，看到了睡在另一個炕角的曾祖母。她一動不動地睡著，不知道天已經亮了。他都不知道她昨晚是幾點睡的，他呆了一呆，叫了聲老娘。曾祖母不動，她像一塊青石板一樣安靜地背對著他，屋子裡太安靜了，他甚至都能聽見自己的回聲。那回聲撞得他幾乎有些疼痛。就在那一瞬間裡，他忽然感覺到了不對，突如其來的恐懼像一隻巨大的手掌把他抓起來，吊在半空中。他慢慢向曾祖母爬去，他像隔著千山萬水艱難地向她爬過去。在他碰到她的手的一瞬間，一種石板裡的寒涼立刻傳到了他的身體裡。

她躺在那裡穿戴整齊，她在睡之前已經提前給自己穿好了老衣，包括腳上一塵不染的新布鞋。她的身體已經涼了，她是昨天半夜悄悄死去的。就在燒完那十摞餅之後。原來，她是什麼都算好了的。

給他留這麼多乾糧，是怕她走了之後他要挨餓。

王澤強就是在祖母下葬之後帶著一包燒餅，被劉晉芳帶到了她家裡。

村裡人對劉晉芳為什麼會收留王澤強，又對王澤強的曾祖母為什麼託付給劉晉芳一時都有些想不通，著實議論了好幾天。以劉晉芳那樣的名聲，現在又拖上個十歲的孩子，那就更嫁不出去了。不過，看她的樣子也絲毫沒有要往出嫁的意思，學校裡的老師偶爾問起她的時候，她便說，有個人做伴總是好事吧，吃飯嘛，一個人是吃，兩個人也是吃。他一個小孩子家還能吃多少，還能把我的鍋灶給吃塌了？

學校裡的小孩子們平素見了劉晉芳就害怕，這下見了王澤強忽然也恐懼地做鳥獸散。似乎他已經成了另一個小劉晉芳。他被逼到了一座孤島上，這孤島上還有另一個人就是劉晉芳。他們兩個像兩隻笨拙的海龜守在自己的那寸孤島上。

從此以後，無論做什麼，他都成了劉晉芳的同夥。他被迫性地成了觀音塑像下的那尊散財童子。

二

王澤強和劉晉芳在一起生活了六年時間，這六年裡，劉晉芳曾經兩次自殺。

住到劉晉芳家裡之後，王澤強很長時間裡不知道該叫劉晉芳什麼，叫媽？叫姐姐？似乎都不對勁，似乎什麼稱呼種到她身上都會顆粒無收似的。她是一片寸草不生的荒地，而他是一株被移植進來的植物，水土不服。她隨他去，說，你什麼都不叫也可以，要不就叫我劉老師吧，順口點不是。於是以後的六年時間裡，王澤強就叫她劉老師，儼然還是師生關係，課上見，課下還得見。一個三十歲的女人和一個十歲的孩子在一起似乎就是為了搭夥過日子，似乎把日子送走了，他們也就勝利了。

剛住進劉晉芳家裡的時候，一到了晚上王澤強就想曾祖母，他鑽在被子裡，一個人朝牆躺著，一動都不敢動地流淚。他怕她看見。他就把自己的全身僵起來，只讓眼淚嘩嘩往出湧。儘管他沒讓自己哭出一聲，還是被劉晉芳發現了。劉晉芳把他從被子裡拖出來，把他端端正正地放在燈光下。他不敢看她，像被人忽然剝光了衣服一樣羞愧。那時候他就無師自通地懂得了，吃著一個人的飯，就不能為另一個不相關的人哭。眼淚這東西，流對地方了是情義，流錯地方了是忘恩負義。不是流出來就能被消化掉。

燈光下他被劉晉芳赤裸裸地看著，她等他臉上的淚乾枯了，結痂了，才瞇著眼睛對他說，想你老娘是吧？你當人是什麼？你當誰就不會死？我告訴你，誰都會死，誰都不會一輩子跟著你，守著你，沒有一個人會一直守著你。所有養活過你的人都會死在你前面，到時候你怎麼辦？你一個人就不活了？也跟著去死？那你得死幾次？你要是還想往下活，你就得記住，活到什麼時候其實都只有你一個人。你只能一個人往下活，誰都救不了你，因為根本上誰都救不了誰。末了，她又加了一句，你也不用太想她，你遲早會見到她的，她就在那裡等著你呢，哪兒也不會去。你這麼急幹什麼？早晚的事。

昏黃的燈光在劉晉芳的臉上塑了一層焦黃的面具，面具上靜靜地塑著她的五官。突然之間，她像是一個異域裡來的神祕的巫師，在這樣一個深夜裡，靜靜地卻是殘忍地告訴了他一些命門裡的機關。它們本來靜靜地蟄伏在那裡沉睡著，她卻一定要把它們喚醒。他後來在監獄的晚上，不止一次想，就是從那時候開始的吧，一切就是從那時候開始的吧。她把自己的三十歲突然嫁接到了他十歲的身上，而她自己正向著一個更遠的地方迅速地後退，後退。

在那個時候，不，應該是在更早的時候，她就已經做好一切打算了罷。所以在那個晚上，她才殘忍地給他打好了預防針，她告訴他，沒有什麼是可靠的，誰都可能離開你，最後只有你自己。他是曾祖母留下的一份遺物，饋贈給了她，她卻告訴他，我也會隨時離開你的。她早早地告訴他，是怕他到時候會措手不及，會無法處置他自己。她要他早早地預習好，溫好，她要他在身體裡長出可怕的免疫力，可以抵抗一切的免疫力。

那時候，他畢竟太小，根本來不及發現她身上已經顯露出的種種預兆。其實那時候她已經無心收拾身上的任何部位了，衣服是穿得有了味才肯洗一次，有幾次是穿著兩隻完全不一樣的鞋站在講台上的，甚至有一次，居然是一隻白鞋，一隻黑鞋，像兩隻黑白分明的兔子一樣臥在她腳底。講課的時候，講著講著她會把一隻腿抬起來，把腳踩在講台上，然後拈著粉筆頭問小學生們，你們……知道莎士比亞嗎？有一次，第一排有個學生請了病假沒來上課，她講課講到一半就坐在了那學生的課桌上，然後像個小孩子一樣把兩隻腿吊下去接著講課。講到後來一不小心，那桌子突然向後仰去，連她也向後仰去。她在全班學生的注視下仰面摔倒在了地上。然後她爬起來拍拍屁股上的土，又站到了講台上。有時候她高興了會說，我給你們背一段里爾克的詩吧……誰這時沒有房屋，就不必建築，誰這時孤獨，就永遠孤獨，就醒著，讀著，寫著長信，在林蔭道上來回，不安地遊蕩，當著落葉紛飛……。

她的身上，白天晚上都帶著一種近似於宿酒未醒的氣息，這微醺的氣息像一瓶液體似的，她和他都浸在其中，像兩枚被防腐了的標本。但是她每向後退一步就是堅硬地把他向前推一步，她逼著他迅速地成長成長。她讓他自己洗衣服，自己洗頭髮，她在旁邊一邊看著他洗一邊剔著牙說，你自己不洗誰給你洗？要是等別人給你洗，你都要臭了。她讓他自己熬粥，自己洗土豆豆角做和子飯，她說，你要是連個飯都不會做就準備著餓死，難不成你還一輩子兩個肩膀扛著一張嘴地四處討吃？王澤強站在灶台前只比灶台高出一個頭，看上去就像是從灶台上長出的一只蘑菇。他被逼著帶著恐懼趴在那裡切土豆摘豆角，他像一個海邊的縴夫，被身後的一條鞭子抽著趕著，一步都不敢停，似乎只要停下來便必死無疑。劉晉芳就是那條鞭子。

她越狠他就越恐懼，讓他恐懼的不是她的狠，而是他本能地知道，她在一點一點地離他遠去。

她對他每狠一分，就是在離他遠一寸。

劉晉芳第一次自殺是在王澤強十二歲那年的冬天。那天中午，他放學回到家裡，發現門已經是開著的，那說明劉晉芳比他先回來了，可能是她最後一節沒課。可是，王澤強一進院子就站在那裡愣了半天，因為院子裡有一種奇怪的但是巨大的寂靜。這寂靜像一只光滑的蛋殼一樣踩在他腳下，他站在那裡卻沒有一絲可以進去的縫隙。他靜靜地站著，像個盲人一樣試圖摸出空氣裡的氣息。空氣裡有一種很靜很鋒利的東西割著他的鼻翼。

突然之間，王澤強像是甦醒過來了，他幾乎是衝進了屋子，他一腳踢開了裡屋的門，劉晉芳正睡在床上，身上蓋著被子，一動不動，像是睡著了。他慢慢走過去，揭開蒙到她頭上的被子。她還是一動不動。屋裡瀰漫著一種奇怪的氣息，清醒而凜冽的味道，像閃著寒光的利刃把空氣劃開了，他知道了，那是曾祖母死的那個早晨靜靜盤踞在屋子裡的氣息。他向劉晉芳伸出的那隻手在劇烈地抖動，像秋天的一片樹葉。在揭開被角的一瞬間裡他看到她緊閉著雙眼和嘴唇。他摸摸她的鼻息，她的額頭，然後跑出去砸鄰居的門。他一邊大聲嚎哭，一邊用拳頭砸著左右鄰居的門。他使勁地像瘋了一樣砸門，砸了一家又一家，就像在一種可怖的祭祀舞蹈中一個人砸著大鼓，似乎那鼓砸裂了便有一些東西會溢出來，會救她。他知道，其實是救他。

鄰居被砸出來了，他們一齊湧了進去，一個女人跑出去拿來一大碗肥皂水，給她灌下去。她已經沒有知覺了，肥皂水流了出來，站在一邊的王澤強忽然發了狠一般，他突然力大無窮起來，他按住她，撬開她的嘴巴，讓那女人使勁往裡灌，把她的衣服全弄濕了。然後，劉晉芳被送到了醫院。她被洗了胃，她被救過來了。她吞了安眠藥，這瓶藥，她在抽屜裡已經放了幾年時間了。這瓶藥晝夜守著她，就像她腳下正踩著的一處懸崖。

她隨時準備著縱身一跳。

王澤強好久都沒有想明白，既然她隨時準備著這瓶藥，那她又為什麼當初要收留他？他不知道曾祖母最後一次帶他來見她的時候說了些什麼，是怎麼說服她的。她既然收下他，卻又隨時準備著把他像接力棒一樣再傳給別人或乾脆丟掉？多麼惡毒。

好像她收下他就是為了拋棄他。

在這之後，他們看似平安地又過了兩年。直到王澤強長到十四歲。在這兩年裡的每一天裡，王澤強都是如履薄冰的，都是膽戰心驚的，就像踩在一面冰上一樣，這冰面隨時都會化掉，隨時都會坍塌，他隨時都會掉進去，掉進去。因為他知道，這毒性並不是從劉晉芳的身體裡消失了，而是它暫時地沉下去了，睡著了，但是，這毒性隨時會醒來，隨時會在她身體裡再次發作。她其實是一顆定時炸彈，他終日和一顆定時炸彈守在一起，隨時準備著死無全屍。

他就是在那個時候忽然悟了，他必須打撈出自己。只有他自己可以打撈自己。

他是他自己的魚。他也是他自己的漁夫。

他是兩次從死人旁邊爬出來的人，一次是曾祖母，一次是劉晉芳。雖然她最終沒有死成，但那分明是又一次身臨其境的演習，對他來說，其效果就是真的死了一回。他又被死狠狠傷了一次。他知道，這還遠沒有完，還有第三次，還有更多。從曾祖母死後，他唯一可以做伴的人就只有劉晉芳了，她給他飯吃，給他衣穿，還讓他去上學。在心情好的時候還會檢查他的作業。剩下的絕大部分時間裡，她只任他自生自滅去。可是，他畢竟是寄生在她身上的一株藤蔓，他是靠著她活著的。那他就只能隨時準備著被她拋在半路上。

他得趕緊，趕緊趁她活著的時候為自己找好下一處巢穴，下一處安全的溫暖的巢穴，輕易不變動的巢穴，最好是根深蒂固的，比死亡更久長更結實的巢穴。在後來的幾年裡，他最厭惡的事情就是變。因為他被這東西傷著了。他只想要人間一點結結實實的東西，就這點東西就足以做他的骨骼了。

可是，找誰呢？這村子裡的人們哪個是能收留他的？沒結婚沒嫁人的自然不會要他，除了劉晉芳，要了他那就是拖了個油瓶。結了婚的有孩子的更不會要他，自己又不是沒有兒女，再要他？憑空添一張嘴，還是隔著兩層皮的？那些老寡婦老光棍們也不會收留他，他們無人供養，把一分錢都是掰成四瓣花的，而且年紀一大把了，自己還不知道能活幾天，怎麼可能又拖一個還沒有勞動力的人進來搶飯吃？他只有一張嘴。誰都不會收留他的，除了劉晉芳。他忽然就落下淚來，他突然明白了，曾祖母給他找劉晉芳不是找了一天兩天，一月兩月，他都想像不出她從什麼時候就開始替他找這個人了，那是十年八年地找啊。是個從竹籃裡篩金子的過程，十年時間裡她一點一點撿盡了所有的石子和沙粒，最後留下的就那一點點光亮。那點光就是劉晉芳。

只有這個什麼都沒有的女人才會收留他。因為在本質上，她和他沒有區別。

只有她可以和他相依為命。

找到這個人之後，曾祖母就放心走了。她活了九十多歲，原來卻是因為一直不放心他才讓自己活了那麼久，久得可以在睡夢中就悄悄死去。

那是怎樣一種精疲力竭。一點點力氣都沒有剩。

王澤強幾乎是放聲大哭。因為，他忽然明白了自己的活著本身就帶著先天的絕望。他是個天生的殘疾。

就這樣兩年快過去了，一天，劉晉芳忽然從箱子底下翻出了一個黑色的皮包。她把皮包上的一層浮土細細擦去，像慢慢擦拭著時間的臉。然後她往皮包裡塞了一件衣服，一塊毛巾，一把牙刷。然後她把包背在了一隻肩膀上。那時候已經是黃昏了，王澤強剛剛放學回家，還沒有寫作業。劉晉芳站在門口背對著他，他坐在屋子裡看著她毛茸茸得近於透明的背影。那個黃昏裡她透明得像一只魚缸，他清楚地看到了她身體裡像魚一樣游動的五臟六腑，和她鮮紅色的血液。

她站在那門口說，王澤強，我要去趟省城，你好好把作業寫了，飯在鍋裡，你自己吃。她說完就向院門走去，這個過程裡她始終沒有回頭看他一眼。他也始終沒有問她一聲，你要去哪裡，什麼時候回來。他一聲不響地盯著她的背影，她身上多出來的那只黑色的皮包突然讓她多出了一些詭異的氣息。這詭異的氣息像一根長長的繩子，伸向很遠的地方，他不知道這繩子的盡頭繫的是什麼，只是它無端地讓他打著寒顫。直到劉晉芳從院門裡消失了，他才像醒過來一樣，跌跌撞撞地一路跑到了院門口。

他站在院門口孤單地看著劉晉芳的背影。她正匆匆向村外走去，那裡可以攔到去縣裡的車。這時候他去追她的話，完全追得上，可是，他只是像棵樹一樣久久久地站在那裡看著她走遠。那時候他就明白了，他跨不過去。她在那頭，他在這頭，他們中間隔著的是一座汪洋。那是一種多麼近多麼逼真的絕望啊，每一個毛孔都清晰地張開在他面前，像一個巨大的噩夢一樣站在他面前，可是，他就是動不了，也躲不開。劉晉芳越走越遠，影子越來越小了，她就要消失了。那一瞬間，王澤強的淚唰地湧了出來。他靠在門墩上久久地抽泣著，不敢回到屋裡去。因為他知道，裡面是空的。

那個晚上，王澤強戰戰兢兢地鑽進了被子裡，在空闊的屋子裡，他像一枚小小的核縮在這屋子的最深處。屋子裡再沒有別人，炕上也再沒有別人，他卻清楚地感覺到炕上正橫亙著一種可怕的卻是熟悉的氣息。那是曾祖母死去的那天留在炕上的氣息，是劉晉芳兩年前自殺的時候留在炕上的氣息。原來，它們從來就不曾消失過，它們像植物的屍骸一樣被埋起來了，發酵了，然後生長成了另一種更堅硬更不會腐朽的岩石。

它們一直就沉睡在那裡，就睡在他的身體下面。它們用它們的氣息，用它們的火焰，煨熟了他的恐懼。

他在黑暗中伸出一隻手，黑暗中空無一人。黑暗和孤獨像火焰舔著他的指頭。它們要把他吃掉。

劉晉芳是在三天之後被公安局送回村裡的。她去了省城以後找了個公園，找公園是為了看看公園裡的那面湖。她不止一次告訴別人，她想見到水，她就想見到水。她想念水。她就跑去找公園，在湖邊坐了一下午，一直盯著那水看。然後在太陽落山的時候，她站起來走到水邊就一頭扎了進去。當時天色還不算太晚，湖邊還有幾個散步的人，有人跳下去把她救了出來。

她又一次沒死成。

然後她被公安局送回了村裡，因為深秋的水已經很寒了，她受了寒，在床上斷斷續續地躺了一個多月。王澤強每天給她煎藥，端到床邊，事實上，這一次投湖之後劉晉芳的身體就一直沒好過，隔幾天就煎藥。王澤強只能由著她去，由著她生病，由著她尋死，他像個父親一樣看著自己驕縱的女兒。她好像迷戀著這種遊戲，死了一次又一次，就像從一扇門裡隨意地出出入入一樣，出來了進去，進去了又出來。

但她身上已經開始根深蒂固地生長著一種氣息，像植物一樣，那是那扇門後面的氣息，撲面而來時只讓人覺得陰森害怕。

三

王澤強後來想，他能喜歡上曾小麗其實就是被劉晉芳逼的。她逼著他必須得去喜歡上一個什麼人。

他必須抓緊時間長大，必須抓緊時間去喜歡上個什麼人，在她下一次死之前。她遲早還要去死的，他知道。她這種赴死的決心逼著他一步就跨過了少年，他還沒來得及認真去做個少年，就浮皮潦草地收了尾，直接進了半生不熟的成年。那縫起來的針腳可以長好，可是他的身體裡有了斷層，中間那一截始終是空的，它就一直空在那裡，像密封在他身體裡的一只琥珀，空到剔透，卻什麼都進不去。

琥珀硬了就是岩石的一種。他被鈣化了。

那時候他就知道，他必須得親手為自己編出點什麼，編出一個小世界，編出一個完全屬於自己的小世界，這個小世界可以被他隨身攜帶，這個小世界裡的人也可以被他隨身攜帶。他去哪，它就在哪，像一方手帕一樣被他折疊在身體深處。這個小世界和這世界裡的人永遠都不會背叛他，拋棄他。只要他活著它們便活著。

他喜歡上曾小麗是從他們做同桌後開始的。那時候已經是初三了，王澤強在班上算學習很好的學生，雖然不愛說話。曾小麗屬於學習比較差的學生，但是她長得漂亮，走到哪裡都有男生注意。曾小麗走在人群中經常旁若無人地尖聲說笑就是因為她知道周圍有很多男生在注意著她。男生們承認她的漂亮，所以她就有了漂亮，所以她就可以名正言順地學習不好。快中考了，老師讓學生們進行一幫一活動，就是讓一個好學生幫助一個差學生。他們成了同桌。開始，曾小麗問他數學題的時候他是不得不給她講。但是過了一段時間後，王澤強忽然有了一種奇怪的成就感。

那就是，他在面對著一個比自己更弱小的人。或者，一個更弱小的生物。看到她連一道簡單的數學題都做不出來的時候，他便像是看著一隻晶瑩剔透的小蟲子正在他手上爬過，所到之處都在他的目力範圍之內。他在給她講題的時候便忽然有了那種感覺，那就是，是他在創造她。這個人，眼前這個人是依附於他而存在的。

而一個差學生對一個好學生似乎總帶著些天生的崇拜，於是，做了半年的同桌之後，兩個人便放學時候一起走。據有的學生還說曾看見過他們拉著手在一起走。這事輾轉到劉晉芳耳朵裡的時候，劉晉芳在辦公室裡邊批改作業本邊和其他老師說，那悶葫蘆還會談個戀愛？好事啊。兩個人便更大搖大擺地在校園裡出入著，但是，不久就發生了一件事。

事情的起因是鄰班的一個剛留級下來的叫王兵的男生喜歡上曾小麗了，一到放學就在教室門口堵著等曾小麗出來，並且在學校裡揚言一定要把曾小麗追到手。幾乎沒有學生敢惹王兵，包括老師都是睜一隻眼閉一隻眼。因為他經常和一幫不上學的小混混在一起，據說那幫混混自稱大刀會，人人身上都帶著刀，都會抽菸，還喝酒。這種學生又不指望靠他來提高升學率，也就是個邊角料，能怎麼混過去就由著他混過去。

可是居然有人出來挑釁了。

這天下午放學後，王兵又來到了曾小麗班門口，他抽著菸靠在牆上，用守株待兔的姿態悠然地等著曾小麗出來，她還能不出來？其實就是等曾小麗出來了，他也不能怎樣，也就在教室門口叉開手堵著她不讓走，死皮賴臉地和她説幾句話。他也就是讓其他人看看，他在這學校裡是有特權的。這是一個被掃到邊緣的學生保護自己尊嚴的一種方式，帶著些自虐式的洋洋得意，所以他是需要觀眾的。圍觀的學生越多他就越得意，別人越是起鬨他就越來勁。那都是他的養料。曾小麗在某種程度上是他的道具，他可以今天堵曾小麗，明天就堵王小麗。他只是需要有人來關注他，需要他自己有一個龐大的氣場震懾著整個校園。可是，還是有人敢出來挑釁了。

王兵這天在教室門口等了好一陣子，還不見曾小麗出來，樓道裡放學的學生漸漸稀疏起來了，有幾個好事的磨蹭著不走，偷偷看著他。他倚在牆上抽完了一支菸的時候，忽然感覺到空氣裡有一絲奇怪的緊張。就像空氣裡架著一道琴弦，有一隻無形的手在那裡撥弄著，餘波從他鼻翼間無聲地掠過去了。他看了一眼那幾個正看著他的學生，忽然有些窘迫的感覺，他便向教室裡看去。他瞇著眼睛適應著教室裡的光線，他看清楚了，教室裡還有兩個人坐著。一個是曾小麗，另一個是個男生，他們是同桌。他正猶豫著要不要往教室裡走的時候，教室裡的兩個人卻站起來向他走來了。

他們是一前一後出來的，前面的是男生，後面的是女生。這走在前面的男生就是王澤強，他走到離王兵兩步遠的時候忽然站住了，他們默默地對視了有兩秒鐘。在這兩秒鐘裡，王兵忽然又有些奇怪的緊張，就像他正站在一個山洞前，他不敢邁步，也不好退步。他只好僵在了那裡。這時候，王澤強忽然伸出一隻手，用一隻手指指著他的鼻子說，你以後要是再敢堵在我班門口，我就砍了你。

王兵在聽到這個砍字的時候，眼睛忽然亮了一下，像身體裡忽然被注進了一些養料。就在這個字裡他找到自己該有的位置了。砍，這個字是他們大刀會的專利，居然有人敢比劃著這個字來和他說話？簡直是班門弄斧。他俯視著這個比他矮半頭的男生，說，你算什麼東西？王澤強依舊站在那裡不動，但他清楚地說，曾小麗是我女朋友，你要是再堵她一次，我就砍了你。

你拿什麼砍，我？這最後一個字是斷開的，他遲疑了一下才說出來。因為，就著斜照過來的夕陽，他忽然看到這個男生的那隻手裡閃過了一絲寒光。

有一把刀在那裡。

那把刀像一種剛被挖出來的礦石一樣閃著光，幾個圍觀的學生同時發現了那把刀，他們緊張著卻捨不得離開，有個學生嘴裡還發出了一聲奇怪的嘆詞。這個嘆詞橫亙在空氣裡，像一個血紅色的斑點，長在了他們中間，然後又一點一點洇開去。王兵心裡驚了一下，他咋呼這麼久了，可是真的敢把刀亮在他面前的男生他還是第一次見到，看來這個男生是有備而來的。那天他身上並沒有帶刀，事實上，即使有刀他也並沒有真的去砍過誰。他需要的只是他身上有刀的氣味。那就像長在他身上的翅膀。他站在那裡飛快地想，難道他就真的敢砍他？除非他不要命了，他也就是拿刀嚇唬他一下，就像他們大刀會嚇唬別人一樣。想到這，他使勁把自己往起提了提，使身體裡有更多的空氣，他說，你敢？王澤強看著他說，我再說一次，我是她男朋友，記住，你以後要是再堵在這裡我就砍了你。

幾個圍觀的學生又發出了幾聲驚嘆，這些聲音像斑斑血點一樣向他們身上濺去，預演出了一種帶血腥味的氣氛。又有一些遲回的學生像吸血蟲一樣聚過來了，外面這層殼越來越厚，他們兩個徹底被包在芯子裡了。王兵知道如果自己怕了他，或者服了軟，從此以後他在這個學校裡也就成為一個笑柄了，那柄護著他的無形的刀也就從他頭頂上消失了。那他就真的什麼都不是了。而且，他拿著刀難道就真的敢砍他？這麼瘦小的男生，怕是拿刀都拿不穩。於是，他斜著嘴角看著王澤強說，你嚇唬誰呢，告訴你，我就是要每天在這，你能把我怎麼樣？你敢。

他這句話音剛落，就見那把刀在他眼前閃了一下，等他回過神的時候，那刀已經落在了他的胳膊上，嵌在了他的肉裡，骨頭裡。然而，那把刀又被拔了出去，血唰地跟著噴了出去。那刀帶著血又向他飛了過來，他本能地一躲，刀刃從他的臉上呼嘯著飛過去落在了他的肩膀上。圍觀的學生嚇呆了，後面終於有人尖叫了一聲，是曾小麗。

王兵被送到了醫院，他的右胳膊被砍斷了筋脈，沒接好，從此右胳膊就廢了，只能彎著吊在胸前，永遠不能伸開了。臉上也留了一道長長的疤，把一張臉斜斜地一劈兩半，看起來像拼湊起來的一張猙獰的臉譜。

王澤強被判了八年有期徒刑，因為只有十六歲，先是被送進了少教所，等滿十八歲之後再送到監獄裡。

就是從進了少教所之後，劉晉芳開始給他寫信，每月一封。也是從這時候開始，王澤強才知道了劉晉芳的字是長什麼樣的，他們在一起生活了六年，他居然還不知道她的字是長什麼樣的。也是從這個時候開始，劉晉芳在每封信的開頭開始叫他強強。她從來都喊他王澤強，他喊她劉老師。但是，現在，她的落款是，媽媽。第一次讀她的信的時候，王澤強怎麼都覺得這信不是寫給他的，就像是一個陌生人寫給另一個陌生人的，卻被他一個無關的人看到了。即使是在手裡捧著看的，也覺得這信距離他有十萬八千里。覺得這信是裝在玻璃瓶子裡的，能看得到，卻是不能真正摸到的。

每封信他都是先半生不熟地吞嚥一遍，然後才開始一個字一個字地嚼，一個字一個字地往下嚥。他幾乎每天睡覺前都要把這些信看一遍，溫習一遍，他守著這些信像守著一鍋湯一樣，每天都要回鍋煮一遍，每煮一遍都夠他撐個監獄裡的一天一夜。剛開始讀的時候，他覺得這信不是劉晉芳寫給他的，讀到後來，他開始慢慢把自己的魂魄移進那個信裡面的人的身體裡去了。

他們開始漸漸地重疊在一起。而劉晉芳與那個叫媽媽的女人也是艱難而緩慢地重疊到一起去的。當他有一天終於費力地把他和劉晉芳都移植到那封信裡的時候，他忽然有了一種奇怪而隱祕的興奮感，那就是，他在一封信裡活過來了，在信裡，他叫強強。而現實中的王澤強消失了。還有就是，他居然在十六歲的時候忽然有母親了，在此之前的十六年裡他其實都沒有，一直都沒有，他只有曾祖母，只有劉老師，卻沒有母親。現在，在這封信裡，母親復活在他身邊了。

他在十六歲的時候，在監獄裡，第一次真正變成了一個有母親的孩子。

這種陌生到殘酷的感覺最初幾乎讓他嚎啕大哭。

第一封信之後是第二封信，第三封信，監獄裡的歲月像與世隔絕的深山裡的歲月，監獄裡過一年，不知世上已經過了多少年。他甚至已經漸漸忘記了外面的世界是什麼樣子的，他與外界的唯一聯繫就是和劉晉芳的通信，只有劉晉芳一個人給他寫信，劉晉芳每給他寫一封，他就回一封。曾小麗沒有給他寫過一封信，他也沒給她寫過。他有時候想在信裡問問劉晉芳，但是最後還是忍住了，想想是自己拖累了她。他一個人進了監獄，那留在外面的她呢？他不敢問，有些本能地害怕。更何況自己現在是個犯人，就算出去了也是個犯人，一輩子都是個犯人了，難道要她和一個犯人怎樣？

晚上睡不著的時候，他就躺在那裡努力回憶關於曾小麗的一切。可是她留給他的東西太少了，像一眼貧瘠的礦井一樣，很快就被採光了。她那點波光粼粼的影子是沉在海底的，他只能站在岸上看著她卻永遠過不去。可是，那些深長的夜裡，不去想點什麼，不去想個人是根本過不去的。所以，他被迫地一次又一次地想她，一次又一次地想那件事情。他居然為了她去砍了人？為了她坐了牢？他該恨她？還是她該恨他？也許在當初，他根本就不是真正喜歡她，愛她，可是就是在監獄裡，他把對她的喜歡真正焐熟了。真正熟了，卻再也沒有了聯繫。於是，她都跟著他住進來了。她和劉晉芳是八年裡一直陪著他的兩個人，兩個女人，兩個八年裡沒有老去一絲一毫的女人。白天晚上，她們都和他如影相隨。

其實沒有人知道的，他砍王兵那天就像一條凍僵的蛇，直到血濺了他一身的時候，他其實還是僵著的，並沒有醒過來。直到進了少教所，他才漸漸甦醒過來，他才回想起來自己到底做了什麼。他居然，拿著菜刀，把一個人砍了。千真萬確。深夜裡，睡在少教所滿是臭蟲和跳蚤的地鋪上，他才把這麼多年裡折疊在他身體深處的那些東西一層一層打開了。往日的生命忽然像河床上被漂白的骨頭一樣晃著他的眼睛。

原來，這麼多年裡，他的骨頭裡，他的身體最深處是藏著戾氣的。那戾氣是一點一點被他攢下來的，攢了十六年。從最早他被親生父母關進雞籠子裡扔到街邊開始，這戾氣就已經開始在他身體裡潛滋暗長了。到後來，曾祖母忽然扔下他悄悄死了，也不管他會不會哭，會不會痛。再到後來，劉晉芳兩次自殺，每次自殺前都沒有問過他一句，我死了你怎麼辦？你該怎麼活下去？沒有人考慮到他的感受和他的疼痛，就是他痛到死，也沒有人知道。他們都能放下他，隨時都能放下他離開，然後任由他一個人在時光的荒野裡流浪。

他恨他們。他心裡的恨攢得有些太多了，一點一滴地攢起來的，連他自己都渾然不覺。然後，這恨漸漸發酵了，轉變成了一種戾氣，潛伏在他身體裡，心裡的每一道褶皺裡。它們隨他一起長大，成熟，熟到一定程度時就會像果子一樣自然脫落，脫落。

於是，終於有一天，這戾氣像一層魂魄一樣在他身上現了形。他拿起了刀。

進了監獄之後，這層戾氣不但沒有退出去，反而在他身體裡凝固下來了，像鈣質一樣補充到他身體裡去了。因為，他發現，在監獄裡，沒有這點戾氣，他就不用想活下去。

最早在少教所的時候，牢房裡只有一張大通鋪，一頭靠著窗戶，一頭靠著廁所，所以依次被分為頭鋪，二鋪，三鋪，靠窗的自然是頭鋪。一個牢房裡的頭才能睡頭鋪，然後服侍頭的睡二鋪，三鋪，其他人尤其是新來的就只能睡地鋪。十幾個孩子要擠在地鋪上，必須要側著睡才能擠進去，側進去了就像做了夾心一樣，一晚上都不用想動。晚上上個廁所就再擠不進去了。地上很潮，臭蟲蝨子滿地爬，他們把蝨子叫坦克，說坦克開過來了，就是蝨子爬身上了。但是沒有辦法，根本沒處躲，尤其是棉衣裡蝨子更多，因為怕癢，有人大冬天只穿著單衣。睡在地鋪上的人因為地面太潮，會渾身起濕疹和疥瘡，起滿不知名稱的奇癢無比的紅疙瘩。於是，每晚的睡覺就像打仗一樣，打得頭破血流也要擠個縫睡進去。

王澤強剛進去的時候，他們欺生，自然不會讓他睡到通鋪上面去，除此之外，他們還要打他，戲弄他，拿他來做消遣。因為監獄裡的生活實在是太枯燥了，必須得有後來者給先到者做戲子，演戲給他們看，然後他們也漸漸變成老人，等著新人再進來，這樣一層一層的波浪式的更替才使這種生活有力氣繼續下去。王澤強睡了幾天地鋪之後，開始起疥瘡，起紅疙瘩，奇癢無比，又不能撓，一撓就破。過了段時間，腿上的疥瘡開始流膿了，監獄發的藥根本不管用，碗口大的一塊肉已經開始腐爛了，發出了屍體才會有的屍臭味。他只好咬著牙往裡摳，把上面的爛掉的肉往下拽，這猩紅色的爛肉帶著血像一層泥灰一樣紛紛往下掉。爛肉掉光了露出了裡面白森森的骨頭。這時，周圍的人都躲著他，不往他跟前湊。他坐在那裡忽然明白了，因為他對自己這麼狠得下來，所以他們開始怕他了。因為一個對自己能狠得下來的人才能對別人狠得下來。

就在這個晚上，睡覺前，他光著膀子，背著一身紅色疙瘩，像一種動物身上的斑點，亮著一條剛剜掉爛肉已經露出骨頭的腿，解下了褲子上的皮帶，他往通鋪上一坐，手裡緊握著皮帶。那黑色的皮帶像條蛇一樣垂下去。他看著那些人靜靜地說，不怕死的就過來。

真的沒有人敢過去。在監獄裡最被犯人們歧視的是強姦犯，最被犯人們怕的是殺人犯。王澤強雖然沒有把人殺死，但是終究是因為拿刀砍人而進來的，大家都知道他為什麼進來的，所以一時間都有些發怵了，愣在了那裡。後來，還是有個人向他走了過來，卻不是牢房裡的老大，老大一直冷冷地看著他。這向他走過來的人大約也是想借機為自己爭取點地盤。他一個新來的就想和他們這些老人搶鋪？王澤強冷冷地看著走過來的人，人離他還有幾步遠的時候，他一皮帶就狠狠過去了。在那一瞬間，他身體裡的全部戾氣都復活了。他必須把它們喚醒。他一皮帶緊接著一皮帶地抽下去，他不能給他留一絲空隙，他決不能讓他有還手之力。他連方向都不辨地兜頭蓋臉地往下抽，打死他，他就是要打死他。

他要是敢有一點點的恐懼和軟弱，那被打死的就會是他。他打他就是要打給所有的人看。那人已經站不住倒在地上了，他還是不肯停下來，他一皮帶一皮帶結結實實地往下抽。其實他知道他是不敢停下來。那是一種多麼漆黑的恐懼啊，為了不墜入深淵只有在黑暗中一刻不停地走路，走路，到了後來已經是爬著了，就是這樣也不能停。他邊打地上的人邊說，你們過來一個老子抽死你們一個。過來啊。

他知道，不這樣他就活不下去。但是，他要活。

他站在那裡，陰森，凶狠，像一個真正的亡命之徒。

雖然被關了禁閉，但出來後他照打不誤，一打就是不要命地打。他已經悟到了一條真理，就是監獄裡的尊嚴都是打出來的。到後來漸漸地就再沒有人敢惹他了，大家對他開始有了些尊敬。晚上他開始睡在通鋪上了，他不搶頭鋪，但他決不能再睡地鋪。這是底線。

整個白天他們都在車間幹活，中午就在車間裡吃飯，獄警把飯發到他們手裡，吃完下午接著幹。有時候到晚上了還得加班。因為他掌握技術很快，被提成了車間的組長。他們做的是印刷品，把印好的大開紙折疊，裁開，再裝訂。他負責最後一道工序，就是裁邊。同時還要監督其他犯人的工作。忙不完的時候他會主動要求加班一直幹到深夜，他負責的組幾乎沒有返工的現象發生。隊長對他很是滿意，後來又讓他做了統管，就是負責管理車間工段的各個小組長。這時候他在監獄裡已經待了三年了，他已經有了些威望，不需要再打架了，大家也願意聽他的。這時候他的頭髮已經全部變白了，沒有剩下一根黑頭髮。這一頭白髮讓他在監獄裡更是引人注目，無論站在哪兒，都能被人一眼看到。已經成了他的標誌。他們給他起了個外號，叫白毛，當面則尊稱他「毛哥」。

一頭白髮的王澤強在監獄裡為自己殺出了一條血路。

四

八年監獄生活裡，最讓王澤強柔軟的時候就是收到劉晉芳來信的時候。可是這八年裡，他再沒有見過她。她沒有來看過他一次。一開始的時候，他還在想，這是為什麼呢？她為什麼不來看看他。後來他就自己想通了，她不來看他那是再正常不過了，就她那樣的性格，那樣的脾氣，就不該來看他。她要是來看他那就不是她了。她能給他寫寫信，他已經感激不盡了。在這八年裡，他一直活在信中虛擬好的那個地方，在那個地方他始終是個孩子，有個假想中的母親關心著他。一個字一個字地告訴他怎麼洗衣服，怎麼縫衣服，怎麼和別人打交道，怎麼和監獄裡的幹部們相處。感冒了怎麼辦，頭痛了怎麼辦，告訴他好好表現，八年一眨眼就過去了，出去了他還是個好小夥子，到時候他才二十四歲，做什麼都不晚，都來得及，找個女朋友結婚生孩子也不晚。一切都來得及。她在每一封信裡都反反覆覆地告訴他，一切都來得及。

她告訴他，一切都可以重新來過。

有時候躺在鋪上讀信的時候，他會恍惚間產生一種錯覺，那就是，這幾年監獄生活就像一塊冰把他凍起來了，冷藏起來了，真的什麼都不會變。等他從這八年裡出去了，他還和從前一樣，甚至都沒有來得及老去一絲一毫。那等他出去的時候，劉晉芳變成什麼樣子了？曾小麗變成什麼樣子了?王兵變成什麼樣子了?他知道他沒死,他只是殘廢了。他們會不會都已經變老了,而只有他卻新鮮如初,年輕如初,還像十六歲時一樣。他們見了他會怎麼樣?會不會因為他的新鮮而感到恐懼?一個不會變老的人確實是讓人害怕的。因為那就不再像是人。彷彿成了別的什麼生物,或是被扣押在了地殼深處的岩石。總之不是人。

可是,他從鏡子裡知道,他也在一年一年地變,時間這只容器太大了,裝多少東西進去都填不滿它,它始終是飢餓的,這種悲愴荒涼的飢餓把任何東西都吞了進去。把高山把海洋都吞了進去,無一遺漏。所有的人最後都要被吞進去,像螻蟻一樣。在監獄的幾年裡,他每天早晨天不亮就得起來跟著犯人們晨跑,這樣過了幾年倒比剛進監獄時長高了很多。但是一頭花白的頭髮使他看起來像一個年輕的老人,好像一步就從十六歲邁到了六十歲。

他把劉晉芳的所有的信訂在一起,做成一本書的樣子,有破損的地方他用玻璃紙細心黏好。每天晚上睡覺前他必做的功課就是,抱著這本書翻上幾頁,哪怕一行一個字都要看一行一個字。然後他就著這一行一個字的餘溫沉沉睡去。他給劉晉芳寫信的時候,不是一行一行寫上去的,是一個字一個字寫上去的。那是每拈起一個字都要費掉很多力氣的,像搬著一件珍貴的重物,必須得找到最合適的位置才能把它放下去,似乎放錯了地方對它反就是一種侮辱。他笨拙地搬著一個又一個字,小心翼翼地把它們砌起來,一直砌到劉晉芳那裡。所以每寫完一封信，他都會有近於虛脱的感覺，用力太過的緣故。

在這八年裡，最讓他膽戰心驚的不是別的，而是他生怕哪一天這信就戛然斷掉了。它們像一根燈繩一樣只要被輕輕一拉，他這裡面就一片黑暗了。因為寫信的不是別人，是劉晉芳。這個世界上他最了解也是最不了解的女人，拉著燈繩那頭。她自殺過兩次，她不厭其煩地死過一次後又死了一次，雖然都沒死成。可是，她既然能去死第一次第二次，為什麼不會去死第三次第四次，第五次？一直到真正死成。這八年時間裡，他一邊望眼欲穿地等她的信，一邊如履薄冰地等她的死訊。每一次每一次收到信的時候，他第一眼便是飛快地掃一眼信封上是不是劉晉芳的字。因為，哪天信封上如果突然不是她的字了，那就說明，她已經不在了。

在這八年看不見她的時間裡，她是不是又專心地死過好幾次？只是每次都沒死成？還是她突然對死這件事厭倦了，不想再去重複這件事了，於是她順利地又活了八年。因為信封上一直都是她的字，那字活著，她就活著，把字連根拔起來，下面就是她。

他祈求她活著，因為他愛她嗎？他問自己，他最本能的回答卻是，因為她死了就再沒有第二個人會給他寫信了。可是，他真的不愛她嗎？即使八年前不愛，在這八年裡，他每晚每晚都是抱著她的字她的氣息睡覺的，他早已經把她抱熟了，把她抱成了一個真正的母親，在監獄裡陪了他八年。

所以，她不能死。

好在，她真的沒有死。因為，她的信一直還活著。

又是兩個月過去了，還有一個月就是這八年的盡頭了，原來，什麼都是有盡頭的，都是有邊際的，沒有什麼會是永遠漂流著。劉晉芳在最後一封信裡說他出獄那天，她到監獄門口接他。她說這是她第一次去監獄，也是最後一次去監獄，因為她知道他不可能再第二次進那個地方了。這一個月裡他開始失眠，他過度緊張又過度興奮地盯著這個月的盡頭，恨不得一夜之間就走到那裡去。晚上失眠的時候他就用整夜整夜的時間去想像見到劉晉芳會是什麼樣子，劉晉芳變成什麼樣子了，會不會他已經認不出她來了。她還在頭上盤著她那兩只巨大古怪的髮髻嗎，他已經先她一步白了頭髮，這會不會讓他們看起來忽然拉近了，變得像一對姐弟？他認真地洗臉洗頭髮，暗暗為這一個月後的見面做著準備，他甚至覺得他像一個重返故里的遊子一樣，是不是該送她一件小禮物？難道像一個真正的不肖子一樣，赤手空拳地在八年後去見她？

他櫃子裡攢著一些好菸，是犯人們進貢給他的。菸自然是家屬們探監時帶來的。現在，他想用這些菸換件什麼東西，送給劉晉芳。

就在這最後一個月裡，王澤強還是趕上了一次送死刑犯。說是送，其實就是安撫這些即將執行死刑的犯人們度過他們在人間的最後一個晚上。他那個牢房裡有三個死刑犯，現在，他們的死期到了。整個牢房的人送他們先走。在這個晚上，犯人們要吃他們最後的晚餐。晚餐很豐盛，一個人三百塊錢的標準，還有酒，但是能吃下去的人很少。晚飯之後獄警送來了紅色的秋衣秋褲，要他們換上。鮮紅的秋衣秋褲剛往那一放，一個犯人就哭了。因為，只要這衣服一穿到身上，就代表著他們要死了。那本是喜氣洋洋的紅色一穿到死刑犯的身上卻散發著陰森詭異的氣息，彷彿它是會吸血的，吸飽了前面那些死去的犯人的血才變成了這種鮮紅的顏色。它們一旦被穿到身上，就像傳說中的血鐲一樣貼著他們，吸他們的血，吸得越多，它們越鮮豔奪目越妖豔美麗。但到了最後，所有的死刑犯還是要穿上這身紅衣褲。因為，要上路了。

身著紅衣的他們就在那一瞬間，忽然散發出一種鋒利而詭異的氣息。不像是人間的東西。那是另一個世界的氣息。他們是一群被趕到了跳板最盡頭的人，只差這縱身一跳，就是另一個世界了。這些穿好了紅衣褲的男人們喝了酒，哭著鬧著，濕漉漉地倒成一片。他們戴的都是通天鏈，是手連著腳的一種鐐銬，躺下去的時候也是佝僂著，蜷縮著，像一攤未融化的血跡。反正無論做什麼都是最後一次了，哭也是最後一次了，笑也是最後一次了，都由著他們，只是不能鬧出事來。王澤強帶著其他犯人看著他們，也陪著他們。八年裡他送走了一個又一個死刑犯，隔段時間就有一個犯人要穿著紅衣褲走了。都是這樣帶著血氣的夜晚，都是這種一模一樣的紅衣服。有時候他有一種錯覺，感覺自己簡直像個監獄裡的牧羊人，正把一群又一群的羊趕往天國。

這些血紅色的羊。這些背著血債的羊。

這八年裡，王澤強除了長了身高，還長了酒量，就是陪這些死刑犯們喝出來的。他默默地陪他們喝了一杯又一杯，他們喝多少，他就喝多少，他們往死裡喝，他就往死裡喝。他的酒量就是這樣，在黃泉路上練出來的。他一次又一次親眼看著他們怎麼度過這最長又最短的最後一夜，看著他們怎麼被押到刑場，怎麼一跪在那裡就癱倒就小便失禁，怎麼在午時三刻被一支槍指著腦袋，怎麼在一聲槍響之後像一只紅色的麻袋一樣無聲栽下去。他一次又一次地看著他們的死，那時他便覺得他們是在替他死。而他是在替他們活。其實這八年裡，他跟著他們已經死了一次又一次，一次又一次。到這八年的盡頭時，他其實已經是九死一生的人了。

這三個死刑犯裡有一個叫林剛的，長得五大三粗，平時很少說話，這個晚上他喝到半醉的時候忽然從身上摸出了一個東西，一支髮卡，一支女人用的髮卡。這是一支鳳凰型的髮卡，它像一隻鳥的標本一樣靜靜地臥在他的手心裡。他摩挲著這支髮卡，久久地摩挲著，就像撫摸著一個掌心裡的女人。她像鳥一樣很小很乖地蜷伏在他的掌心裡。他摩挲了一會兒接著去喝酒，再喝到後來就哭，哭得癱在了地上，像個耍無賴的碩大的兒童。那支髮卡掉到了地上，他也沒有發現，或者，發現了也沒有去撿。它在這個死亡之夜從他身上脫落了。

像一件從他身上永遠遺失的器官。

深夜，王澤強趟過他們一叢一叢血紅色的身體和血紅色的呼吸，走到那髮卡前，悄悄撿起了它。像撿起了一隻受傷的鳥。他把它放在了口袋裡。這是一個將死之人留給他的遺物。

他要把它當禮物送給劉晉芳，一支死人身上留下來的，吸足了死人血液的髮卡。他要把這鮮血，把死亡當禮物送給劉晉芳。他要告訴她什麼是真正的死亡，他要讓這帶著死亡氣息的東西盤踞在她的髮髻上，終日與她如影相隨。看她還敢去死嗎？死就那麼好玩嗎？就那麼可以來來去去嗎？那個不知天高地厚的女人，那個活得奢侈到極點的女人，從來就沒有把活著當回事的女人。他要讓死亡就在她身邊，在她髮際。

年底了，一個月竟真的到頭了，世界上最長也是最短的一個月終究過去了，王澤強出獄的日子到了。他裹著一件棉猴，提著八年來的全部行李，一只瘦瘦的旅行包，裡面裝著幾件衣服和一本書，那是劉晉芳寫給他的全部信件，裝訂成了一本厚厚的書。他身上帶著監獄發給他的十塊錢路費，出了監獄的大門。監獄的大門把他排出去之後，又在他身後沉沉地合上了。就像從來沒有打開過的一只隱祕的山洞。他看著身後一時恍惚自己是不是真的從這扇門裡出來的。可是，千真萬確，他真的是從這山洞的洞底爬出來的。

所有的記憶被迫與八年前接上了，但是有些半生不熟，有些抽搐有些紊亂。就像血液湧到了眼底，會像眼淚一樣流出來。

他緊張地無措地看著周圍，一切都陌生到了殘酷。他像被一隻輪船扔下來的孤兒，把他扔到了一座荒無人煙的島上。他艱難地看著這個嶄新而荒涼的世界。他在尋找他與這個世界之間的那唯一一點聯繫，那唯一的一條筋脈從他的身體裡長出去，伸出去，伸出去，伸向那個女人。

五十米之外的地方真的站著一個女人。那女人站在那裡靜靜地看著他。

但，她不是劉晉芳。

她一點一點走近了，走到了他跟前。他疑惑地看著她，難道她真的是劉晉芳？難道是八年不見她已經變成了這個樣子？還是她根本沒變，是他忘記了她的容顏。真正在記憶中走失的是他，而不是她。他微微張著嘴，艱難地看著這個走近的女人。她頭上沒有那兩只古怪的巨大的髮髻，使她看上去一下就坍塌了，坍塌得面目全非，她所有的五官都開始模糊不清了。女人站定了，終於問了一句，你……是王澤強吧。

聲音也不是劉晉芳的，語氣也不是劉晉芳的。這麼小心這麼試探的語氣就是再怎麼被打回原形，也變不成劉晉芳。

她不是劉晉芳。

他突然之間有些莫名的焦慮和緊張，甚至比他當年站在法庭上還要緊張。那是開始，這是收梢，而這收梢本身就是又一個開始。他的一個開始已經在十六歲時被腰斬了，在二十四歲的時候，另一個開始也搖搖欲墜了嗎？

他直直地尖著嗓子問了一句，我媽呢？她在哪呢？他終於把活在書信中的那個母親搬了出來，他第一次在人世間的陽光下叫出了她一聲母親。但是女人沒有回答他，只說，我是來接你的，先跟我回去吧。

他無路可走，只能跟著她，跟著她往回走，跟著她才能……有一個真相。他步履蹣跚地跟著她，又問了一句，你是誰？誰讓你來的。女人回頭看了他一眼，是你媽讓我來接你的。

王澤強悄悄鬆了口氣，他連忙說，她是不是又病了，她是不是身體不好來不了？你是她什麼人？他突然之間饒舌得像隻鳥，他自己都驚奇自己出獄後的第一天第一個小時裡竟能連貫地說這麼多話。他怎麼了？他把自己嚇住了。

女人還是不說話。她的沉默很異樣很堅韌，像一條扁擔，扛在她肩上，挑著身後的他。

五

坐在回縣城的長途汽車上，女人終於開口了。我確實是受劉晉芳之託來接你的，但是，那是八年前的事了。你媽，她在八年前就去世了。

……

我是她在這個世界上最好的朋友，所以她把你交給我。其實在你被判刑不到一個月的時候她就死了。她身體怎麼糟成那樣，這些年她究竟對自己做了些什麼。你剛被抓走她就病倒了，可能是……這麼多年裡，你是她唯一的伴，不是因為你，她可能早死了。她放不下你，她怕她死了你一個人在監獄裡撐不下去。她在死前託付給我的事情就是，在這八年裡每個月的月初給你寫一封信，一直寫到你出獄那天，把你接回來。她斷斷續續地給我講了好幾天，給我講你什麼性格，愛吃什麼，你這麼多年裡做過什麼事，你這麼多年裡經歷過什麼。她在努力使我能在信中逼真起來，能使我看起來像她，像個母親寫的信。她囑咐我每封信的落款處一定要寫兩個字，媽媽。

……

我在縣城一中當老師，每個月月底我估計你的信該到了，就專門跑到你們村去取你的信，然後再給你寫下個月的信，因為你們家現在已經沒有人住了，那房子空了八年了。我當初答應她的時候真是擔心啊，八年太長了，我怕自己堅持不下去，我怕哪天我就忽然中斷了。因為她在死前一再懇求我，無論怎樣，只要我還活著，就把這八年的信堅持下去。她說，只要我堅持下去了，你也就堅持下去了。她說她知道監獄裡經常會有犯人因為家人突然去世，自己就在監獄裡自盡了。因為突然就沒有一點點東西支撐著活下去了。她說那不是別的地方，那是不見陽光的地方，在那裡活下去更需要理由。她讓我一定給你一個理由，替她。

……

我給你寫了八年的信，開始的時候我擔心你認出這是陌生人的筆跡，但你沒有說什麼，我就放心了，再寫到後來就成慣性了，一個月不寫就覺得少了什麼。我把你所有的信都裝訂在一起了，準備等你出來後就送給你。你要好好留著它們。那不是我一個人寫給你的，還有劉晉芳，我是替她寫的。

……

你不知道的，就像所有的人都不知道她是個什麼樣的人，只有我知道，在這個世界上，只有我知道她是個什麼樣的人。我們是師範同學，上學的時候，我們倆就經常擠在一張單人床上，說話說到半夜才肯睡覺。我再沒有見過像她那樣的女子，才華橫溢，但她一直讓我心痛。因為她不懂通變，她有一種近於瘋狂的偏執。她喜歡什麼髮式就永遠不再變，喜歡什麼衣服就一直穿什麼衣服，喜歡什麼人就認定那個人。她告訴我那是因為她骨子裡老有一種絕望感，所以她總想拼命地抓住點什麼東西去與那種絕望感做抗爭。

我想她就應該活不久，因為她就是為某些東西而生的人。這種人都活不長。上學時她就愛上了我們師範的班主任，那時候卜老師已經四十歲了，因為潛心研究哲學一直沒有結婚。她說她要和他結婚，可是畢業分配的時候她被分到了鎮上的學校。就是為了能和卜老師到一起去，多少年裡她想盡了所有辦法，她不止一次和我說，如果不能和他到一起去，她還有什麼意思。只要能和他到一起去，她什麼都……不怕。她說，其他的，一切的一切都是假的，都是形式，都不重要，她只要最本質上的那一點東西，就那一點就讓可以讓一個人不絕望了。

她在那個鎮上一待就是八年，這八年裡我們的同學都結婚生孩子了，她還是一個人過。別人給她介紹對象她從來不見。後來不知為什麼，她神經忽然都有些錯亂了，跑到省城去找卜老師，卜老師不知道和她說了些什麼，她跑回去後就終日戴著個大口罩，和誰也不說話。後來她被送到醫院去了。你想想她心裡受過多少苦才會這樣啊。後來一出院她便申請調到沒有人願意去的村小學去支教。她不再說要調到省城，而是直接讓自己掉頭去了一個偏僻的村裡。只有她能做出這樣的事。

……

後來有一天她忽然收養了你，我猜她終究也是怕那種沒日沒夜的孤單吧，想和你做個伴，想讓你借給她一些活下去的力氣。那時候她已經知道自己不會再結婚，不會再有孩子，所以是你幫了她。雖然你並不能真正把她身體裡那種絕望的毒性排出去，她說每次那毒性一發作她就想去死，她就無論如何都不想活。可是，你畢竟陪了她六年。沒有你她就活不過這六年。她也告訴我，她對不起你。因為她在你面前死過兩次。她說她要是真死了，你一個孩子又該怎麼辦？所以她求我幫你，幫你這八年，把這八年渡過去。

王澤強打開自己家那把已經鏽跡斑斑的鎖，在一屋子的灰塵和蛛網裡只看到牆上貼著一張劉晉芳的一寸相。她連張遺像都沒有。黑白色的劉晉芳在一寸相裡靜靜地笑著，很年輕，大約只有十八、九歲，應該是讀書時候的一寸照。那時候的她已經是盤著兩只巨大的古怪的髮髻，因為她覺得這樣美麗。王澤強靜靜地與照片裡的女人對視著，她在另一個世界裡，隔著一張薄薄的相片注視著他的歸來。

八年之後他二十四歲了，他以為劉晉芳會很老了，可是，他看到的卻是十八歲的她。在時光裡，她忽然向來路退去，她退回，退後，越退越年輕，終於，她在十八歲的地方站定，回頭微笑著看著他。看著自己二十四歲的兒子。

王澤強哪都沒去，就在村裡待下來了，但終日無所事事。無論他走到哪裡，村裡人都用略帶恐懼的目光看著他，好像他還是那個八年前站在教室門口的男孩子，手裡握著一把寒光閃閃的菜刀。現在，他像一把菜刀一樣立在村子的空氣裡。女老師臨走給他留下了一些錢，告訴他儘快找點事做，先養活了自己再說成家立業的事。還告訴他有什麼事就去找她。然後她就走了，她不可能一直陪著他。

兩個月過去了，冬天已經到尾巴上了，馬上就要開春了。女老師留下的錢已經用得差不多了，他還是終日閒著，什麼事都不做，他沒有地可種，也不肯出門。這段時間裡他已經漸漸聽說了曾小麗的事情，曾小麗結婚了。五年前嫁給了王兵。當年王兵殘廢後就退學了，王澤強進了監獄，劉晉芳不久就病死了。王兵家的人便把事情全賴在曾小麗身上。他們隔三差五就去她家裡找事，鬧得她一家人都不得安寧。曾小麗本想考個衛校之類的學校到外地去，但沒考上，只好回到村裡，跟著父母下地幹活。這樣過了兩年，王兵的家人又找上門來了，說王兵殘廢了至今連個媳婦也說不下，都是被曾小麗害的。現在她學也上完了，事情也沒得做，也不小了，該結婚了，她只能嫁給王兵。不然的話，王兵這輩子怕就娶不到老婆了，那他王家就要在王兵身上斷香火了。曾小麗要是敢不嫁給王兵，那她就別想能嫁給別人。欠了債就得還，能躲到哪去？

這樣斷斷續續地又被糾纏了一年，曾小麗的父母又氣又怕，但也想不出更好的辦法，如果讓曾小麗跑了，一個人去了外地，那王家也不會放過他們。總不能他們全家都背井離鄉。最後他們便做主讓曾小麗嫁到了王家去。就這樣，曾小麗嫁給了王兵。王兵因為殘廢了一隻胳膊，什麼活也做不了，早早就學會了喝酒，喝醉了回來就打曾小麗，他說老子都是被你害成這樣的。後來曾小麗生了個孩子，但是個傻子。大約是因為王兵酒喝多了的緣故。現在，他們一家三口還住在村裡，王兵每天什麼事都不做，拖著一條廢胳膊在村子裡晃來晃去，看看東家的狗打架，西家的雞吵嘴，晚上就和幾個打鐵的男人在一起喝酒，喝到半夜再回去。曾小麗每天帶著孩子在地裡幹活，中午也不回去，就在地頭上啃個火燒，喝口涼水。她那傻兒子便滿地亂跑，跑著跑著褲子掉了都不知道。

王澤強並沒有見到曾小麗，他整個白天整個白天地躲在屋子裡不出去，據村裡人說深夜才看到他在村子裡一個人走來走去，不知道在幹什麼。村裡人都怕他，他在這村子裡變成了一種神祕的夜行動物，帶著不祥的氣息。他們想，一個不幹活不種地還砍過人的人，靠什麼活？時間長了還不就是靠著偷盜搶劫？他終究是個禍害，他們都想把他從村子裡趕出去，但是沒有人敢說。村民們沒事就悄悄議論著怎麼對付王澤強，怎麼把他趕出村去。

但是不久村裡就發生了一件大事。一天清早，準備下地的村民在路邊的渠裡看到了王兵，他臉朝下趴著一動不動。他們以為他又喝醉掉到渠裡了，等到把他翻過來才發現，這次他不是喝醉了，是死了。他的脖子上被人用刀子砍了長長一刀，紫紅色的血在他脖子上，胸前已經凝固了。看樣子是昨天半夜就死了。

但是這起案子還沒破就結案了，因為凶手是去自首的。這個凶手是王澤強。他在深夜等著王兵喝酒歸來，然後用菜刀砍死了王兵。八年前他就砍了王兵一刀，在出獄兩個月後又補上了另一刀。八年後，他終究還是把他殺掉了。

公安問他作案動機的時候，他淡淡說，他這種殘廢了的人就該早點死，成天什麼都不幹，就知道喝酒打老婆。不然他拖著一個女人要拖到什麼時候去。他活著一天，那女人就要受罪一天，只有他死了，那女人才能改嫁，才能有條活路。他們又問他，為什麼坐了八年監獄剛剛出獄兩個月就又犯案了。他看了一眼窗外，慢慢說，還是在裡面適應，出來了不習慣，再說，出來了也是我一個人，在哪都一樣。

他又被判了刑。這次是死刑。

他知道，這次輪到他穿那身紅衣紅褲了。

他再一次被關進了監獄，如三個月後不上訴就將執行死刑。這是他在監獄裡度過的第九個年頭了。

監獄裡的一年為一渡，渡，就是要從此岸到達彼岸。前八年他都渡過來了，但這第九渡，他過不去了。

月亮之血

一

沒有想到桌上那包餅乾是父親尹太東賣血之後給的營養品，尹來燕蹲在地上一陣乾嘔。吃早飯的時候她曾吃了兩塊餅乾，如今這兩塊餅乾已經像雪花一樣無聲地融化在她的腹腔深處了。她急著把它們從自己身體裡辨認出來，把它們趕出去。她覺得吃下了那兩塊餅乾，就像喝下了父親的兩口血。

這一天裡尹來燕無論吃什麼都覺得裡面有股血腥味。稀飯裡有，麵條裡也有，似乎一切的食物都鋒利地反射著血光。她捧著一碗飯悄悄走出了屋子。院子裡長著一片黃綠相間的菠菜，菠菜老了渾身都是柴，彷彿擦根火柴就能燒成一片。兩隻母雞漫步在菠菜地裡正東張西望，菠菜邊上還種著幾棵西紅柿，上面掛著青色和紅色的西紅柿。尹來燕盯著那只紅色的西紅柿看了半天，覺得那也是一滴血，她簡直要把它看化了才罷。屋簷下躺著名叫大黃的狗，窗台上臥著花貓。牆角處還養著幾隻羊。無怪乎鄰居的女人總是撇著嘴幫她家在縣城裡做免費廣告，他家那院子簡直就是個動物園，養得真是齊全，進去了人連個下腳處都沒有，不是雞糞就是羊糞，進去查個水電費還得划船呢。

尹來燕悄悄把一碗飯倒進了大黃的盆裡然後進了屋。父母和哥哥尹來川還坐在飯桌前吃飯，尹來川一向話少，吃碗麵條能劃拉半天，娟秀地像女孩子。此時他正低頭哧溜哧溜地吸著麵條，好像他那只碗是聚寶盆，怎麼吸也吸不完。她偷偷從背後悄悄地打量著父親，像打量一個陌生人。尹太東年輕時幹重活把腰扭傷了，後來就幹不了體力活，被工廠辭退了。為了供兩個孩子上學，他想盡各種辦法，後來便養了幾隻羊，眼巴巴等著羊長大。這年尹來川讀高一，尹來燕讀初三。可能是因為供兩個孩子上學的壓力越來越大，一隻羊長一兩年都賣不了幾個錢，他又受血頭慫恿說血是可以自己再長出來的，就像莊稼一樣，割了一茬又長出一茬，又不需要什麼本錢和技能，簡直就是生財的好門路。他大約覺得這生意確實划得來，除了一點血，身上什麼零件都沒少，而那點血，過陣子自己就會再長出來的。

那天中午尹太東一進門，尹來燕就覺得他身上有點異樣，怎麼說呢，他的表情好像一尊站在高處的石像，高大潔淨肅穆，步子卻輕盈異常，簡直是飄著走進來的。她忽然就無端地覺得恐懼。他進了屋從口袋裡掏出一包餅乾，貢品似地擺在桌上最顯眼的地方。然後他坐在椅子上等著麵條端上來，他坐在那裡佝僂著背，兩隻手撐著椅子壓在屁股下面，兩條腿麻花在一起，看起來就像一個在邀功請賞的小孩。大約是自恃這麼多年沒有為這個家做過什麼壯舉，偶爾這麼壯舉一回便不能沒有犧牲的快感。為他人流血從來都是一件值得驕傲的事情，更何況他一下為三個人流血。他用他的血養了老婆和孩子。

看他的表情，似乎他是剛從戰場上退下來的戰士，剛剛浴血奮戰過，身上的每一個毛孔裡還留著濃烈的血腥和炮火的餘香。因為腰不好，這麼多年手不能提肩不能挑，想不到，現在，流了一點鮮血就把他點著了，簡直要冉冉成仙了，他周身熱血沸騰，火光四濺，進了家門半天了還久久不能熄滅。那天中午他破例吃了兩碗麵，大約覺得理直氣壯，還覺得進食越多便能愈發迅速地發酵成血液。這腔血液成了他一個人的林子，只要他想他便可以隨時進去砍幾棵換錢用。

事實上，從此以後尹太東確實是這樣做的，需要用錢的時候就隨時走進自己那片林子砍倒幾棵樹賣錢。原來賣血也會讓人上癮的，相比之下，錢倒不是最主要的，倒是那種近於壯烈的犧牲感讓人不能不上癮，好像自己變成了一個可以被無限制重複使用的英雄之身。都是平日裡猥瑣平庸慣了的人，一旦做一回英雄便忍不住上癮。

尹來燕越來越不安，早晨醒來她只要看到桌上擺著一大碗鹽水就徒生出一種巨大的絕望感，似乎她正一個人走在血色的戈壁灘裡，一切都泛著血光，而她在前後左右看不到一個人。

尹太東又要去賣血了。她攔不住他，只能儘快逃掉，躲開。他出去賣血經常要在中午才回來，麵條下鍋已經熟了，母女三人就坐在桌前守著四碗麵條木木地等，誰也不敢先動一筷子麵。似乎誰要先動了第一筷子，那裡就是一個傷口，就會有血源源不斷地從裡面湧出來。他們都覺得害怕，她看出來了。害怕的其實不是她一個人。冬天的陽光斜斜從窗戶裡落進來一束，他們母子三人像塵埃一樣被罩進了這束陽光裡。

她忽然之間覺得，他們三人就好像隔壁那個常年生著風濕病的女人。那女人因為飽受風濕之苦，不知從哪裡弄來一個偏方，就是生飲毒蛇血。她曾經跟著別人跑到隔壁專門去觀摩那女人是怎麼喝蛇血的。不知女人從哪裡託人弄到的毒蛇，蛇還活著，盤成精緻的一盤，看上去像盤蚊香似的，然後牠被人捉了起來，按住七寸。三角形的蛇頭不能動了，蛇尾懸了下去在空中絕望地亂擺。女人伸出因為風濕而嚴重變形的雙手，一手捏著亂擺的蛇身子，一手哆嗦著剪掉了尾尖，蛇血從裡面汩汩流了出來。女人把嘴湊上去，用嘴咬住那個創口，開始吸蛇血。毒蛇開始漸漸變僵變青，女人一心求生，又大約要在北方弄到一條毒蛇是千方百計的，所以對最後一滴蛇血都不肯放過，她像嬰兒一樣咬著那蛇尾又認真吮了半天才慢慢放開死蛇。吸完血的女人的眼神是散的，但黑白分明異常凜冽，散發著青銅的氣息。嘴唇周圍塗了一圈猩紅的蛇血還沒來得及擦去，使她的嘴唇看起來妖冶肥碩而又無比鮮豔。突然之間她像想起了什麼，也許是想到她快好了，便微微咧嘴一笑，紅唇之間露出了一抹森森的白牙。閃耀著只屬於白骨的釉光。

現在，她看著母親和哥哥的嘴唇，忽然發現他們被北方的冬天風乾的嘴唇也是血紅色的，似乎隨時都會燃燒起來，都像是剛剛喝過蛇血的嘴唇。就在這時，尹太東回來了，大約因為又少了一筒血，他看上去無比輕盈，簡直是飛著進來的。尹來燕驚恐地看著他被陽光擠壓到地上的影子，她突然發現那影子只有那麼細那麼細的一縷，似乎放在手裡只有那麼小小一握，猶如幾根髮絲從手心裡拂過。

她的淚忽然下來了。母親嚴彩霞用指頭戳了她一下，快吃，麵焗了。說完她自己進了廚房端出一大碗紅糖水，然後又躲進去了。尹來川埋頭吃麵，始終不敢抬頭看父親一眼。他拿筷子的手嘩嘩抖著，麵吃得極快，簡直是直起喉嚨倒進去的。匆匆倒進去之後他也落荒而逃不知去向。桌子前只剩下尹太東和尹來燕了，尹太東脱掉棉衣，只穿著一件毛衣，這件毛衣是嚴彩霞用各色毛衣的零頭拼湊的，一道紅一道藍一道綠，他穿在身上像披掛著一道彩虹一樣，有一種驚心動魄的旖旎，這旖旎越發把他的臉色襯得雪白。父親一口一口喝著紅糖水，末了又想起了什麼，掏出一包餅乾塞給了尹來燕。他還衝她眨了眨眼睛，意思是不要吱聲，自己一個人吃掉吧。在接過餅乾的一瞬間，她觸到了他的手，她渾身一顫，那手像一塊寒涼的大理石碑。她猛地跳了起來，把那包餅乾扔在地上，像癲狂的馬一般跳上去，一腳一腳地踩踏著那包餅乾。披著彩虹的父親面目模糊地坐在那裡一動不動，像一座真正的石碑，沒有人過來攔她。

半年以後尹太東被查出染上了愛滋病。他是縣城裡被查出來的第五個愛滋病人，其他四個也都是因為賣血。那個黃昏放學回家，尹來燕一推開院子的門就嗅到了一種詭異的安靜。這種安靜使整個院子看起來有些陰森，隔著黃昏裡遲鈍的光線，就像隔著一層玻璃看著這院落。她試探著往前走了兩步，終究覺得哪裡陌生，她忽然明白了，大黃不在了，牠沒有跑過來迎接她。她站在那裡怔了幾秒鐘之後跌跌撞撞地衝進了屋裡。屋子裡沒有開燈，黑暗的輪廓看上去無比堅硬，這團黑暗裡含著一個孤影，是母親。父親不在，他的幾件衣服也都不在了。

尹來燕一路向卦山腳下跑去，縣城就坐落在卦山腳下，她幾乎要跑步穿過整個縣城。她像個長跑運動員一樣一刻不停地跑，一直跑到把黃昏裡最後一絲光線消耗殆盡，跑到月亮升起。在不遠處的山影裡含著一燈如豆，因了那山影的巋巍猙獰，這一點燈光愈發淒清瘦小。她用最後的本能划著兩條腿向那點燈光跑去。

那點燈光是從一間低矮的茅屋裡散發出來的，不知道這山腳下的茅屋以前是做什麼用的，現在成了幾個愛滋病人的收容所。旁人容不得他們再住在縣城裡，住在人群裡，彷彿他們已經成了核武器，隨時都會爆炸，都會殃及周遭所有的活人。而他們自己一旦知道自己染病，也便自覺地遠離人寰，只躲到這最僻靜的角落裡等死。歪斜的木門合不攏，扭出了屋裡幾道慘淡的燈光，使這茅屋看起來愈加神祕可怖，彷彿它並不是真實的，只是被什麼鬼魅變幻出來的，而父親也根本不在這裡。

她掩著兩扇快要裂開的肺葉，推開了那扇門。屋裡呆呆坐著四個男人還有一條狗，他們正在這裡等死。其中那個穿著彩虹毛衣的正是尹太東，而那條臥在他腳邊的狗正是大黃。狗不怕傳染上愛滋病，跟著他來作伴了。其他三個男人默默地出了屋子騰地方，想來也是習慣這場面了。屋裡只剩下了這父女倆還有一條狗。她大口喘著氣看著眼前的男人，他離她不過兩尺開外，現在她伸手就能搆著他。可是，她卻絕望地發現，她無論怎樣搆都跨不過去了，無論使出多大的力氣她都接近不了他了。他和她已經不在一個世界裡了。他成了一個沒有明天的人，她見到他的每一次都可能是最後一次，可是她不甘心，現在，如果能夠讓他活下去，她願意把她所有的血和他換掉。她想抱住他，從小到大她都沒有抱過他。可是他往後一躲，他害怕碰到她，他害怕他的病會一不小心濺到別人身上。父親只是遙遠地看著她，使勁對她笑著，笑著，他一邊笑一邊嘩嘩流著淚。

尹來川退學了，同學們一見他就遠遠躲開，彷彿他也是身患愛滋病的，也是會隨時傳染給別人的。更重要的是，父親不可能再去掙錢了，這個家沒有經濟來源了，他決定出去掙錢，讓妹妹繼續上學。他在一個清早拎著一只小小的行李坐著長途汽車離開了縣城，去送他的只有嚴彩霞一個人。尹來燕每天下午一放學就往山腳下跑，為了節省時間她騎上了那輛生鏽的加重二八自行車，自行車過於笨重，她個子不高，騎在上面腳都是懸空的，像玩雜技一樣。她拼命踩自行車，左扭一下再右扭一下。她要去給尹太東送飯，她每天給他帶去手擀麵，小米稀飯，紅薯，南瓜，雞蛋。她慫恿嚴彩霞先後殺了兩隻雞，再然後又一隻一隻地把羊宰了。嚴彩霞下不了手，她把嚴彩霞一推，對著羊的脖子閉著眼睛就戳進去一刀。滾燙的羊血濺了她一臉。

她還偷出嚴彩霞攢下的一點錢，她從衣櫃裡蓆子下面把錢搜出來，然後到卻波街上的雜貨店裡揮霍一空，她恨不得店裡所有的食物都買下來給父親。父親一輩子什麼都沒有吃過就要死了。她用盡全力地不想讓他白活一次。她唯恐再不買就要遲了，就來不及了。

她從沒有這樣拼命地與時間賽跑過，連一寸都不願放過，她想把它們牢牢捏在手裡恨不得把它們榨出汁來。

二

尹來川第一次寄錢回來了。他只說在省城找了份工作，並沒有說做什麼。趁著嚴彩霞出去的時候尹來燕開始翻箱倒櫃地找那點錢，可是那點錢好像已經生出根了，已經很深很深地扎進泥土深處了，她連一點錢味都聞不到。快落山的太陽把最後一縷光線打進了窗戶，穿過鏤空的木格窗子，一縷一縷地落在滿地的狼藉上。它們隨著陽光的腳步悄悄改變著形狀，好像長出了一地繁花一般的祕密。然後，窗外徹底黑了，陽光齊窗被剁掉了，這黃昏裡的光線，從生到死就那麼幾分鐘。

她在黑暗中久久呆坐著，她明白了，嚴彩霞已經知道錢是她偷走了，她一定把錢隨身帶走了，藏在最貼身的地方，除了她自己沒有人能把手伸進去把錢拿走。她居然開始防她了。大約她覺得把錢全部用在一個快死的人身上就像在填一個無底洞。還有活人更需要那點錢。

她走到院子裡，月亮上來了，蒼白巨大而寧靜。它懸在那裡忽然把世間的一切都壓下去了，一切的一切在這月光裡忽然都脆弱得近於透明，她看著自己的雙手，也是透明的，她都能看到藍色的血管在皮膚的下面靜靜流動。就在那一瞬間，她明白了，這血，從來只有為別人流出來，才能消除一切罪過。

她出了院門，卻波街上空無一人，在月光下像條隱祕而古老的河流，多少祕密都被這深夜的河流帶走了，永不再回來。而這河流的兩岸，千百年來依然枝繁葉茂，在剛剛變冷的屍體上便生長出了嬰兒新鮮的啼哭。誰都不過是這河裡的一滴水，哪種生命都不過是這其中一滴水，轉瞬即逝。她抬頭看著月亮，與宇宙間的這隻獨眼久久對視著。然後，她冷冷一笑，跨過最後一級台階，縱身跳進了滿街的月光裡。走在卻波街上，她清楚地感覺到，她整個人都變透明了，她徹底變成了一滴水，融化在了亙古的月光之河裡。

尹來燕緊走幾步，大槐樹下的雜貨店還沒有打烊。武連生一個人坐在櫃檯後面聽著山西梆子昏昏欲睡。武連生有五十多歲了，老婆早死，一女遠嫁，一兒不務正業，剩下他一人沒日沒夜地守著這雜貨鋪，手頭略有盈餘便會被兒子剝削走。不過他很享受這剝削，就是靠著這點剝削，他的兒子才會帶著孫子頻繁登門。好像他是個放鴿子的，兒子和孫子是大小的鴿子，線牽在他手中，他就不擔心鴿子們會飛跑。尹來燕走進去看著架子上的食物，他睜眼看了她一眼又閉上了，繼續搖頭晃腦聽梆子。尹來燕盯著一包太谷餅看了半天，沒有吭聲。半導體裡的《打金枝》正告一段落，一聲蒼涼的梆子截住了淒厲的嗩吶聲，武連生忽然睜開了眼睛。

尹來燕臉上沒有什麼表情，看了他一眼，指了指那包太谷餅，太谷餅拿到手裡她又用堅硬無比的手勢指了一盒罐頭。一堆食物像墳冢一樣堆在她和他之間，她始終沒說一句話，最後，她的目光越過這墳塚，帶著墳地裡的一絲詭異，陰冷，硬硬地落在了他臉上。他們靜靜對視了半分鐘，然後他向她慈祥地招招手，進來坐會。

她安頓好一堆食物，唯恐被人搶走，然後低頭走進了櫃檯裡。武連生正坐在一把竹編躺椅上，她進來了他也沒有動，等到她一步步走近了，他才指了指自己的腿，坐這。尹來燕坐在了那兩條乾枯的大腿上，她屁股坐在他腿上，上身卻努力不挨著他，於是便像蛇一樣牢牢直立著，眼睛死死盯著那堆吃的。武連生一聲不響地上下摸索著，從乳房摸下來摸到屁股。尹來燕一聲不吭，也不回頭，只是脖子越發僵硬了，似乎嘴裡隨時都會吐出一條駭人的芯子來。摸了半天，武連生開始解自己的褲帶。兩個人還是那麼坐著，都面朝門外，好像一個孫女被爺爺抱在懷裡一樣，溫暖，慈祥，釅熟。

尹來燕提起褲子抱起吃的就往山腳下跑。她跑過一條街又一條街，每一條街上都幾乎沒有人影了。到處是月光，水一樣的月光，她淌著月光深一腳淺一腳地往前跑，懷裡緊緊抱著那堆食物，她抱著它們就像抱著一個新生的嬰兒。這巨嬰軟弱而邪惡，它們附在她懷裡一動不動，卻似乎正吸著她的血，靠著她的血液轟然膨脹著長大著。有那麼一刻，她突然便覺得出奇的疲憊，她真想把它們扔下，扔到曠野深宵裡，讓它們快快餓死，快快消失，可是她不能。相反，她喜歡這種被啃噬的感覺，她喜歡它們吸出她的血液，她甚至覺得它們其實不過也是父親的一個部分，是父親身上走失的器官。

前面就是那一點鬼火般的燈光了，孤寂的父親正在燈下等著她吧。這種深宵裡的絕望等待忽然讓她有了一種近似於狂歡的感覺，一邊狂歡一邊疼痛，二者都向極致飛翔。她一邊加快了速度，一邊對著夜空裡的月亮笑了起來。前面就是那點遠離人寰的燈光，還有那溫暖忠義的犬吠。一步之遙的時候，她的淚終究是下來了。

此後半年就是這樣的節奏了。每每她在夜色下拐進雜貨店，什麼話都不說。她不願看武連生的臉，也害怕看見他滿是老年斑的脖子，他幾下完事，她則拎吃的走人，每次必不說話也必不回頭。兩人像生意人接頭一樣簡潔明瞭，沒有任何繁文縟節，三點一線比從血肉裡剔出的骨頭更加冷硬。

秋天，她發現自己懷孕了。她沒有告訴任何人。日復一日地往山腳下跑。山腳下有幾棵粗大的棗樹和柿子樹。她每往過走一次，便發現樹上的葉子少了些，直到後來，樹上的葉子幾乎已經落光了，只剩下金色的柿子和鮮紅色的棗還瑟瑟掛在枝頭，掛在藍得嚇人的蒼穹之下。她踩著厚厚的落葉站在樹下，想這果子熟透了就會落下去腐爛吧，它裡面的種子便會長出一棵新的樹來。做一棵樹是多麼好，如果人也可以這樣，她一定要把父親埋在這樹下等著長出一個年少的父親來。那時候，她看起來會不會像他的母親？她摸著自己悄悄隆起的肚子，這裡面也有一粒種子，她該怎麼才能殺死它。

然而，在她還沒有來得及處理這粒種子的時候父親死了。他死於一場感冒，一場感冒便可以要他的命。死的時候父親只剩下了七十斤，她那些偷來的搶來的靠賣換來的食物沒有讓他多長出一兩肉，相反，他在急劇地瘦下去，乾枯下去，直至蒸發。他身上仍然穿著那件彩虹毛衣，安靜地蜷縮在蓆子一角。大黃躺在他的腳下一動不動，再沒有過來舔她的手。牠的頭和身體幾乎分離，只連著一點皮毛。牠被人割斷了脖子，人們擔心牠也被染了愛滋就急著把牠也結果了。

她一滴淚都沒有。兩年的馬拉松長跑榨幹了她的最後一滴淚。

就在那一刻，她決定把這個孩子生下來，它是罪孽的，可是這罪孽的源頭卻與父親血肉相連。沒有父親便沒有這個罪惡的孩子，那麼，它的一部分血其實就是父親的血。她留著它便是留著一個遙遠的面目全非的父親。沒有什麼可以阻止生命以另一種奇異的姿勢生長。

知道愛滋病人遲早要死的，尹太東這一死倒是讓人們鬆了口氣，似乎少了一個核炸彈縣城裡倒添了幾分太平，死了一個病人，人人覺得神清氣爽。就連嚴彩霞也跟著暗暗鬆了口氣，在最早得知尹太東染上愛滋的那天起，雖然也為自己的即將守寡悲慟不已，卻已經在心裡暗暗等著這天了。雖然無法想像這一天會什麼時候突然而至，卻知道即使七繞八拐也終究會迎頭撞上，而且連半絲躲避開的縫隙都沒有。而且尹太東自從染病之後不能掙錢養家就不說了，連一點家務活都幫不上忙，什麼都壓給她了，還榨乾了她僅有的一點積蓄。他去山腳下等死，她則開始當牛做馬，還要被人嫌棄，旁人連她的手都不敢碰，因為別人不知道她有沒有被丈夫染上愛滋，難道他們已經不在一起睡了？她賭氣去醫院做了檢查，等檢查結果出來，她喜極而泣，恨不得把檢查結果打印上一百張，見個人就朝他臉上貼一張。最後她把檢查結果往自家門口一貼，活像古時候城門口通緝殺人犯的告示。白紙黑字，殺氣騰騰。

為了養家，她開始去縣城邊上的鐵廠做工人，老闆把她當二十歲的小夥子使，每天要搬幾百斤的生鐵，還要在昏暗的車間裡鑄模型，經常加班到半夜，鐵人似的。一天下來連撒的尿也是生鐵味。埋了尹太東，她的眼角剛閒置出一個角來，就又被尹來燕異樣的肚子填滿了。她橫看豎看覺得不對，就像把鋼釺扎進了她的眼睛裡，一陣生疼卻拔不出來了。她把尹來燕關起來審問。尹來燕一口咬定不知道是誰幹的，她說她被強姦了。死無對證，她這肚子裡的嬰兒簡直就是個無頭案。說話的時候她一直低頭看著自己的鞋，鞋面上還縫著兩塊白色的孝布，孝布代表著死去的人還屍骨未寒。地底下的死人屍骨未寒，這地上的人卻已經懷上了另一條命了。在這世上簡直像趕場子，死一個就趕緊再生一個填補荒蕪之處。

嚴彩霞的淚流下來了，你才十七，你不想念書了嗎？你爸爸去賣血不就是為了能讓你把書念完？

她猛然仰起臉來直直看著她，目光明亮，嚴彩霞忽然有些毛骨悚然的感覺，她想是不是尹太東的死對她刺激太大了。可是她看上去並不痛苦。這時候尹來燕忽然笑了，她笑地粗聲大氣，好像哮喘病人一樣。她邊喘邊笑邊說，同學們都不敢和我坐同桌，生怕我會把愛滋病傳染給他們，他們都覺得我也是愛滋病人，覺得我全家都是愛滋病人，我不想上學了。

嚴彩霞不說話了，半天才忽然說了一句，你也不打算嫁人了嗎。尹來燕好像笑累了，頭又重新垂了下去，看著鞋上的兩塊孝布。她聲音喑啞渾濁，她說，不嫁，我陪著你。你，我，一個小孩，還有一隻貓。這麼多人在一起也夠了。

嚴彩霞悄悄把尹來燕送回了幾十里之外的外婆家，讓她在外婆家待著生產。這時候她發現她和尹來川徹底失去聯繫了，尹來川已經有兩個月沒有往回寄錢，也沒有寫過一封信回來。她每天晚上做噩夢，夢見自己站在小時候見過的大食堂外面，天上下著大雪，她站在屋簷下避雪，忽然看到食堂的灶坑裡躺著一個人。她以為是死人，走過去一看，是個渾身一絲不掛的流浪漢，正縮在火紅的煤渣裡取暖。這時候流浪漢忽然抬頭對她笑了一下，他的臉全是黑的，只有眼白和牙齒是白色的。她突然認出來這個流浪漢就是她的兒子尹來川。她還來不及大哭就從夢中遽然跌落出來，雖然明白不過是夢，可是夢中的白眼球和兩排白森森的牙齒還是像手電筒一樣在她眼前晃著，直往她的喉嚨裡心裡戳去。

她一個人伏在棉被上渾身打顫，忽然她像想起了什麼，翻身坐起，在屋裡翻箱倒櫃起來。她記得多年前曾有個老婦人送她一本《聖經》，她不記得自己隨手放到哪了。現在她忽然想起它來了，也只有它了。找了半天終究是找出來了，她突然像是見了久違的親人一樣，抱著它上炕，盤腿坐下，翻開了一頁。她只讀了一句便淚流滿面，「凡那受過痛苦的，必不再見幽暗。」她一邊大聲誦讀一邊渾身哆嗦。

在這個深夜裡她有一種奇異而陌生的感覺，她感到一種從沒有過的委屈和從沒有過的寧靜。她委屈到每讀它的一個字都會流淚，似乎每一個字都是一雙手在撫摸著她的頭她的臉，而她正變成一個孩子，正在無限小下去小下去。母親已去世多年，卻似乎又突然回到了她的身邊抱住了她。夜很深很靜，長得怎麼也過不去，就像已經走到世界盡頭了，沒有一個親人在她身邊，她便大聲地一段一段地讀下去。她有一種靈魂出竅的感覺，彷彿她已經被點著了，她正向上飄去飄去，似乎飄向世界的最虛空處便可以伸手搆到上帝的愛了。她忽然明白，絕望之處，上帝之愛便出生了。

月亮明如蓮花，彷彿真的有神明在這個世界上看著她。她繼續誦讀，「我的肉真是可吃的，我的血真是可喝的。論到一切活物的生命，就在血中。」

從這晚開始，嚴彩霞成了一名虔誠的基督徒。

三

生下來是個女兒，尹來燕給她取名尹東流。滿月剛過，她就帶著尹東流回了交城縣。

她教尹東流叫嚴彩霞媽媽，叫自己則叫姐姐。對旁人則說這是嚴彩霞剛從村裡抱養來的小孩，人老了又沒了男人，總得有個作伴的。旁人嘴上打著哈哈，可不是，養兒活女嘛。心裡卻個個架著探照燈朝著尹東流臉上照來照去，從她五官的縫隙裡猜測著父親是誰。

尹來燕有時候把正在啼哭的尹東流扔到一邊由她哭去，自己則悶聲不響地專注地盯著她看，就像鑑賞著一個剛從外星球上降落到地球上的可怕物種。她使勁朝著她眼睛裡看，就像隔著一扇窗戶一定要窺視到裡面究竟有什麼，她想知道這個小物種的身體裡究竟囚禁著什麼，她是不是像祭祀死人的魂器一樣儲存著另外的靈魂在裡面？只要一揭開，那些魂魄就會一個一個從魂器裡跑出來。她發著抖伸出一隻手向小孩的頭頂摸去，似乎那裡正有一個可以揭開的蓋子。那裡毛髮稀疏，天靈蓋還是軟的，似乎只要她輕輕一用力，那裡就被戳開了。小孩哭得更凶了，眼淚鼻涕糊了一臉，她盯著她醜陋的嘴臉，忽然心軟了。

追溯到源頭，如果當初父親不去賣血，那根本就輪不到這個新物種來到世間，所以，她也算父親在這個世界上的一份遺物吧。所有的物質形式只會轉化而不會消失，那就是說，父親流掉的那些血並沒有消失，而是轉化成另一種形式復活了，那就是尹東流身體裡的血。可是，她身體裡還有更多的血，有尹來燕的，有嚴彩霞的，還有更骯髒的血，她像一只容器盛放著這世界上最深最暗的那些角落，真是個怪物。她不能不厭惡。尹東流哭得愈發凶了，尹來燕忽然又想，其實她來到這世界上也不過是受苦來了，也是可憐。於是便抱起她，彷彿是抱住了她自己，嬰兒哭累了，最後自己睡著了。她睡著了很輕，像一葉睡蓮一樣浮在她懷裡，似乎一陣微風便可以把它吹走。她抱緊了她。

無論如何，她還是不願帶這個孩子，於是她便和嚴彩霞換了一下，她去鐵廠掙錢而嚴彩霞在家帶孩子。嚴彩霞一邊帶孩子一邊養了一頭牛犢，兩隻角禿禿的，眼睛裡一碧如洗，能盛得下兩座湖泊，簡直讓人想躺進去。嚴彩霞每天早晨起來先對著牆上的十字架做一番禱告，祈禱她的兒子能平安回家，祈求天上的父給她一點慈悲，饒恕他們這些地上的罪人。她終日勤勉而安靜地幹活，背影肅穆得像個修女，似乎整個院子都是她的教堂。她幹活的時候，尹東流就和牛犢玩，花貓臥在牛犢背上晒太陽，尹東流靠著牛犢睡著了。牛角上還掛著她的奶瓶。

在鐵廠幹活受點傷是常事，不是被生鐵砸了腳就是被飛濺的鐵水燙了手。旁人受點傷都大呼小叫，流點血那就更是房子著火了，恨不得把消防車叫來救急。唯有尹來燕是例外，一次她的胳膊被生鐵劃了一道口子，血像蚯蚓一樣左一道右一道地爬滿了她整條胳膊。旁人看得直吸涼氣，只有她自己視而不見，她扛著一條血淋淋的胳膊更加賣力地搬東搬西，人們紛紛為她讓路。後來人們發現她不僅不怕流血，相反，她好像很享受流血。休息的時候，她瞇著眼睛，專心地盯著自己身上那道新鮮的傷口，像戰士身上新添了一枚軍功章，簡直是愛不釋手。輕易決不去包紮，一定要讓它鮮血淋漓地敞亮在光天化日之下才覺得舒服。每當尹來燕微笑著盯著自己的傷口看的時候，旁人的背上都覺得涼颼颼的，覺得她簡直是一見血就兩眼放光，恨不得整個人都能從那傷口裡鑽進去，鑽到血管裡去。

不管旁人怎麼想，尹來燕仍然專注地玩賞著自己的傷口。血滲了一會便自己凝固了，她覺得有些遺憾，就好像親眼看著一堆火小下去了，小下去了，她有些著急，她急於取暖，恨不得再把這堆火撥旺一點，燒成熊熊大火才好。這火光炙烤著她的時候，她便覺得她周身的血液正在起一種奇妙的化學反應，似乎，她與死去的尹太東之間正發生著一種更複雜的血肉相連。而那一個又一個的傷口便是他們相連的通道，從這裡進去，他便在她血中。

因為不及時包紮治療，她的傷口經常感染，這次也本來只是一道不長的血口子，結果後來就開始發炎潰爛，整條胳膊腫得透亮，裡面都能養魚了。廠裡怕她再待下去還得負責給她截肢，便趕她回家休息。

三個女人便終日守在一個四合院裡。一個終日仰視著牆上貼的以馬內利，周身像是被教堂裡的大理石砌出來的，清涼安靜。一個浸透了生鐵的清鋼凜冽，又冷又硬，還像烈馬一樣暴躁，動輒便是一個耳光飛到了嬰兒身上。另外一個小的剛能牙牙學語，開始能準確地叫出媽媽和姐姐，她在一剛一靜中費力夾生著，像溶液一樣混沌而沒有形狀，到處流淌。幸好她已經學會了走路，尹來燕打她她便投靠嚴彩霞，嚴彩霞忙得顧不上她，她便湊過去和牛犢和花貓相依為命。牛犢的兩隻角之間是她額外的搖籃。三件質地不同的容器放在一起，自然免不了磕碰，但每天的日出日落仍然分毫不差地降落到這個院子裡，太陽和月亮交替籠罩著這四角的天空，不厭其煩地製造著這地球上雷同的生生死死。

尹來川再沒有寄回來過一分錢。也沒有寫來一個字。尹來燕到處給人幹雜活打零工，織毛衣，編蓆子，砸核桃，挑房梁。她終日拖著一根油膩膩的麻花辮，像個女壯漢一樣走街串巷四處謀生。生完孩子之後她居然又長了幾厘米，又因為常年幹體力活，身形魁梧了不少，看起來比原來大了一號，都能把以前的她裝進去。過年時，在街上免不了要碰見在外地讀大學的昔日初中同學。她們假期裡回家了，一碰見她們她立刻用圍巾把嘴捂嚴實了，像做賊一樣溜走，實在溜不走了就把兩隻眼睛安到腦門上去，只看天，別的什麼都看不到。

回到家裡，她久久站在鏡子前面看著自己，如果換一種活法，她現在應該在讀大幾？她會不會也像那些讀了大學的同學回了家就滿大街地裝逼，騷氣十足地炫耀？原來，如果可以換一種活法，她現在還不過是個學生。是啊，她才十九歲，連二十都還沒有出。二十歲之後的所有誘惑對她來說都已經是海市蜃樓，那些女學生成了她永遠都觸不到的天上人間。她細細看著鏡子裡的自己，其實她也並不老吧，可是，那個兩歲的孩子又是從哪裡來的？她總不能把她趕回去，總不能再把她塞回去。她解開身上的衣服，脫光了，像解剖屍體一樣看著赤身裸體的自己。兩只乳房因為哺乳已經下垂了，口袋似地掛在胸前，肚子上有一圈一圈噁心的妊娠紋，它們像樹的年輪一樣會告訴人們她實際的衰老程度，她連砍都砍不掉它們。再往下，雖然只被一個老頭子出入過，卻也不能再給自己安上一個貞潔烈婦的名頭。再說了，那也是等價交易，有買有賣，她不能讓自己下賤地去訛他，就算賣也是要有骨氣的。至於嫁人，何必呢，她要留著自己。省得男人們對她挑三揀四評頭論足，像鑑別牲口一樣鑑賞她的牙口與生殖能力。鑑賞她可有愛滋病。老子自己有兩隻手就死不了。她感到了一種幻想中的偉大勝利，這讓她滿足。她對著鏡子冷笑。牙齒閃著寒光。

偶爾，極偶爾的，在缺吃少穿的時候，她會在天黑之後抱著尹東流去一趟武連生的雜貨鋪。仍是一脈相承的風格，進去不說一句話，惜字如金，似乎和武連生說一個字都是在浪費她的唾沫。她把尹東流往櫃檯上一放，自己則靠著櫃檯斜睨著裡面的武連生。尹東流一邊像隻蟲子一樣在櫃檯上蠕動，一邊盯著玻璃下面那些花花綠綠的糖果。武連生驚恐地看著眼前這爬來爬去的小孩，彷彿是一幫馬匪闖進來綁架了他即將撕票一般。他自然明白這孩子的出處，鐵證如山，無處躲避。既然齷齪不了不如磊落一回，再說尹來燕至今守口如瓶，沒有向旁人出賣他一個字，也是條好漢。他不能不對她心生敬仰。

他豪爽地指著貨架，意思是隨便拿。尹來燕夾著尹東流像挾持著炸藥包一樣走進櫃檯，開始拿架子上的食品。武連生還坐在那把破舊的躺椅上，他更老了，沒有起身，只拿眼睛盯著尹東流左一眼右一眼地看。尹來燕一不小心瞥到了他那懷抱，那懷抱看起來就像一把人肉椅子。猛然想起來昔日裡，她一陣噁心，抓起一只罐頭就想砸到武連生臉上。猛一回頭，看到武連生正和尹東流逗笑，他露出兩排巨大的黃牙，呲牙咧嘴地笑著。她又看到他的鬢角已經全白了，老年斑正在漸漸包圍他的五官。他越來越像一只變黑的香蕉了。再接下來就是流水，爛掉。我還要來，直到把你這老東西吃光為止。似乎不如此無賴便不足以解恨。她拎了東西抱著尹東流揚長而去，空氣裡還殘留著她的生鐵之氣，像個真正的馬匪。而事實上，不到山窮水盡她絕不輕易登武連生的門。

就這樣一年過去了，尹東流已經三歲了。她雖然聲音篤定地叫嚴彩霞媽媽，叫尹來燕姐姐，卻總是偷偷用詭異的神祕眼光打量著尹來燕，讓尹來燕一陣發毛，她開始懷疑，莫非血液裡的事情是怎麼也藏不住的？難道同一處流出來的血液彼此是有感知的？隔著千山萬水也能嗅到彼此的氣味？那麼，尹來川呢？他已經失蹤三年了，沒有人知道他的死活，她也無法嗅到他血液裡的氣息。嚴彩霞不止一次說要去省城找尹來川，尹來燕粗暴地呵斥著她，去哪找，省城那麼大，你連路也不認識，去哪找？再說你怎麼就知道他一定在省城，萬一他早去了別處呢？再萬一。她不說了，再萬一他早已經死了呢，連屍首都無處尋找。儘管未能成行，嚴彩霞還是年復一年地絮絮叨叨著，你說他怎麼還不回來，難道真的就死在外面了？說完她又開始向上帝禱告，一次一次地祈求上帝，憐憫憐憫你這些多災多難的兒女們吧，我們知道自己罪惡深重，不可饒恕，我天上的父，給我們一個安寧的靈魂吧。給你的兒女們一個安寧的靈魂吧。

她伏在十字架前，淚流滿面。不遠處，尹來燕凶狠地鍘著牛草。再不遠處，尹東流一個人撅起屁股在玩一隻螞蟻。

真有一日長於千年的感覺。

然而這天，突然來了一個陌生女人敲門。

是尹來燕開的門。一個從來沒有見過的陌生女人，二十多歲，滿臉灰塵，頭髮散亂，渾身餿味，一副長途跋涉的樣子，但目光堅硬。尹來燕感覺來者不祥，一隻手死死攥著門把手做防衛。女人開口了，請問這是尹來川家嗎？一聽見尹來川三個字尹來燕渾身一哆嗦，彷彿來人是從地獄裡來報信的。在院子裡幹活的嚴彩霞也已經聽到了尹來川三個字，她扔下手裡的活飛奔到門口，咣一聲把門拉開，力氣之大讓尹來燕措手不及。嚴彩霞兩眼放光卻語無倫次，半天沒說出一個囫圇字，只是用力抓著女人的胳膊往裡讓。尹來燕陰鬱地看著她們，有一種不祥的預感。

嚴彩霞哆嗦著還沒來得及開口之前，女人先開口了，她說，阿姨，我叫張琴，以前是尹來川的女朋友。張琴臉上沒有多餘的表情，盡是疲憊和冷漠，尹來燕一驚，覺得此話下面暗藏殺氣。

張琴頭髮蓬亂但口齒清晰，顯然是有備而來。她的語調已經由開始的扁平漸漸升向了豐富，她的大致意思是，她和尹來川談過戀愛，並在一起同居了一年。他們兩人都沒什麼正經職業，有段時間都吃不上飯了，她的姨媽就借給她十萬塊錢讓她做點生意，等賺了錢再還她。不料，他們在一起不僅生意沒做成，還把她姨媽借給她的十萬塊錢揮霍一空了。錢花光不說，還問別人借了兩萬塊錢的高利貸。然後尹來川就扔下她跑了，不知道去哪了。高利貸主每天逼債，說要是再不還債就剁她幾根手指頭。她實在借不出一分錢了，就想到以前尹來川和她說起過他家鄉在哪。她便坐著長途車來了交城縣四處打聽，就這樣一路找過來了。

嚴彩霞和尹來燕都一語不發地聽著，聽完了仍是一語不發。嚴彩霞的第一反應是狂喜，這是半年前的事情，那就是說，尹來川還活著，還手腳囫圇地活在這個世界上。天上的父啊，感謝你的恩賜。她在心裡畫著十字架，勉強按捺著巨大的狂喜。尹來燕的第一反應則是，這女人是來討債的。狂喜過後，嚴彩霞也開始慢慢復甦，撿起了張琴拋下的裊裊餘音。十萬塊錢？兩萬塊錢的高利貸？她沒有聽錯吧。然而，她確實沒有聽錯，張琴大約覺得自己這麼長途跋涉而來也實在沒有必要再為自己做什麼掩護，她目光凜冽地看著眼前這對母女，話語擲地成金石聲，阿姨，我是實在沒有辦法了才找到這裡。十萬塊錢是他和我一起花掉的，兩萬的高利貸也是他借下的，現在光利息也有兩萬了。十萬加四萬，一共十四萬，他最少應該還我一半，我找到這就是為了把這錢要回來。阿姨，你拍拍胸脯，你兒子花完錢就跑掉，然後讓逼債的剁掉我一根手指頭嗎？

七萬塊錢。嚴彩霞和尹來燕都倒吸著涼氣。她們母女倆日夜辛苦至今也攢了不到一萬塊錢，卻忽然有七萬塊錢的債務從天而降，簡直是要把她們砸死。而且，這七萬塊錢她們從沒有享受過一分錢。尹來川替她們花了，讓她們來還。嚴彩霞極力調整著臉上的表情，她訕笑著，姑娘，我們從來沒見過你，你說認識來川就認識啊，我們怎麼能信你的話？張琴冷笑，從口袋裡掏出一張東西往嚴彩霞眼前一亮，這是他的身分證吧。我早防著他會跑，就扣下了他的身分證，以免你們死不認帳。輪到尹來燕冷笑了，連身分證都扣下了，還說談過戀愛，你也真好意思。你這麼有步驟有謀略，我倒覺得你更像個詐騙犯。張琴繼續持以冷笑，面朝嚴彩霞，你兒子你總不會不熟吧，我和他睡了一年還不知道他身上什麼地方長著什麼痣嗎，我現在就細細講給你聽好不好。

尹來燕上前一步往張琴面前一橫，你這麼不要臉到底想怎麼樣？張琴把額前一縷油膩膩的頭髮一撩，掀簾子似的，面孔生冷凶狠，還沒聽明白啊，欠債還錢，七萬塊錢還給我我立馬走人。尹來燕雙手一叉，嘴角吊起一隻，他一個大男人怎麼會花你的錢。張琴冷笑，一個男人？你還不知道他這幾年時間是靠什麼活過來的吧？吃女人喝女人睡女人，死了女人再找女人。當初就是我把他從另一個老女人手裡接手過來的，因為他滿足不了人家，被踢出來了。是我收留了他，不然他早餓死了。

嚴彩霞忽然掩住臉嚎啕大哭。

三個女人像個冰冷的鐵器一樣對峙著。尹東流從她們中間穿來穿去，看看這個再看看那個。像從一扇門游進另一扇門。

四

尹來燕鼻孔裡噴著冷氣，伸出一個指頭直指著張琴的鼻子，那指尖掛滿了冰霜。她的聲音像剛施過肥的莊稼，茁壯生猛，一個字一個字從牙縫裡蹦出來，想來詐錢？窮瘋了吧，你也不照照鏡子，就你長成這樣哪個男人敢上你。我再說一遍，你滾不滾？張琴把幾天沒洗過的頭髮使勁往後一甩，兩隻小眼睛露出凶光，想來她在額前遮著長髮大約也是覺得自己眼睛不好看。她細長的頭高高昂了起來，像一把隨時要出鞘的劍。花了女人的錢還要賴掉，還不如早點死了的好，省得禍害人。尹來燕上前就是一個耳光，電閃雷鳴，咒誰死呢你，你要是什麼好東西怎麼能跟了他，你怎麼就不跟個好人疼你，還跑到我家門前耍潑。張琴被打地後退了兩步，然後捂住臉尖叫，你還打人？你們全家都不是人，我今天就死在你們家。說完就衝著尹來燕撲了過去，死死揪住了尹來燕的頭髮。兩個女人扭在了一起，密不透風，一時水火難進。嚴彩霞和尹東流一大一小呆呆站在一邊旁觀著，卻找不到一絲拉開她們的縫隙。情急之下，嚴彩霞又開始在胸前畫十字，開始祈求她天上的父，上帝啊，我的父親啊，快幫幫我們吧。上帝沒有顯靈，倒是尹東流忽然指著那團烏煙瘴氣的影子叫了一聲，姐姐流血了。像個裁判似的鎮定。

嚴彩霞定睛一看，果然，尹來燕的臉上已經被張琴的指甲劃了很長一個血口子，從嘴角一直劃到鬢角，看上去好像尹來燕的臉被生切成了兩半。嚴彩霞眼看上帝幫不上忙，正想著要不要上前幫女兒時，兩個女角鬥士已經見分曉了。尹來燕怎麼著也是在鐵廠裡打過鐵的，這兩年的鐵總不能白打了，生鐵味全鑽進胳膊裡去了。她三下五除二已經把張琴打得披頭散髮，雖然身負輕傷，領子也被張琴撕開了，還是打算一鼓作氣把她清理掉，她拖住張琴像拖麻袋一樣往門外拖，張琴拼死抵抗，兩隻手死抓住院子裡那棵棗樹不放。尹來燕又使勁拽她的腿，結果明晃晃地拽出了一截腰，好像把張琴整個人都拉長了一樣。就在這時，尹來燕猛然看到了張琴肚子上一圈一圈的妊娠紋，她手一抖，鬆開了。張琴兩手抱樹，兩隻腳像青蛙一樣撲騰，這當兒尹來燕已經被蹬了兩腳。尹來燕再次皺起眉頭，狠狠看了嚴彩霞一眼，嚴彩霞接到指令但手足無措，慌裡慌張地跑過來，後面跟著尹東流。尹來燕呵斥她，抬起來。母女倆一個抬手一個抬腳，尹東流提鞋，仨人合夥把張琴搬到了門外，往門外一扔她們就從裡把門拴死了。

鼓風機一般喘了半天氣之後，嚴彩霞忽然抬頭驚恐地看著尹來燕，這，合適嗎？尹來燕臉上的傷口腫了起來，半張臉跟著隆起來，一隻眼睛變小埋了進去。她冷冷說，就算她說的是真的，你到哪去偷這七萬塊錢？就是我們倆都把自己身上的血賣乾了賣得有了愛滋病也不值七萬塊錢吧。再說了，這七萬塊錢你花過一分錢嗎？嚴彩霞低頭看著別處，我是覺得她也可憐，渾身髒成那樣，估計這兩天都沒吃飯。尹來燕向屋裡走去，邊走邊扔下一句話，讓她活你就得死。尹東流蹭進嚴彩霞懷裡，媽媽我害怕。嚴彩霞抱緊了她，不怕不怕有媽媽在。

門一直拴到第二天中午，母女三人就在院子裡關著禁閉，院門外也沒有任何響動，被扔到門外之後，那張琴倒也沒有往死裡砸門。她沒有砸門，尹來燕反倒有些意外了。第二天中午做了手擀麵，吃麵條的時候嚴彩霞幾次看著門外，終於忍不住悄悄說，你說她走了沒？尹來燕不吭聲，她也正在想這個問題，也許已經走了吧，沒吃沒喝沒睡處，她不走還等死啊。母女倆心照不宣地來到門口，拔出門閂，推開一條縫往外一看，張琴正像座蓬頭垢面的石獅子一樣蹲在門口，寸步不離。尹來燕一驚，趕緊又關上門，生怕張琴撲進來。麵吃完了居然還剩下一碗，平時嚴彩霞做飯都是嚴絲合縫的，一粒米都不浪費。嚴彩霞自言自語，剩下也是剩下了，給那門外的吃了吧，權當打發叫花子了，總不能讓她餓死。尹來燕不吭聲，接過麵條又開了門閂，擠出一道門縫，像給監獄裡的犯人送飯一樣把一碗麵遞了出去。張琴接住了。拴上門，尹來燕站在那裡靜靜地聽門外的女人吃麵條。

一連三天，每天早晨一起來嚴彩霞便自言自語，今天該走了吧。然後悄悄露出一道門縫往外一看，石獅子猶在，簡直是巋然不動。她嚇得趕緊關上門，跪在十字架前開始禱告，讓上帝把她弄走。然後這一天裡，一日三餐每餐都必定會湊巧剩下一碗，送出去打發門口那女石獅子。母女三人在院子裡已經窩了三天三夜沒出門了，老不出門就像三個魯濱遜似得擠在天井裡肯定是不行的，沒個鹽沒個醋都得出門去買，她自家又沒開商店。可是這開了門又怕張琴會鑽進來賴下不走，尹來燕抿嘴冷笑，在院子裡是賴在門口也是賴，還要給她做飯吃，乾脆讓她住進來，看她住到哪天去。有本事她就一輩子住著，想要錢？想都不用想。

母女倆商量好之後，城門大開，坐在門口的張琴果然又披頭散髮地進來了。她三天三夜沒脫衣服沒洗臉，身上的臭味發酵了一般，愈發醇厚，三里地外都能聞到，簡直是在為尹家打廣告。她進了院子也不說話，大約也無話可說了，況且說了也是白說。她徑直往樹下的石墩上一坐，再次石化，全身只有兩隻小眼睛還活著，一會瞅瞅嚴彩霞一會瞅瞅尹來燕。一天下來她就那麼坐著眼睜睜地看著兩個女人蜜蜂一樣幹活忙乎，自己像個監工似的悠閒。做好飯了嚴彩霞還要給她遞到手邊，就差餵到她嘴裡了。尹來燕邊吃邊看著她吃，撇嘴說，搞得像我家的大爺似的，吃麵吃一大碗，還頓頓不拉，吃完還不忘喝湯。張琴邊吃邊使勁翻著白眼，絕不還口，她大約覺得還口也占不到便宜，打又打不過這鋼鐵似的女人。

晚上母女仨要進屋睡覺了，張琴還一個人孤零零地坐在月光下的石墩上，月光下的影子越發像頭莊嚴的獅子。嚴彩霞都上炕了，又一聲長嘆，晚上露水重，腰吹了她這輩子就別想好活了，才多大啊。把這床被子給她拿出去吧，讓她睡到廚房裡的板櫃上吧，好歹不要睡在地上。尹來燕衣服脫了一半又穿上，趕明兒你就該把她請到炕上來了，好吃好喝像菩薩一樣供著她。說歸說，她還是抱著被子走到了院子裡的月光下，對著樹下那獅子的影子說，喂，你到廚房睡去，腰吹壞了概不負責，我知道你訛人最拿手，只是看你到時候再訛誰去。我再告訴你啊，我爸可是賣血得愛滋病死的，縣裡人覺得我們全家都有愛滋病，包括我家的貓兒狗兒，你也不怕給你傳染上？說完哈哈大笑著揚長而去。

一週過去了，張琴不但沒走，在她家還賴出狀態了。晚上有處睡，白天有飯吃，認生期一過她倒也落落大方，不用招呼就把自己收拾起來了，水龍頭就在院子裡，又沒上鎖，她該洗臉洗臉該洗衣服洗衣服，衣服脫下來沒換的，她就光著身子晃著兩只乳房在院子裡晃來晃去，反正這家全是女人，哪個女人還沒個乳房，露出來想必她們也不稀罕看。人家露的還沒覺得怎樣，倒是嚴彩霞看不下去了，這畢竟是她家的地盤，在她家院子裡待著居然也待得像個野人一樣衣不遮體？上帝也不能饒恕她。她找出了尹來燕的衣服給她穿上，第一次問她多大了。張琴猶豫了一下，低聲報了一個數字，二十一。嚴彩霞嘆了口氣，造孽啊，你父母呢？張琴眼睛看著地上一隻爬來爬去的蟲子，木木地說，我父母早就離婚了，我判給了我父親，他天天去賭博，輸了錢回家就打我，我十五歲就從家裡跑出來了，跑了就再沒回去過。在一旁拓煤糕的尹來燕聽見了想，十五歲就無家可歸了，這些年裡不知道已經跟過多少男人了，大約是不管香的臭的，誰給她兩句體己的話暖暖她便跟誰了。也是可憐，看來這尹來川即使活著也大約活得不像人了。她又想起了張琴肚子上醜陋的妊娠紋，雖然難過，心裡卻又不由得一陣變質的快感。就好像有個人和她比賽疼痛，終於把她比下去了一樣，反而讓她舒泰。

她不說話，繼續拓煤糕。尹東流走到張琴身邊，拿出一塊糖炫耀，哎，阿姨，你吃不吃糖？我媽媽和我姐姐都不讓我吃，因為我的牙齒都變黑了，你看。她張開嘴，露出幾顆小黑牙。張琴故作吃驚地說，哎呀，牙齒都壞了，裡面肯定有蟲子咬你了。要讓醫生叔叔給你拔牙的，拔牙好疼的，要流好多好多血，嚇死人了。快把糖給我吧。尹東流恐懼地看著她，手裡還死死抱著那塊糖，唯恐被搶走了。然後趕緊掉頭跑掉，再怎麼跑也不過跑了個院子的對角線，到角落裡找她的牛犢媽媽去了。

嚴彩霞開始做飯了，火一直燒不旺。尹來燕滿手是煤騰不開手。張琴忽然走到嚴彩霞跟前說，阿姨我幫你生火吧。然後便蹲下來擺弄爐子。尹來燕一回頭，看到兩個一蹲一站的女人搭手幹活，看起來倒甚是和諧，不知道的人還以為是母女或婆媳呢。她心裡一陣泛酸，再加上尹東流不一會就跑到張琴面前去，連小孩子都不討厭她了？她把鐵鍬一扔，圍裙也不摘就幾步竄到了嚴彩霞眼前，指著地上的張琴說，你打算把她供奉到幾時？每天就這麼白白供著她的吃喝？我本來養你們兩個人，現在倒好，養成三個了，你是不是打算還要把她養老送終了？她又瞅了一眼地上的女人，說，蹲在地上的，我說你怎麼就好意思白吃人這麼多天呢？你這還真是找到免費的旅館了是吧？每天白吃人的飯也沒被噎住？我告訴你你是哪路神仙我不管，反正我是養不起你。我養的人已經夠多了。

地上的張琴蹭地站了起來，跳著腳說，什麼時候還了我錢我就走人，不還我錢我就把你家住穿，你還能把我半夜殺了滅口不成？尹來燕微微一笑，你是不是每和一個男人睡過都要跑到人家要錢去？那你要是睡過一排男人也早應該發財了啊，何苦風餐露宿吃這個苦？吃著人家施捨的一碗飯一件衣，連臉都不要。不過你要是真吃不上飯還要臉做什麼？確實，臉是世上最沒用的東西了。

嚴彩霞在一旁和稀泥，快不要說了，準備吃飯吧。尹來燕朝她一瞪眼，還吃飯，你就一直養著她去，你怎麼就不說她是個騙子呢，空口無憑就說人家欠她七萬塊錢，這不是訛人是什麼？還要每天好吃好喝款待她。就在這時，街上傳來了響亮的吆喝聲，是西街的墩墩在賣菜。

墩墩是個身高不足一米五的矮個子男人，平視過去永遠找不到他，必得彎下腰來滿地找，才發現他正好和人的襠部一般高。所以乳名叫墩墩，倒也算形象。墩墩個子雖矮，嗓門卻極洪亮，一聲吆喝全縣人民都能聽見，有雄雞一聲天下白的效果。據說墩墩母親個子就極矮，矮雖矮，年輕時卻頗為風流，懷著不知誰的孩子嫁給了墩墩的父親，一個種菜的老實人。這麼些年來，老父親仍然種菜，種各種各樣的菜，墩墩則開著三輪車走街串巷地賣菜。母親在家給父子倆做飯，對如今的生活很是饜足。逢人便說，日子過得多好啊，過年的時候想吃什麼吃什麼，過油肉丸子大燒肉，都能吃上一個月。一年一個月的葷腥讓她極為滿足，即使平素不見葷腥的時候也足以有美好的回憶可以支撐她到年底。她越老越肥，加上矮的底子，看起來越發像只皮球了。出不了遠門，每天就在自家門口滾來滾去，專等著老頭子和兒子回家。

一聽見墩墩的吆喝聲，張琴忽然一個箭步衝到了街上，倒把尹來燕嚇了一跳，平時可是拖也拖不出去的。不一會張琴又返回來了，她懷裡抱著一大堆蔬菜，蘿蔔胡芹茄子黃瓜南瓜，然後她把蔬菜當手榴彈，一樣一樣往尹來燕身上扔，邊扔邊念念有詞，吃了你的還給你，吃你多少了，都還給你，有本事你今天就把這堆菜都吃了，要不你虧大了怎麼辦？老娘不白吃你的，看把你嚇的，吃你兩頓飯就把你嚇得尿褲子裡了。尹來燕接住蘿蔔沒防著南瓜，還沒顧得上南瓜，茄子又飛過來了，她忙得像個球場上的守門員，她抓起地上的蔬菜死命再扔回去，張琴再扔過來。扔來扔去尹來燕嘴裡吼著不想活了啊，心裡卻微笑了一下，還算有點骨氣。還是稍微高看她一下吧。

院子裡熱鬧地打著內仗，嚴彩霞護著自己的鍋，生怕被飛過來的蔬菜砸翻了，尹東流忙得不知該給哪邊助陣。這時，嚴彩霞一扭頭忽然瞥見院門的縫裡探進一顆圓滾滾的頭來，是墩墩。他看到自己被發現了，便乾脆把半個身子也探了進來，唯獨把兩條短腿藏在外面，衝嚴彩霞熱烈地打了個招呼，嬸啊，你家是不是來親戚了，一下買了這麼多菜，平時你可是連斤豆腐都捨不得割的呦。張琴咬牙切齒地又把蘿蔔扔回去，抽空對門口的墩墩說，賣菜的矮子，明天你再來，我還買。

墩墩嚴格守時，活像只鬧鐘，不到中午就準時把嗓子亮在了卻波街的上空。果然，張琴又出去掃蕩了一批蔬菜回來。因為買多了搬不動，這次她還雇了個馬仔，雇墩墩把菜搬了回來。如今她成了墩墩的買菜大戶，墩墩自然願意為她效犬馬之勞。張琴看著屍橫遍野的蔬菜，就像將軍清點著對方死傷的士兵，不能不驕傲，她昂著頭，叉著腰，跋扈地看著尹來燕，喂，夠吃嗎？不夠我明天再買。尹來燕眉毛一挑，你敢買我還不敢吃？嚇誰呢？張琴跳著腳叫到，那老娘明天就再給你買，吃死你，矮子你明天再給我來聽見沒有。嚴彩霞忙說，快不要浪費了，買這麼多菜哪能吃掉，吃不掉的就都爛了。

內仗的烽火還在延續，又燒到第三天，墩墩又準時出現，趕都趕不走，張琴則第三次扛回了鋪天蓋地的蔬菜。現在院子裡的蔬菜已經堆積得像小山了，有些蔬菜已經開始爛掉，在自家院子裡開個賣菜鋪都綽綽有餘。嚴彩霞皺著眉頭快要求著張琴了，閨女啊，你不要再買了好不好，算求你了，再買就只能餵豬了。張琴一指尹來燕，不急，先餵她。墩墩還不願離去，站在一旁諂媚地看著張琴笑，看他的大客戶還有什麼要吩咐的。尹來燕指著他叫，墩墩你不要為兩個小錢就這麼巴結人好不好，看你那樣子都快要去舔她的腳趾頭了。墩墩不悅地看著她，大約在想，這女人為什麼還不出嫁？轉而又想，既然縣裡有女人沒出嫁他為什麼還打著光棍？尹來燕一眼看穿了他心裡在想什麼，冷笑一聲，在心裡還擊，老娘就是坐實了不嫁關你屁事，你不也光棍一條嗎？世上再沒男人了也不會嫁給你這矮冬瓜。

第四天墩墩又在門口吆喝，張琴又出去了，嚴彩霞和尹來燕都捏了把汗，心想這二百五的女人今天要是再扛回一堆菜可怎麼辦，那就真的只能餵豬了。張琴出去了一會又回來了，這次是空手，身後也沒跟著墩墩的短腿和媚笑。第五天，第六天，一直到第十天，賣菜聲一響，張琴便出去，過會再回來。到第十天出去之後她再也沒有回來。嚴彩霞和尹來燕站在卻波街上四處找她都沒見她的人影。後來有人說看見那女子坐著墩墩賣菜的三輪車走了。

院子裡忽然少了一個人，尹來燕和嚴彩霞都有點不適應，連尹東流都在四處找那個阿姨。奇怪的是，風雨無阻的墩墩忽然連著三天沒有來卻波街吆喝賣菜。第四天的時候終於聽到了熟悉的吆喝聲，尹來燕和嚴彩霞幾乎是不約而同地站起來衝到了街上。墩墩仍然開著他那輛三輪車，臉上有一種剛剛過完年一般的喜氣洋洋。母女倆圍了上去，墩墩稍微有點緊張，像是遇到了債主討債的表情。不等娘倆開口，他自己就先招了，是她願意跟我走的，我說我會對她好的，她就說那她嫁給我吧，問我要不要她。我說不和你家親戚說一聲嗎，她說不用，沒人會管她的。她就跟著我回家了。我們都已經辦事了，我今天還特意補了聘禮，準備給嬸送過來呢，怎麼說也是你家親戚，是從你家門口娶走的。這二斤點心三斤掛麵五斤豆腐你就收下吧，還是親戚嘛，以後咱還能串串門什麼的。

母女倆圍在三輪車前久久沒說出一句話來。

一直到晚上熄燈上炕了，尹來燕才在黑暗中說了一句，連墩墩這樣的男人她都願意跟，看來真是走投無路了，也是可憐人。嚴彩霞嘆著氣說，興許她說的話是真的，尹來川就是花光了人家的錢又跑了，也不知道他現在是死是活，我總怕他哪天就在外面被人打死了，晚上老是夢見他鮮血淋漓地站在我跟前。以後他要是回來了，和張琴碰見了你說可怎麼辦，那張琴會不會又問他要錢？這倒好，錢沒要著，她乾脆嫁到咱們門口來了。尹來燕一聲沒吭。

睡在一旁的尹東流在睡夢中說了一句和糖有關的夢話，然後這夢話又很快融化在了黑暗中。夜已深。

五

轉眼半年過去了，冬天又到了，西北風送來一場又一場的雪，起伏的土丘一夜之間被雪蓋住了，早晨看上去像是荒涼的墓地。棉衣一旦上身就像長在了肉裡，半年都剝不下來。

昨天半夜又是一場大雪，天還沒亮，嚴彩霞就聞到了雪的氣味，雪的氣味清冷凜冽，類似於舌尖觸到了鐵器的感覺。她無端地感到煩躁不安，便早早穿衣起床，先是跪在十字架下禱告了一番，然後用一塊毛巾包住頭護住耳朵，來到了院子裡掃雪。雪很厚，一腳踩上去就立刻把腳吸沒了。風乾的紅棗還一串一串掛在樹枝上，也被雪包起來了，從縫隙裡露出一星半點參差的紅，雪中紅骨似的。她拿起鐵鍬開始鏟雪，想著這雪夠給尹東流堆個大雪人了。

這時她忽然聽見院門輕微響了一下，一抬頭又沒聲音了。她懷疑自己是不是聽錯了，這麼一大早怎麼會有人上門？還下了這麼厚的雪。這種天氣都不應該出門，應該在鐵皮爐子上燉一大鍋白菜豆腐粉條，由著饅頭的雪白蒸氣填滿整間屋子。花貓在炕頭打呼嚕，罐頭瓶裡的白菜花在窗台上無聲怒放。這時門又輕輕響了一聲，害羞一般。嚴彩霞一怔，一種預感像蛇一樣陰涼地爬到了她的背上。她扔下鐵鍬幾步疾走來到了院門前，用力拔開門閂往外一看，就在院門前，刺眼的雪光中站著一個薄薄的人形。那人形佝僂著背，雙手插在兜裡，似乎凍得都站不直了，像個逃難的乞丐。雪最初的反光弱下去了，那個人形漸漸長出了五官，雖然四年不見，嚴彩霞還是一眼就認出了站在門前的正是她的兒子尹來川。

不知道他是半夜到的還是淩晨才到，只見他的手腳和五官都像剛從冰窖裡取出來的，又硬又脆，都有些凍歪了，似乎一碰就會碎掉，在火爐邊坐了半天了還沒有融化。他拖著凍僵的腳瑟瑟地跟她進了屋，光人一條，周身沒有任何一件行李，連個包都沒有。尹來川坐在爐邊烤火的時候，嚴彩霞突然發現，他的右手只有四個指頭，食指齊根被切掉了。切面很平整，可以想見應該是一把利刃或者是一柄雪亮的斧頭。他坐在那裡，面無血色，臉上有一道刀疤從左嘴角直劃到右眼角，還有兩個菸頭燙過的粉紅色的疤，星星月亮似地綴在他臉上，使他看起來有些猙獰。和他說話的時候，嚴彩霞又驚恐地發現，他少了兩顆門牙，兩顆最大的門牙沒有了，一張嘴就露出一個巨大的黑洞，說話的時候走風漏氣，像個癟嘴老太。她想，這兩顆門牙怎麼會沒有了呢，是壞掉了？然而，那黑洞也如指頭的切口一樣整齊，連點渣都沒留下，她不能不毛骨悚然地想到這一定是被人拿什麼敲掉的。她一邊給他擀麵條一邊偷偷窺視著他的身形，這麼冷的數九寒天，他只穿著一件人造皮革衣，腿上只裹著一條薄薄的褲子。他好像周身終於開始融化了，即使坐在爐子邊還是在全身發抖，不停地發抖。

尹來燕和尹東流也起來了，都坐在炕沿上默不作聲地看著他。事實上這屋裡的所有人幾乎都不做聲，只是默默地偷偷地窺視著對方。嚴彩霞在心裡做了一萬種假設，假設著他這四年裡究竟做了什麼，又究竟是怎麼過的。這一萬種假設像一萬只空桶一樣在她心間此起彼伏，互相撞擊，幾乎讓她站立不穩。她嘴上也說不出一句成形的話來，只有一兩個字零零碎碎地迸濺出去，坐，吃，快吃。一碗油潑麵下去了，又一碗下去了，又一碗。一碗一碗像落進一口大空桶一樣還有回音。老老少少三個女人像音階似的在炕沿上坐成一排，都看著他。她們都覺得他哪裡有點不對勁，雖然還是長著尹來川娟秀的五官，還是尹來川瘦長的四肢，但這具傷痕累累的肉身怎麼看都像是拼湊起來的。就像是另外一個人披著尹來川拼湊起來的肉身回來了，他的眼睛裡是空的，偶爾閃過一絲狡黠。

然而畢竟是個活人，起碼不是她們想像中的死不見屍。她們一邊要喜極而泣，一邊卻又忍不住毛骨悚然。真像看到了傳說中的風月寶鑑。

尹來川從回來就不再出門，終日蟄伏在屋裡，吃飯，睡覺，看電視。偶爾冒著寒風上個廁所急忙再溜回屋裡，似乎他一離開屋子就像魚兒離了水，呼吸不得。從回來後他每天幾乎不說話，似乎說話的功能也弱化了，每天睡到中午，起來吃頓飯，半夜睡覺前再吃一頓，看得出這是他這幾年裡養成的頑固的生活習慣，一時掰也掰不過來。自打他回來後，尹來燕就很怕看見他笑，他一笑就露出了牙齒上那個陰森森的豁口，雖是牙齒卻讓她感覺就像看到了剝了皮的羊露出的血淋淋的肉，似乎那豁口後面才是血肉。那血肉在陽光下還一跳一跳的，她親眼見過的，因為那羊就是她殺的。他一逗尹東流就要笑，因為尹東流叫他哥哥。只要一叫他就要忍不住笑，一邊笑一邊仔仔細細地盯著尹東流看。他大約是想把藏在尹東流身上的那半男人找出來，讓他現了原形。一次他好像忽然在尹東流臉上發現了什麼端倪，眼睛裡的狡黠一閃而過。這時候尹來燕正在旁邊做別的，猛然瞥見了他眼睛裡的這絲亮光。他們猝不及防地對視了一下，似乎本來正各懷心事，猛然發現身邊有人正窺視著自己，都嚇了一跳。他突然上下打量著她，像打量著一個陌生的女人，一個被男人睡過生過孩子的女人。她穩穩接住了他的目光，立刻便感知到了其中只屬於男人的探究，純屬性別，與血液無關。她咬著乾裂的嘴唇，手裡把一根改錐捏來捏去，眼睛亮得嚇人。

他還是沒被對方眼睛裡的亮光嚇退，指著尹東流，半笑著問了一句，要下多少錢？他的意思是訛下了那男人多少錢。尹來燕的眼珠子更亮了，似乎隨時都要點著射出去了。她嘴裡火光四濺地迸出來兩個字，死了。他被堵回去了，半天沒吭聲，然後又抬起頭討好地看著她說，怎麼也應該要下點的，以後用錢的地方多了，你告訴我是誰，這錢我給你去要，包我身上。駕輕就熟的口氣，似乎他這幾年裡就是專門做這個的，要錢根本就是個小意思。

她拖著尹東流出去了，把他一個人晾在原地。對於他離家這幾年究竟在做什麼，她不清楚，只是覺得神祕而可怖。他身上那些傷疤一直提醒著她，這四年的時光就像一扇黑洞洞的門，門後瀰漫著一種腐敗的可怕的氣息。她雖然好奇，可是只要不小心往前走一步都會打寒顫。

然而漸漸的，他身體上這些能看得著的傷疤已經不足以讓她害怕了，讓她更覺得恐懼的是他身體裡那些看不見的角落。一次他問她要衛生巾，她嚇了一跳，這段時間她總是發現廁所裡有斑斑點點的血跡，心裡還奇怪這是誰的血。因為她對血分外敏感，心裡早有了幾分害怕。今天尹來川忽然問她要衛生巾，這讓她的恐懼突然坐實了。她神經質地問了一聲，你要那個做什麼。他揉了揉鼻子，表情滿不在乎地看著別處，我直腸有問題，老是出血，老是把內褲弄髒，像個女人似的煩人。用衛生巾不是可以少洗衣服嗎？她腦子裡再次不可遏制地出現了很多可怕的畫面，關於他這四年裡究竟在做什麼的畫面。她一陣翻江倒海的噁心，弓著腰，跌跌撞撞地跑到了街上。午後的郤波街上看不到一個人影，她像隻受傷的貓一樣找了一個角落，久久地把自己埋進去不願出來。

幾天後清理一堆舊雜物的時候，她翻出了一個褪色的塑料皮筆記本，翻開一看，是尹來川上小學時用過的，上面密密麻麻地抄滿了各種名人名言。「書山有路勤為徑，學海無涯苦作舟。」「書是人類進步的階梯。」「寶劍鋒從磨礪出，梅花香自苦寒來。」「少壯不努力，老大徒悲傷。」她一頁一頁地翻過去，淚一滴一滴地落在了發黃的紙上。

這天中午嚴彩霞在做飯，尹來川從被子裡爬起來開始看電視。嚴彩霞邊和麵邊看著他的臉色，見他今天臉色還正常，便小心翼翼地問了一句，你認識一個叫張琴的姑娘嗎？他不回頭，眼睛看著電視，含糊地應了一聲，嗯，怎麼了？嚴彩霞低頭和麵，說，她找到家裡來了，說你花光了她的錢，讓我們還給她七萬塊錢。他還是不回頭，又問，那你們給她了嗎？她把和好的麵往案板上一扔，哪有那麼多錢給她，就是把房子賣了也不值那麼多錢吧。他不說話，呆呆地看著電視上的畫面。畫面跳出了廣告，他也不動，依然盯著那廣告認認真真地看。嚴彩霞便又說了一句，她現在離你很近，隨時都能過來找你。她嫁給賣菜的墩墩了。他這才回過頭來，似笑非笑地看著她，真的？她看著她這兒子的臉，忽然就無法控制地想流淚，她使勁搓著兩隻手上的麵魚，麵魚一條一條地滾落下去了，她說，你，真的欠人家那麼多錢嗎？

尹來川把臉扭向窗外不再看她。他像是在喃喃自語，那個女人，真像個瘋子，但是真的很可憐。我就是一直可憐她才不願離開，後來我實在待不不下去了，她把我關起來不讓我走。她要的其實不是我，也不是錢，她就是想要一點點愛，無論是哪個男人，無論這男人長什麼樣，哪怕是瘸子拐子只要肯給她一點點愛她就會跟他在一起，和他睡覺，為他花錢，為他傾盡所有，她都願意。我提出要和她分開的時候，她跪下來哭著抱著我的腿求我，說我只要不離開她怎麼都可以，我讓她做什麼她就做什麼。大約還是覺得我真正對她好過吧。我幾次想走都不忍心，就是覺得她太可憐了。可是實在待不下去啊，她監視我的一舉一動，絕不讓我獨自出門，不讓我和任何人聯繫。我真是受盡折磨，後來為了不讓我離開，她還試圖在飲料裡下毒，要把我和她一起毒死，死了就誰也不用離開誰了。我知道她是害怕，越是害怕孤單，她就越缺愛。她身體裡像是有個巨大的黑洞，怎麼也填不滿。再後來，為了不讓我離開，她藏起了我所有的衣服，我身上就只剩一條內褲，全身上下沒有一塊錢。那完全就是軟禁，我像犯人一樣被她關了三個月，三個月啊我是怎麼過的，每天只能在被子裡待著看電視，她出去給我買飯時還要從外面鎖上門，說只要我不走就心甘情願為我花錢。怎麼到頭了又說我欠了她錢，還來討債？我後來是趁她不在才跳窗借衣服借錢逃走的。她也是可憐人，能嫁給墩墩我真替她高興，算是她的福氣了。就怕她生不了孩子，在認識我之前她就無數次墮過胎，早就不能再懷孕了。

嚴彩霞一直看著他的側面，他還在看著窗外那無邊無際的虛空，目光渙散，側面的刀疤分外鮮豔。嚴彩霞忽然看到就在那刀疤一側流下了一道清亮的淚水，和那生冷的刀疤流在了一處，一濁一清，像兩條河流終於融匯了。

他們這邊正說著張琴，張琴在縣城那頭就已經聽到風聲了。幾天後的中午，剛剛吃完飯嚴彩霞正要刷鍋的時候，院門外徑直闖進來一個人，熟門熟路的樣子。她仔細一看，是張琴。自打她嫁給墩墩就再沒見過，不覺已是半年。只見她把油膩膩的頭髮燙了，面色也比上次見時紅潤了些。嚴彩霞忽然無端地就覺得一陣心安，內心裡忽然有一種奇異的喜悅，她迎著張琴走過去，嘴開合了幾次卻說不出一個字來。倒是張琴先開口了，阿姨，聽說尹來川回來了。尹來川此時就在屋子裡，坐在電視機前。可是嚴彩霞忽然就失語了，無論是什麼話，她都說不出一個字來。她無法說是也無法說不是，但是此刻她真想真心誠意地問她一句，閨女，你在他家過得還好嗎？那男人對你還好嗎？可是，她還是說不出一個字來。她無聲地張開了嘴，然後又絕望地合上了。張琴越過嚴彩霞的肩膀向屋裡看過去，突然，她看到窗戶的玻璃上正貼著一張男人的臉，那張臉也正看著她。

她叫了一聲，尹來川。然後一把把嚴彩霞推開，步履蹣跚地向屋裡衝去。嚴彩霞沒有跟進去，她覺得渾身沒有力氣，似乎要摔倒的樣子。尹來燕不在家，尹東流抱住了她的腿，媽媽，你怎麼了。她慢慢蹲下去，抱住尹東流，把頭埋在她懷裡，像一隻鴕鳥把頭扎進土裡，這樣就什麼都聽不到看不到了。屋裡傳來了低低的吼聲，聽不見他們在說什麼。過了一會，屋裡忽然沒有聲音了。一片奇異的死寂像插進耳朵裡的匕首，生冷得很。嚴彩霞豎起耳朵聽，卻聽不到任何聲音。這寂靜似乎持續了很久很久，好像時間被卡在那裡不動了。嚴彩霞越來越心慌，她捂住胸口站起來，終於打算進去看看的時候，棉布簾子一挑，出來一個人。是張琴。她沒有和她說任何一句話，看都沒看她一眼，面色如土，眼睛直直看著院門外，僵著兩條腿出去了。

從此她再沒有來過。

六

蓋在屋頂上被子一樣的積雪開始融化，滴滴答答，落在剛剛出窖的葡萄葉子上，平添出一份雨打芭蕉的春愁。就連晚上那高懸在頭頂的獵戶星座也開始漸漸西斜，象徵著又一個漫長冬日的結束。這北方的四合院能圈起來的永遠只有頭頂上的那片斗轉星移，月亮，星星，晚霞，落日。看著這塊四方的天空看久了，就覺得像看著一塊水面，人就是沉在水底的魚，出不去。

尹來川比剛回家那時候稍微胖了一點，臉上開始有絲絲拉拉的血色出現。他漸漸開始在院子裡走動，看看棗樹聞聞柿樹，像一隻冬眠的動物睡醒了或者是餓醒了。再漸漸地，他在黃昏時走出了院門，走到郤波街上看老人們下棋，一直待到晚霞燒盡，月亮初升，才回到家裡。嚴彩霞嘴上不說什麼，心裡郤偷偷高興，兒子願意出去走走說明他活過來了。沒有什麼比死裡逃生更讓人知足的了，多死幾次便覺得怎麼活著都好，就是死皮賴臉地活著也好。

嚴彩霞開始和尹來燕悄悄商量給尹來川娶媳婦的事，還是得給他娶個媳婦他才能在交城縣安心待下去。尹來燕笑，他還想去哪？再出去就真死在外面了。再說他少了一根指頭，少了兩個門牙，別人又不是看不見，誰願意嫁給他。嚴彩霞有些生氣了，少了根指頭怎麼了，少了條腿的男人也不見得就打了光棍。尹來燕低頭拔著指頭上的老繭，邊拔邊說，現在是我一個人養你們三個人，他要是再娶個媳婦，就成了我一個人養你們四個人。他這麼大一個男人什麼都不幹，每天睡到中午，下午不是下棋就是看電視，簡直像養著一個老嬰兒，媽，你也越來越老了，你就打算一直把他這樣養下去嗎？

嚴彩霞硬硬地看著窗外，半天才說，你忘了當初他是為什麼退學離開家裡的，是為了讓你上學啊。尹來燕說，可是我連高中都沒畢業。嚴彩霞回頭看著她，如果有一天我死了，你會讓他成為叫花子流落街頭嗎？你會管他嗎？尹來燕不抬頭，她感覺此時她的血液和大腦都是凝固的，她的周身是寒涼的，她只看到那隻拔繭子的手指在機械地動著動著，彷彿那只是一根別人的指頭，與她一點關係都沒有。忽然，她看到有淚水落下來，一滴一滴地落在了那隻骯髒的指頭上，澆灌著那些堅硬的繭子。臉上是涼的，也像別人的。

這邊嚴彩霞和尹來燕忙著給他找媳婦，那邊尹來川回來得越來越晚，不知道他在哪裡遊蕩，總歸就像個孤魂野鬼一樣在這縣城的四條街道上遊蕩吧。漸漸地嚴彩霞聽到了鄰里之間傳出來的一些風聲，說尹來川和誰家的老婆睡覺，被那家男人打了一頓，差點把一條腿打斷了，是拖著一條腿逃掉的。又說他看見個六十多歲的老太太都想過去調戲，恨不得立刻把襠裡的東西掏出來，嚇得縣裡所有的老太太一看見他就扭著小腳跑掉，生怕被他就地摁倒強姦了。嚴彩霞越聽越覺得害怕，又不好去問他，她只能寄託給她的上帝，每天早晨她向上帝祈禱的時間已經超過了一個小時，每天天不亮就爬起來跪在牆角下開始像個修女一樣祈禱，經常把自己祈禱得泣不成聲，心裡抱怨著她那天上的父親怎麼還不幫幫她。她厚下臉皮提著點心去找縣裡那幾個好事的女人，想讓她們給尹來川介紹個媳婦。但對方連她的點心都不敢收，一邊推讓一邊說，慢慢給他留意著啊，不急，不急，反正年齡也不大嘛。

這天中午吃午飯的時候，嚴彩霞坐在尹來川的對面。尹來川好不容易才從炕上爬起來，拿著一把勺子正在埋頭吃飯。因為掉了一根手指，他拿不了筷子，就改用了勺子，他用四根指頭牢牢抱著不鏽鋼勺子，笨拙地捕捉著碗裡的麵條，麵條像魚一樣滑，動輒就從勺子裡漏掉了。他不得不專心致志地盯著那些麵條，表情活像個正在偷魚的漁夫。嚴彩霞吃了一口麵就噎住了，她決定開口，再不開口她就要爆炸了。她故意用大嗓門說，好給自己虛張聲勢，來川，聽人說你被東街的誰家男人打了，是真的嗎？尹來川仍然抱著勺子，冷冷一笑，冷氣從牙齒的豁口裡噴出來濺到了她臉上。他說，你也信？親口聽到他矢口否認，她稍微心安了一點，似乎她想要的不過就是這句抵賴。哪怕是真的她也想聽他這麼抵賴一下。

她趁熱打鐵，來川你也二十五了，該成個家了，你爸爸要是活著也急著要給你成家了。提到尹太東，就像提到一個遙遠的早已與他們無關了的祖先，冉冉坐在自家的家譜上等著祭拜。提到死人，這活著的人眼睛還是一酸，她強迫著自己說下去，我都想好了，咱們也不要要求人家什麼，能找個女人過日子就行了，就是稍微有點殘疾也不要緊，聽說就近的村裡就有……尹來川忽然怪異地大笑起來，他笑地前仰後俯，像身上哪個開關突然被扭開了，關都關不掉。陽光照到他身上，又在地上打下一個異常猙獰的影子。自從他回家以後她從沒有見他這樣大笑過，她只覺得毛骨悚然，她大聲叫道，不要笑了。然而他還在笑，笑得已經在渾身抽搐了。她跳起來按住他，不想讓他再笑了。他一下被她推倒在地上，可是他在地上滾來滾去地還在哀哀地笑，看上去他全身已經沒有多少力氣了，可是他的喉嚨裡還在發出轟轟的荒蕪的回聲。像是他的整個身體裡都剛剛被轟炸過，如今只有一片廢墟了，到處是血一樣鮮豔的廢墟。他終於不動了，眼角掛著兩滴淚，卻又掙扎著抽搐著笑了兩下，像尾瀕死的魚的最後一躍。

尹來川並沒有收斂，還像從前一樣到黃昏時便出門遊蕩，嚴彩霞覺得不能把他關在屋子裡，他大約心裡也不好受，再關起來就更要出問題了。還是當風箏放著好，起碼線在自己手裡牽著。他出去遊蕩的時候，她在後面悄悄跟了兩次，倒也沒見他做出什麼驚世駭俗的舉動。無非就是看看老頭們下棋，慫恿人家走炮走車，這盤看完看那盤，能一直從東街看到西街去。不看下棋的時候就在街上，在胡同裡沒有目的地東遊西蕩。對面走過一個女人時，他像沒看見一樣就過去了，看見兩個老太太坐在門墩上說話，也並沒有像傳說中的那樣，過去就掏傢伙。他只是一個人弓著腰孤寂地走在一天中最後的霞光裡，霞光血一樣塗了他一身一臉，他馱著自己的影子，像隻駱駝一樣，慢慢地走，慢慢地走。

見他沒什麼異樣，嚴彩霞暫時放鬆了警惕，快馬加鞭地到附近村裡幫他張羅媳婦的事。尹來燕為了多掙些錢沒日沒夜地在廠裡加班，她只好騎上自行車帶上尹東流，到縣郊的村落裡挨家挨戶地問人家有沒有沒嫁掉的大齡殘疾姑娘。簡直像個走街串巷收廢品的貨郎。但人家都覺得她像販賣人口的小販，怒目以視，真有殘疾姑娘們，也一見到她的影子就一瘸一拐地嚇跑了，所以每次她都無功而返。

就這樣過了兩個月，她又發現新的異樣了。尹來川開始整晚都不回家了，她不知道他會在哪裡過夜，在野外？在茅草堆裡？總不會是在哪個女人的炕上吧。她又急又怕，生怕他真的被人打斷一條腿。她又不敢直接問他，只好深更半夜地還在縣城的四條街上逡巡著找尹來川，像個更夫一樣。找了大半夜無功而返，等到天亮時尹來川自己回來了，手腳囫圇，她暗暗出了一口長氣，似乎替他死了一回。她正想著怎麼把他拴在家裡不讓他亂跑，他卻又有了新鮮的舉動，他開始問她要錢，五十，一百。剛要了沒幾天就又伸出手來了。他要錢的時候像個小學生一樣在她面前攤開一隻四指的手，用一種無賴而可憐的表情殘忍地看著她，媽，再給我點錢。嚴彩霞努力摁住自己的嗓門，這一摁卻反而更尖細了，不是前幾天才給過你嗎，怎麼又要？你每天在家待著還要錢做什麼？尹來川不回答她任何問題，繼續保持著他那抹殘忍而落魄的微笑，那隻四指之手仍然牢牢地伸在她面前，詭異而可怖。這麼大一個兒子戳在面前，門扇似的，她怎麼對他說一個不字呢。更何況他缺牙少手，又沒有女人⋯⋯。她心裡還沒有來得及說服自己，但手已經自己出去了，她把身上剩下的一點錢全放在了他那隻殘手裡。他接過錢的時候嘴裡發出了一聲曖昧不清的聲音，不知他是不是在表示感謝。他像個真正的乞丐一樣感謝自己的母親給他錢。她不忍再看他第二眼，扭頭鑽進廚房，被門檻一絆，幾乎摔倒。她按著牆大口喘氣，似乎她比他還要落魄。

然而，到了晚上，尹來川白天的魂魄卻又附到嚴彩霞身上去了。她坐在燈下的椅子上，被燈光壓成一坨，吊著兩隻腳，伸出一隻手，訕訕地對尹來燕說，她手上買菜的錢都沒了，讓尹來燕再給她點錢。尹來燕像個祠堂裡的威嚴家長一樣坐在陰影裡，什麼？又沒錢了？前兩天不是剛給過你嗎？我一個月能掙多少錢你不知道嗎，我又不是銀行，什麼都要靠我這點錢。嚴彩霞像做錯事理虧的兒童，耷拉著腦袋不吭聲，她自然知道，可是她不問她要錢又問誰要錢，缺錢的時候上帝也幫不了她。她那隻粗糙的手仍然在燈光下死死伸著，羞澀而倔強，像個泥頭泥腦的老兒童。現在這家裡唯一在掙錢的就是尹來燕，她們都無處可逃。尹東流坐在不遠處抱著一個破舊的布娃娃看著她們，一聲不敢吭，她早已經諳熟了這兩個女人之間的規律，只要氣氛異樣便不再出聲。

尹來燕搜刮了全身上下搜出一點錢放到嚴彩霞手裡的時候，她忽然想起了那個秋天，那時候尹太東已經快死了，她也是這樣問嚴彩霞要錢的。她不給她，最後還把錢藏了起來，她便走進了武連生的雜貨鋪坐在了他腿上。如今那雜貨鋪已經易主改成了小超市，而武連生連去年冬天都沒有活過。死的死了，活著的照樣還得一天天地算計著往下活。

嚴彩霞接過錢的時候幾乎落淚，她突然覺得自己此刻像尹來川一樣無恥而可憐。這是一個可怕的食物鏈，太可怕了，她嘴上說沒有錢買菜了沒有錢吃飯了，其實只有她一個人真正明白她為什麼狠得下心來去無恥，因為她知道尹來川還要問她要錢的，而她不能拒絕他。她不能拒絕那樣一個可憐人，他受了那麼多年的苦。這時，尹來燕站在燈光下忽然悠遠蒼老地說了一句話，我看我還是出去打工吧，在這裡累死也掙不了多少錢的，養不了你們的。

果不出所料，幾天之後，尹來川又伸手問她要錢了。嚴彩霞知道，還有下一次，然後再下一次，她把錢都掏給他，轉而再問尹來燕伸手。天哪，她有一種溺水的感覺，像個漂在大海上的落難者，永遠不知道何時才能上岸。這天，尹來川剛出門去，她就悄悄跟在了後面，這麼做讓她很是難為情，老是跟蹤自己的兒子，好像他們都見不得陽光一樣。可是她決定要搞明白他究竟為什麼需要這麼多錢，她不能再這樣縱容他了，她不能因為他離家四年吃盡苦頭就這樣永無盡頭地縱容他。

尹來川拐進大槐樹下的小超市，出來時手裡拎著一包什麼吃的，然後又往西走去，她躲躲藏藏地跟了一路，最後看到尹來川走進了西街一家破敗的院子裡。她大驚，這是寡婦李雙桃的家，李雙桃比她還大兩歲，丈夫早死，有兩個兒子都成家了，她一個人住在這破敗的院子裡。尹來川一挑簾子進屋去了，一看就是熟門熟路。嚴彩霞不敢再跟進去，她站在門口扶著牆還是差點摔倒。他確實是出來找女人的，可是，他居然找了一個比自己母親還大兩歲的女人。難道他是來找李雙桃做母親的嗎？那女人，就是不親眼見，她都能想到她脫了衣服是什麼樣子。一身的褶子，兩只乳房掛下去耷拉到腰上，覺得礙事的時候都能甩到背上去。下面就更不要説了，肯定是鬆得能開進去一支部隊去。

她二十五歲的兒子居然和這樣一個老女人在一起？她痛心疾首，卻又不敢硬闖進去。只好站在門外等尹來川出來，一邊等一邊盡著哨兵的職責，警惕地替他們放風。要是被旁人看見了，尹來川在這縣城裡就更活不出人樣了。夜色越來越重，她沒有錶，不知道時間，但看著周圍一家一家的窗戶都熄滅了，她就知道肯定夜已經深了。她的兩隻腳已經站麻了，她輕輕跺著腳，像在雪地裡取暖一樣，再次像做賊一樣往門縫裡窺視著，這一看不要緊，人家裡面已經關燈了。窗戶一片漆黑，什麼都看不到。

嚴彩霞獨自丟盔棄甲地回到了自己家中，喝了半碗小米稀飯都沒有回暖過來。她現在總算明白尹來川不回家時是在哪過夜了，也知道他要那麼多錢做什麼用了。顯然，他拿那些錢全都去孝敬那老女人了，難不成他還得像和小姑娘談戀愛一樣買吃買穿買玩的哄著她？可是照他這樣幾天要一次錢幾天要一次錢，那已經不是哄了，簡直就是在養著她了，亦母亦女地養著這老態龍鍾的女人？她坐在炕頭幾乎透不過氣來。他為什麼要找這樣一個寄生蟲，難道是因為這寡婦床上功夫十分了得，至今寶刀不老？可是照張琴的話說，他幾年裡不是和各色各樣的女人在一起過嗎？不會就單單貪戀這個吧？還或者，他現在實在飢渴難耐無處發洩，只要是個女的就行？她胃裡一陣翻騰，剛喝下去的稀飯差點吐出來了。她暗暗責怪自己沒有及時給她娶媳婦才逼得他這樣做吧。千萬不能讓人們知道，人們知道了會怎麼說她，說她家養了一隻怪物。她緊捂著胸口卻忘了畫十字，只是在心裡一遍又一遍地虛弱地命令自己，不能再放他出去了。再不能。

不讓他出門的辦法只有一個，就是不再給他錢，斷了他的財路看他還去不去那女人家了。他手裡沒錢了那女人肯定把他掃出來。主意拿定之後，尹來川再問她要錢的時候，她便狠下心來佯裝聽不見，那隻殘手再伸多久她也咬著牙視而不見。尹來川在那呆呆站了很久，那隻殘手一直伸著到後來都開始哆嗦了，她也沒有給他一分錢。她出出進進假裝看不到那隻手橫在那裡，事實上，她眼睛的每個縫隙裡都被那隻手塞得滿滿的。可是，她咬著牙，假裝視而不見。為此需要付出極大的力氣，她幾乎要把自己的嘴唇咬破了。尹來川站了一上午，一直站到午飯都做好了，他看出她是鐵了心了，終於也放棄了，縮回那隻殘手，連飯都不吃就跟蹌著往門外走。嚴彩霞也踉蹌著跟在他後面，啞著嗓子喊了一聲，要是走了你就再別回來。尹來川聽見了，可是他頭也不回，繼續往前走，他出了院門，又慢慢走出了卻波街，始終沒有回頭。他的影子越變越小，最後成了陽光下的一個跳動的點。

過了兩天，嚴彩霞正在炕上躺著，急火攻心她病倒了，這天中午尹來川忽然又回來了。嚴彩霞躺在炕上一陣欣喜，差點流下淚來，她想，大約是吃了沒錢的苦頭被人家趕出來了，可見這老女人和他在一起無非就是為了吃他喝他。這樣也好，死了心就能把心收回來了。可是她沒想到，尹來川這次回來卻是收拾自己的東西來了。她還沒來得及從炕上爬起來，他已經二話不說，進了屋丁零噹啷拎了幾件自己的東西就又往外走去，和她連個照面都沒打就再次離開了。嚴彩霞沒有力氣追出去，只是癱在炕上大口喘氣，尹東流抱住了她哭，媽媽媽媽。她也久久說不出一句話來。

尹來川這一搬走就再也沒有搬回來過。嚴彩霞喝了幾包中藥躺了幾天，終於能從炕上爬起來了。身體剛好了些，她就掙扎著走街串巷，豎著耳朵在卻波街上捕捉關於尹來川的任何消息。打聽了幾日，她便捉到了各種風聲，人們不僅知道尹來川和李雙桃同居了，還說尹來川為了讓李寡婦吃好的穿好的，厚著臉皮在縣裡四處借債。人家不借給他的時候，他就給人家跪下磕頭，信誓旦旦說要是過幾日還不了就再剁他一根指頭。他像叫花子一樣每天上街問人討錢，嚇得人們遠遠看見他就趕緊跑掉，生怕被他拽住借錢。不僅如此，還聽說李寡婦的兩個兒子也採取了相應的行動，他們覺得不能讓這小子就這麼便宜地睡他們的媽，得問他徵點稅才好，至於交什麼稅種，視情況而定，有錢交錢，沒錢就交吃的。交得越多越好，他們是不會嫌棄的，要不可惜了他們的老母親一把年紀了還得在夜裡給人睡。尹來川背負著諸多苛捐雜稅，面色日益萎黃，還在終日殫精竭慮地思索著怎麼能弄兩個小錢。人們議論紛紛，尹來川不知中了什麼蠱，為了那老寡婦倒是捨得把命豁出去。那李寡婦出來倒是神采奕奕，身上穿的也比從前好了很多，連頭髮都返老還童變黑了。男人們忍不住在背後偷偷嚼舌頭，這老寡婦還真扛操，越操越精神。

後來尹來川大約是實在弄不出錢了，就是跪三天三夜也借不出一分錢了，他又想出了別的生財之路。就是爬進人家的院子偷東西，偷到什麼再賣掉換幾個錢。有那麼幾家失盜之後，全縣人一夜之間都給自己家牆頭鋪上玻璃渣，房門緊鎖，恨不得再家家養上惡狗，再找個更夫在街上打更，防火防盜防尹來川。

這些流言一字不落地傳進了嚴彩霞的耳朵裡，在初聽到這些話的瞬間，嚴彩霞差點當街痛哭，但她知道萬萬不能被人看了笑話，便咬著牙硬生生把這些話都嚥了下去，差點被噎住。她用一身皮囊包裹著這鋼牙一般的流言，一路踉蹌著往家裡走。剛進院門把門關上她就扶住門嚎啕大哭起來。這怎麼能是她的兒子啊，她情願她的兒子已經死了，早就死在外面了。

眼見為實，她決定找到尹來川，看看他到底成什麼樣子了。尹來燕說，你看到他還不如不看到，眼不見心靜。聽到這話，她一口向尹來燕臉上啐去，不是你生的是吧，不是你的兒子是吧，他怎麼也是我身上掉下來的肉。

她每天在街上遊蕩著，連飯都不做，就為了能找到尹來川。這天黃昏，她正失魂落魄地走在東街上，忽然看到前面的十字路口拐出一個人來，這人走在街上十分搶眼，骨瘦如柴，衣衫襤褸，走起路來一條腿還有點瘸，顯然是一條腿已經廢了。一看到那條瘸腿她渾身一顫，似乎迎面碰到了一個熟悉的噩夢，這噩夢如今終於成真了。她緊跟著走了幾步才敢確定，前面的人正是尹來川。

她的眼淚奪眶而出，那一瞬間她真想衝過去把他拖回家去，把他拖回去之後要把他關起來，她就守著他，是死是活守著他，再不讓他到處亂跑再不讓別人打他。因為瘸了一條腿，他走得很慢，一步一搖，不倒翁似的。可是，她看著前面那叫花子一般的襤褸背影，竟覺得他陌生可怖，覺得他只是披著尹來川一張皮，其實他早已不是她兒子了。她的兒子怎麼能活成這樣，他其實早死了，早死在這具尹來川的皮囊下面。前面這個不過是個陌生人。可是，她還是一路跟著，她跟在後面看著他那條被打瘸的腿，心裡痛得直抽搐，只覺得心臟正在她身體裡亂蹦，幾乎要戳出身體去。一陣尖銳的疼痛之後，她忽然又心生出一種可怕的快感，他真的越來越不像人了，活該，再讓他作賤自己，再讓他跟那老寡婦鬼混，這是他應得的報應，他早就不該活著了，他還不如死掉，還不如死掉乾淨。這種詭異的快感和劇烈的疼痛像匕首一樣劃著她，她像受了傷一樣，順著牆根慢慢慢蹲了下去。前面的人拖著一條瘸腿漸漸走遠了，最後變成了一張紙一樣的背影。

她仍然跌坐在牆根處爬不起來。這麼多天裡她一直在等他自己回去啊，她想等他走投無路了也許就離開那個女人回家去，可是她怎麼也等不到他回去，這麼久了他即使沒有了一分錢居然也沒有再回家問她要錢，他的心真硬啊，真是死不回頭。想到這裡，她悲憤交集，難道那個老寡婦是他的再生爹媽嗎，就是再生爹媽他也不帶這麼心疼的，當年他爹賣血得病快要死的時候也沒見他這麼心疼過。她甚至懷疑那寡婦是不是會什麼法術給尹來川下了什麼蠱，把他迷惑到這種地步？她像一隻巨大的八腳章魚，牢牢地把他關在了自己的爪牙裡，眼見他已經氣息奄奄了卻還不肯放過他。

她胸中繃著一口惡氣，怎麼也出不來，只覺得連身形都繃大了一圈，快炸了。不行，她必須去搭救自己的兒子。她終於從牆根處掙扎著爬起來，蹣跚到自己家裡，取了把刀便直奔寡婦家去，竟有了些林沖夜奔的氣勢。她一時忘了自己是個基督徒。她今天非要剮了這老妖精，把兒子解救出來不可。

這時天色已黃昏，一個白天又要沉沒了，她恍惚間覺得尹來川的一條命就在這光線之間跳動著，她得趕緊。衝進寡婦的院子她跳著腳大喊一聲，李雙桃你給我出來。門嘎吱一聲真開了，然而出來的是寡婦的兩個兒子，一龍一虎，凶神惡煞地盯著她。寡婦居然還有保鏢，怕人給她下毒？她知道寡婦這兩個兒子是亡命之徒，一個是賭徒，一個嗜好打架。她自知不是他們的對手，卻還是硬著頭皮叫陣，李雙桃你給我出來。門又嘎吱了一聲，寡婦像慈禧太后似地款款從裡面出來了，彩霞啊，今天什麼風把你吹來了。當年咱倆還一起在農業社摘過棉花呢。

傳言不虛，李寡婦看起來果真年輕了不少，連一根白髮都沒有，一頭沉甸甸的黑髮壓在頭上挽了個富麗堂皇的髻，還戴著兩只金光閃閃的耳環。她安詳地高高在上地看著嚴彩霞，似乎根本不用出招就已經把這對面的女人打敗了。李寡婦淫威的影子罩住了嚴彩霞，她還沒開口，淚就先下來了，她瑟瑟地提著那把菜刀泣不成聲，她開始求寡婦，你就放過我兒子吧，他才二十五。寡婦鼻子裡一聲長長的冷笑，鄰里鄰居的，你別這麼作賤我，是我幾次三番趕他走都趕不掉，青天白日的，我要是說一句假話就讓我七竅流血死在你面前。他一個廢人，還哭著喊著硬要來找我，不是我找他，你可要搞清楚再說話。

嚴彩霞的手再次捏緊了那把菜刀，早聽人說這寡婦專長旁門左道，看來還真是一身邪氣。她握著菜刀還沒來得急往前邁一步，旁邊那個剃光頭的兒子晃著膀子過來了，嬸啊，我這兩天正要去你家呢，你家來川託我給他借的錢還沒還呢，我問他怎麼辦，他說去你家搬東西抵債吧。怎麼樣，現在就去搬吧？嚴彩霞的那隻手嘩嘩抖動著，幾次想提起來，可是那把菜刀她怎麼也提不起來。那把菜刀如一把千鈞之鎖，把她牢牢鎖在了原地。她動彈不得。

「因血裡有生命，所以能贖罪。凡物都是用血潔淨的。」她突然想了聖經裡的這句話，在那一瞬間，她真覺得像是有個天上的父親正在告訴她這句話。她終於扔下刀，只是仰頭看著薄暮中的天空，卻對幾步開外的三個人再視而不見。然後，那三個人看到，她像個小姑娘一樣羞澀地對著黃昏的天空笑著，站在那裡喃喃低語，就像正和什麼人在說悄悄話。

家裡基本被龍虎兄弟洗劫一空，連鍋碗瓢盆都所剩無幾。家裡被洗劫之後尹來川仍然沒有回家，連面都沒露，似乎他已認定寡婦才是他的故鄉，或者，嚴彩霞安慰自己，他是根本沒有臉再回家。她又是大病一場。

家裡被洗劫的那個晚上，尹來燕一進門就倒吸了一口涼氣，只見一片狼藉中嚴彩霞睡在炕上，尹東流像條小狗一樣依偎著她。平日裡一滴淚都沒有的尹來燕忽然就流下淚來，她走過去一把抱住了尹東流，尹東流不習慣這突如其來的擁抱，怯怯地往嚴彩霞身邊縮。尹來燕哽著嗓子粗聲大氣地說，我這就找他們去拼命。嚴彩霞知道她是氣話，果然，過了半天她都沒動，卻忽然又打量著屋子霍地站了起來，媽，我們走吧，我們三個人去哪裡還活不了了，我養活你們倆，只要，只要，不再見到他，不要再這麼丟人現眼地活著。

她說最後一句話的時候已經泣不成聲。嚴彩霞聽到這句話從炕上掙扎起來忽然指著她的鼻子說，要走你走，我不會離開交城的，我哪都不去，我不會丟下我兒子不管的。你走了我養活他。母女倆都不再說話了，只在燈下靜靜對視著，好像燈光流進她們的身體裡已經發酵成新的能量了，足以讓她們一直這樣對視下去。

過了兩天尹來燕終究還是定下了行程，她要獨自外出去打工了。這個家裡必須有一個人掙錢，原來是父親賣血供養著她和尹來川，父親死了，尹來川出去打工掙錢養家，後來他廢了，現在，輪到她了。那些死去的廢掉的親人都是養料，她們其實不過都是從他們的軀體的廢墟上長出來的植物。

尹來燕明天一早就要走了，尹東流已經睡著了，她開始收拾行李。嚴彩霞抹著眼睛說你走了尹東流怎麼辦，她還小。尹來燕看著睡著的尹東流忽然一笑，眼睛裡波光瀲灩，就快要溢出來了。你才是她的媽媽，我只是個姐姐。這樣多好，我總想著哪一天我即使突然消失了，她也不會覺得她在這個世界上沒有母親了。媽，你記著，以後不管我在哪裡，只要你和東流過得好，我便也過得好。

第二天黎明時分，尹東流還在熟睡中尹來燕就坐上最早的客車離開了交城縣。嚴彩霞不知道她去了哪裡打工，也不知道她在哪個城市。她從不給她寫信，只是會不規律地把錢寄回來。有時候一個月就寄，有時候隔半年才寄，數目也大小不等。嚴彩霞就是從這些參差不齊的匯款單裡知道，女兒還活著。

尹東流開始上幼兒園了，嚴彩霞依舊每天早早起來做禱告，然後把尹東流送到幼兒園。她沒有再拿著菜刀向李寡婦討要公道，卻隔幾天便在夜色裡悄悄來到李寡婦的門口，放下半袋麵半袋小米，一只南瓜半籃土豆。走在街上的時候嚴彩霞會下意識地注意每一個背影，尋找著每一個腿腳有問題的人，每走過去一個瘸子她便要跟上很遠，看是不是尹來川。她盼著是他，又怕真的是他。然而每次都不是，事實上她和尹來川再也沒有面對面地見過，似乎就在這個小縣城裡，他們卻是生活在兩個星球上的人了，中間隔了幾億年的時光，誰也飛不過去。

她越來越喜歡往人多處湊，端著一碗飯也要蹭到飯時上吃。因為人多處可以聽到更多關於尹來川的傳聞，飯時無疑是縣城最具權威性的媒體。她發現，這麼長時間過去了，尹來川依舊無堅不摧地活在人們嘴裡，嘖嘖聲中，好像他已經和豬八戒，白娘子一樣，躋身為傳說中的人物了，已經不是他們身邊的一個活人了，他的用途便是供他們茶餘飯後的消遣。她就這樣通過鄰里之間的傳聞了解著尹來川的最新動向，就好像她也成了他一個觀眾，正坐在下面仰頭看著傳說中的他。

這天，她又聽說李寡婦的兩個兒子看他實在榨不出一分錢了，就把寡婦劫持走了，讓寡婦住到他們家去，不許尹來川再見到她，除非他再弄到錢把她贖回去。人們繪聲繪色地講，寡婦走了之後尹來川哭得像個小孩子，扶都扶不起來。末了人們又回到那個老話題上探索，老寡婦究竟用什麼把尹來川迷住了，讓他這麼要死要活，命都不要。

黃昏時候，嚴彩霞又一次來到了李寡婦家門口，屋裡亮著燈，只是嚴嚴實實地遮著窗簾，裡面什麼聲音都聽不到。她走進院子，悄悄把一摞剛烙好的烙餅和一卷皺巴巴的錢放在了窗台上。然後靜靜站了一會就掩上門悄悄離開了。

過了兩天，天剛黑，她又提了一桶剛煮出來的餃子向李寡婦家走去。像兩天前一樣院門虛掩著，一推便嘎吱一聲開了。這嘎吱一聲分外寂靜荒涼，嚴彩霞心裡一顫，手裡的餃子差點掉下去。屋裡亮著燈，窗簾還是遮著。她悄悄走到窗台前，剛要放下餃子的時候，卻忽然發現，兩天前她放在這裡的烙餅還原封不動地放在那裡。她把餅一翻，下面那卷皺巴巴的錢也安然無恙。

她腦袋裡轟地響了一聲，卻沒有任何意識出入，像一只完全清空的容器。呆呆站了幾秒鐘之後，她嘩啦扔下餃子，一步就竄到房門前，拿肩膀使勁一撞，門根本就沒有關，所以她這一用力反而把自己射進去了。她踉蹌著站穩，抬起頭來使勁辨認著這昏暗的屋裡，屋子裡惡臭撲鼻，一片狼藉，卻沒有一個人影，一片堅硬的死寂。她就著昏暗的燈光再仔細看過去，才發現，炕上淩亂的被褥間還躺著一個人，一個靜靜躺著的人。

她一步一步走了過去，走到那個人跟前。是的，沒錯，正是尹來川。這麼久以來她終於見到他了。他仰面躺著，嘴對著電燈泡半張著，露出了牙齒上那個巨大的豁口，從豁口處隱約可以看見僵硬的紫色的舌頭臥在裡面。他那隻四指的手還緊緊抓著一只被角，似乎是怕冷了，想給自己蓋上。

他的屍體已經開始發臭，沒有人知道他已經死去幾天了。

在給尹來川擦身體換壽衣的時候，嚴彩霞突然發現，尹來川下面是空的。那傳說中隨時會掏出來嚇女人的傢伙齊根沒有了。那裡也是一個整齊的創口，就像他的牙齒和斷指一樣，切口平整光滑，一定是一把利刃，只一刀就切掉了。疤痕早已長好長平，不像是近期的傷口。她忽然想起李寡婦得意的話，他一個廢人。她當時只以為她說他手指的殘廢。她又想起那天張琴面色如土地離開就再沒有來找過他，七萬塊錢也不了了之。然後，她更遠更恐懼地想起來，那天中午說要給他娶媳婦時，他笑得渾身抽搐，一直笑倒在地上打滾。

…………

如今他已經長出了綠色的屍斑，看上去像一片正在努力發芽的草地。

窗外竟已是陽春三月。

七

兩年後的秋天，一個陽光清澈的早晨，嚴彩霞帶著尹東流踏上去省城的長途客車。尹來燕在車站等她們。

都是第一次進城，一老一小一下車就死死釘在了原地，生怕蠕動的人群一口吞掉她們。她們不知道，這個時候，尹來燕就在幾米開外隔著人群看著她們，她只是遠遠看著她們，卻並不急於走過來，她像是要把這點時光細細嚼碎了，再一小塊一小塊地嚥下去，消化掉。最後，人群散盡，兩個人終於看到她了，像兩個迷路的小孩子找到了大人，慌忙向她跑過去。尹東流個子長了一截，她抬頭看著尹來燕的表情，半是生疏半是諂媚地叫了聲，姐姐。她想，她過早地學會了看人臉色，學會了諂媚。

嚴彩霞看著她說了一句，怎麼瘦成這樣。她看著她們，嘴張了幾張卻什麼都沒說出來。最後她終於粗聲粗氣地說了一句，餓了吧，先吃飯去。她帶著她們去飯店吃飯，點了滿滿一桌子菜，然後帶她們去划船。午後的湖面靜謐安詳，只有一兩隻船閒適地漂在柳蔭下，石橋邊。三個人坐了一條船向湖心划去。划到湖心尹來燕就不再划了，任由船自己漂著，她低頭看著自己在湖中的倒影。那影子那麼瘦，隨時會融化隨時會消失，她伸出手去划水，把自己的影子攪碎。三個人就這麼不辨東西地漂著漂著，她們都覺得自己無比輕盈，像三片樹葉在時光深處順流而下，好像一直就要這樣漂下去了。如果一家人能一直這樣，睡在一個搖籃裡漂下去該多好。過分的安詳讓她有些昏昏欲睡，她閉上了眼睛，多麼美好的時光啊，卻不會再有了。一滴淚順著眼角靜靜落了下來。她怕嚴彩霞看到，把臉側過去，轉向了湖水。

三個人都有些累了，便在湖邊一棵大銀杏樹下的長椅上休息。尹東流靠在嚴彩霞懷裡睡著了，嚴彩霞抱著她，和尹來燕靜靜並排坐著。她們漫無目的地說著話，說的都是些很遙遠的事情，似乎她們兩個人都已經活了幾百年了，都已經很老很老了。她們忽然間都覺得自己在這個世上已經活了了太久太久，忽然有一天，她們母女倆坐在樹下，開始了心如古井的回憶。嚴彩霞說起尹來燕小時候就倔得要命，她做飯的時候她永遠抱住她一條腿，不讓她做。睡覺的時候也不睡，剛哄睡著了，一放下就醒了，只好再抱起來。經常是整晚整晚地把她抱在懷裡，漫漫長夜裡，她就那麼抱著她呆呆坐在炕上等天亮。倒是尹來川小時候不哭不鬧，只要在他手裡放個東西他就能自己一玩半天。有時候找他不見影子，出門一看，他正光屁股坐在門口的沙堆上專心玩沙子呢，喊他都聽不見。

說到這裡嚴彩霞忽然笑了起來，她似乎笑得很開心，像看到了童年時候的兄妹倆正站在她面前。他們都那麼小，似乎永遠也不會長大了。尹來燕沒有接她的話題，兩個人就那麼靜靜坐著，尹東流靠在她們懷裡。通體透黃的銀杏葉盤旋著落下來落下來，雪花一樣落在她們的頭上，肩膀上。

一連五天，尹來燕帶著這一老一少四處遊逛，去遍了這座城市裡所有能去的角落。看到爆米花她就給她們每人買一桶爆米花，看到有賣糖葫蘆的，她就給她們每人買了一串糖葫蘆。一老一少舉著糖葫蘆跟在她的後面，一邊走一邊東張西望，看起來真像她的兩個孩子，她不時停下腳步，無奈地回頭等著她們跟上來，表情也是一個大人在一邊嗔怪一邊疼愛著自己的孩子。

到第六天的時候，她把她們送到了長途車站，送她們回家。她把大大小小的幾包吃的給她們送到車上，然後把一卷錢塞進嚴彩霞的手裡，還不等嚴彩霞說話她就粗暴地把她推到了車上，她不給她任何說話的空隙。嚴彩霞和尹東流隔著玻璃看著她，她暴躁地對她們一揮手，大聲說，快走人。然後自己先走了，從那扇車窗下消失了。

她站在汽車後面，一直看著這輛車遠去，變小，最後，在一片塵土中，它完全看不見了。

她站在秋天裡金色的陽光下淚如雨下。

嚴彩霞坐在車窗前看著外面也是一路流淚，她有一種奇怪的不祥的感覺，這感覺從幾天前她一見到尹來燕就感覺到了，可是她不願再想下去。她流著淚在心裡默默誦著聖經：「神說，你們的兒女要說預言。你們的少年人要見異象。老年人要作異夢。在那些日子，我要將我的靈澆灌我的僕人和使女，他們就要說預言。在天上我要顯出奇事，在地下我要顯出神蹟，有血，有火，有煙霧。日頭要變為黑暗，月亮要變為血，這都在主大而明顯的日子未到以前。到那時候，凡求告主名的，必將得救。」

她的淚洶湧而下。

從此以後，她再沒有見過尹來燕。在給她又寄過兩次錢之後，尹來燕就從這個世界上消失了。她再沒有收到她的一分錢，一個字。嚴彩霞又回到鐵廠做工，搬生鐵，做鐵模，榨出自己的每一滴汗，供尹東流上學。生活中唯一的樂趣就是她忍不住放了個屁的時候，尹東流捂著鼻子說，媽媽臭死了臭死了。這個時候，嚴彩霞就半是尷尬半是快樂地哈哈大笑起來，尹東流也跟著她笑。每次放屁倒成了她們之間最大的樂趣，兩個人總要笑得前俯後仰，久久不能停下。

她們日復一日地這樣生活著，她要供養著年幼的尹東流上學，長大，直到她能養活自己的那天。她知道，現在輪到她了，先是尹太東，然後是尹來川，再然後，是尹來燕，現在，該是她了。尹東流會在她的血肉之軀上長出來，一直長大。這沒什麼不好，上帝告訴她，若不流血，罪就不得赦免。到離開這個世界的時候，她們將一身潔淨，再無罪孽。

嗜血而生，也是信仰吧。總會有那麼一個人從別人的血管裡生長出來，並活下去的。

每到月圓的晚上，嚴彩霞便帶著尹東流在浩瀚璀璨的夜空下靜靜等待，她在等待著月亮變血的那個時候出現。因為她一直一直都願意相信，在月亮變血的那個晚上，一切蒼生將獲救贖，而尹來燕也必將在其中踏上回家的路。

後記——寫作中的生

毫無疑問，我不屬歪膩歪婉約的寫作氣質，寫上十年也未必能寫出一點雨打芭蕉的風韻，寫不出來我也不打算裝。自認為更崇尚有力量的寫作。

而這種所謂力量也不是說讓每一個主人公最後都死得很慘，讓人過目不忘。我理解中的力量是這樣的，是一種充滿著罪與罰，善與惡，絕望與救贖，光明與黑暗的精神拷問，是一種為了他人的復活而進行的自我毀滅，是一種為了真正的愛而承受所有苦難的宗教情結。當然，寫這樣的小說對於作者來說是一種巨大的身心損耗，我在寫作中經常會覺得累得半死，會有身心透支的感覺，那是一種損耗自己的感覺，因為寫作是要把全部的感情投進去的，甚至是半條命搭進去。這是我的寫作態度，累一點也是咎由自取。可是我問自己，如果我不去這樣寫作，我改變方向，我可以取巧一點投機一點溫馨可人一點，更被大眾接受一點，但是我這樣寫作還有快樂嗎？如果這樣寫作的話我究竟在為什麼寫作？然後我的回答是，我必須聽從自己內心的聲音，必須服從我精神深處最深的渴望。

我自己以為這也是一本關於信仰的小說集。雖然我沒有在哪篇小說裡赤裸裸地去談論究竟什麼是信仰，可是在所有這些罪與罰，善與惡的故事之下，真正的命題還是關於信仰。那就是，人類究竟該靠著信什麼才能活下去，活下去。活下去永遠不是一個簡單的事情。〈乩身〉中兩個最底層的人用最殘酷的方式都逃出了他們各自的地獄，〈月亮之血〉中的一家四口為了讓一個新的生命掙扎出來而相繼毀滅了自己，〈不速之客〉中的女人用最絕望的尊嚴闡釋著什麼是愛。

他們全部在探討，怎麼活下去，靠什麼活下去，究竟什麼才能支撐一個人活下去，究竟什麼樣的愛才是真正的愛，是對苦難的愛還是對上帝的愛還是對人類的愛？究竟什麼是人類真正的苦難，真正的疾病，真正的拯救，什麼才是存在。

有人說，你寫這麼苦逼的小說小心影響到自己的生活。我感謝這樣的關心與慰藉，但對於寫作的人而言，我覺得本身就是一種對活著的冒險。我們寫作的人當中有多少是可以養尊處優而樂此不疲地探討人類精神出路的？也許只有像我這樣過慣苦逼生活的人才樂得不停追究這些問題，但這些問題總歸是要有人問的。總歸會有人無限地，無保留地，故意不做抵抗地獻身於自己分裂的命運，我把這種寫作姿態定義為是懸崖上的致敬。

關於文學的主張必定千差萬別，因為寫作個體本身就是千差萬別的。必定每個個體都有著自己最深的渴望和最隱祕的寫作通道。說起寫作，我非常讚賞大江健三郎說過的一段關於寫作的話，「我在極不確定的感覺中對抗著那些瘋狂而恐怖的東西，摸索著扎下自己的根。如果我不寫小說，大概我也會不得不留下年復一年越來越憂鬱的遺書吧。然而，與其說我在小說的世界中把自己的想像力用於確立與某種近似於恐怖，黑暗而可怕的東西相抗衡的，光明而正義的東西毋寧說我一直試圖把那些近於瘋狂的東西更明確地呼喚到自己的意識中，並把黑暗，混沌，悲慘的東西引到明處來。這種意識不知能否根除其毒性，我只能繼續寫下去，否則我會立刻毀滅的。」這其實是一種關於生的寫作態度。我也願意把自己的寫作看做是關於生的寫作。

一旦把寫作的功能定位於此，它其實就與宗教與哲學有了暗合之處，就像宗教向人類提供了最大的慰藉與滿足，通過喪失自我，人便能夠與上帝和自然合而為一。事實上任何一種對精神的獻身與自我沉湎都能獲得這種滿足。而寫作就是其中的方式之一。作為人類，其實我們一直處於與這個世界的對立狀態，關於這種對峙中產生的創傷的治癒便是關於生的寫作。所以，寫作的核應該是關於人類的苦難和疾病的，應該是探求人類心靈史的，是應該朝著精神的深度和緯度走去的。我以為這種探索是小說最本質上的意義，探索得越深才越能獲得一種存在的自由。

有時候我覺得作家的職業與敦煌千佛洞裡的畫工很相似，與其說他們在那洞裡畫出了一幅幅不朽的壁畫，不如說他們為人類畫出了一盞盞心燈，因為，當時的洞裡有多黑啊。為人類畫出的心燈其實就是作家用文字爭取來的人存在的更高尊嚴和意義。所以我一直覺得文學是最具有宗教氣質的藝術形式。宗教消退之後，文學便吸收了宗教所產生的大量情感和情緒，再把它們傳達給人類。文學就是宗教精神的文字體現。所以文學必定會帶有補償與救贖的性質，它生來就是要與黑暗和絕望抗爭的，是用來消解苦難的，對於人們來說，這種生才是文學中的生。

時代嬗變至今，寫作方式層出不窮幾近於琳琅滿目，年輕作者更甚，以揣摩讀者心理精準而賣相好的暢銷書也算一種對世界的征服，粉絲雲集總會讓一個作者獲得一種存在感。但是寫作畢竟是一件很私人化的事情，它通往一個怎樣的方向仍然應該由一個作者內心深處最隱祕的渴望與疼痛來決定，那就是，還是應該去寫那些最想表達最想碰觸的東西。也許這種選擇必然導致清貧與寂寞，會導致一個寫作者靈魂裡永無休止的劇烈衝突，但也會讓一個寫作者面對這個世界永遠懷有敬畏和驕傲之心。而所有真正的藝術都是由這兩種感情來完成的。這就是生的方向，就是怎樣才能讓人們更好地活著。

孫頻創作年表

作品名稱	刊物（或出版社）
〈姊妹〉	《山西文學》二〇〇九年第八期
〈女兒墳〉	《鴨綠江》二〇〇九年第十一期
〈血鐲〉	《廈門文學》二〇〇九年第十一期
〈天堂倒影〉	《大家》二〇一〇年第二期； 選載於《北京文學中篇小說月報》二〇一〇年第六期。
〈紅妝〉	《山西文學》二〇一〇年第二期； 選載於《小說月報中篇小說專號》二〇一〇年第三期。
〈魚吻〉	《上海文學》二〇一〇年第二期；選載於《小說選刊》二〇一〇年第三期。
〈皇后之死〉	《遼河》二〇一〇年第四期
〈流水流過〉	《山花》二〇一〇年第四期
〈同屋記〉	《山西文學》二〇一〇年第六期；選載於《小說月報》二〇一〇年第八期； 入選中國小說學會二〇一〇年度中篇小說精選。
〈耳釘的咒〉	《山西文學》二〇一〇年第六期
〈卻波街往事〉	《滿族文學》二〇一〇年第六期
〈疼痛的探戈〉	《青年文學》二〇一〇年第八期

〈合歡〉《文學界》二〇一〇年第十期

〈月夜行〉《廣州文藝》二〇一〇年第十期

〈磧口渡〉《上海文學》二〇一一年第一期；
選載於《北京文學中篇小說月報》二〇一一年第三期。

〈鉛筆債〉《文藝風賞》二〇一一年第一期；
選載於《北京文學中篇小說月報》二〇一一年第四期。

〈玻璃唇〉《十月》二〇一一年第一期，選載於《中篇小說選刊》二〇一一年第二期。

〈罌粟咒〉《十月》二〇一一年第一期

〈琴瑟無端〉《江南》二〇一一年第五期

〈鵲橋渡〉《山西文學》二〇一一年第六期

〈車中父親〉《大家》二〇一一年第六期

〈醉長安〉《鍾山》二〇一一年第六期；選載於《小說月報》二〇一二年第一期。

〈西江月〉《作品》二〇一一年第八期

〈半面妝〉《山花》二〇一一年第十一期

〈隱形的女人〉《芙蓉》二〇一二年第一期；選載於《小說選刊》二〇一二年第三期；
《中篇小說選刊》二〇一二年第二期。

〈骨節〉《江南》二〇一二年第三期

〈淩波渡〉《鍾山》二〇一二年第三期；選載於《小說月報》二〇一二年第七期。

〈美人〉《山花》二〇一二年第四期

〈相生〉《文藝風賞》二〇一二年第五期；
選入人民文學出版社二〇一二年青年作家短篇小說年選。

〈菩提阱〉《人民文學》二〇一二年第五期；選入花城出版社二〇一二年中篇小說年選。

〈祛魅〉《作家》二〇一二年第六期；選載於《作品與爭鳴》二〇一二年第八期；選入中國小說學會二〇一二年中篇小說年選。

〈九渡〉《山西文學》二〇一二年第六期；選載於《北京文學中篇小說月報》二〇一二年第七期。

〈夜無眠〉《長江文藝》二〇一二年第十期；選載於《中篇小說選刊》二〇一二年第六期。

〈三人成宴〉《花城》二〇一三年第一期

〈一萬種黎明〉《鍾山》二〇一三年第一期；選載於《長江文藝好小說》二〇一三年第二期，《中華文學選刊》二〇一三年第四期。

〈異香〉《當代》二〇一三年第一期；選載於《小說月報》二〇一三年第三期。

〈殺生三種〉《山花》二〇一三年第二期

〈月煞〉《上海文學》二〇一三年第二期；選載於《北京文學中篇小說月報》二〇一三年第四期；選載於《作品與爭鳴》二〇一三年第四期。

〈掮客〉《創作與評論》二〇一三年第二期；選載於《小說月報》二〇一三年第四期。

〈替身〉《文學港》二〇一三年第三期

〈青銅之身〉《江南》二〇一三年第三期；選載於《作品精選》二〇一三年七期。

〈無相〉《長江文藝》二〇一三年第八期；選載於《小說月報》二〇一三年第十期；連載於《中篇小說選刊》二〇一三年第十期。

〈瞳中人〉《小說界》二〇一三年第八期；選載於《小說選刊》二〇一三年第十期；連載於《小說月報》二〇一三年賀歲版增刊。

〈恍如來世〉　《十月》二〇一三年第六期

〈羔羊之燈〉　《文藝風賞》二〇一四年第一期

〈假面〉　《上海文學》二〇一四年第二期；選載於《小說選刊》二〇一四年第三期。

〈同體〉　《鍾山》二〇一四年第二期；
選載於《北京文學中篇小說月報》二〇一四年第四期；
選入林建法二〇一四年中篇小說年選。

〈乩身〉　《花城》二〇一四年第二期

〈十八相送〉　《作品》二〇一四年第五期；選載於《小說月報》二〇一四年第七期；
選入小說月報二〇一四年年選。

〈月亮之血〉　《江南》二〇一四年第二期；
選載於《北京文學中篇小說月報》二〇一四年第五期。

〈自由故〉　《創作與評論》二〇一四年第十期；
選載於《長江文藝好小說》二〇一四年第十二期。

〈不速之客〉　《收穫》二〇一四年第五期；選入賀邵俊二〇一四年短篇小說年選；
洪治綱二〇一四年短篇小說年選。

〈無極之痛〉　《長江文藝》二〇一四年第十二期；選載於《中華文學選刊》二〇一四年六期；
選載於《北京文學中篇小說月報》二〇一五年第二期；
選載於《小說月報》二〇一五年增刊第一期。

〈海棠之夜〉　《山花》二〇一四年第十一期

〈聖嬰〉　《作品》二〇一五年第四期；選載於《小說選刊》二〇一五年第五期。

當代大陸新銳作家系列——

01 在雲落　張楚著　二〇一四年十二月出版

二〇一四年魯迅文學獎得主張楚第一本台灣版小說集

河北作家張楚的《在雲落》以現代主義筆緻，書寫北方小縣城裡面貌模糊、生存堪慮的人們面對生活中種種困阨與苦難時的現實選擇與精神狀態。無論是〈曲別針〉裡既是殘暴凶手也是慈愛父親的宗國，或是〈七根孔雀羽毛〉裡吃軟飯的宗建明，甚者是〈細嗓門〉裡因不堪長期家暴殺了丈夫後，被捕前到了閨蜜所在的城市，想幫閨蜜挽救婚姻的女屠夫林紅；張楚既逼近他們的生命創傷又滿含悲憫，寫出他們絕望的黑暗與卑微的精神追求，介乎黑暗與明亮間蒼茫的生存景觀。

02 愛情到處流傳　付秀瑩著　二〇一四年十二月出版

被譽為具有沈從文之風的七〇後女作家

在《愛情到處流傳》中，北京作家付秀瑩以沉靜的目光靜看「芳村」，遙念「舊院」，不管是「芳村」系列中農村大家庭裡夫妻、母女、贅婿們之間的愛情與競爭，或者是〈小米開花〉裡，小米的性啟蒙與看待身體的方式，無一不精準的抓到鄉村人們特有的、微妙的人際關係、獨特的處世方式與世界觀。另一部分作品則是書寫都市人們精神與情感的隱密曖昧：〈出走〉裡男性小職員亟欲逃離瑣碎平庸日常生活的衝動；〈醉太平〉中學術圈裡浮沉男女的利益交換、欲望追逐；〈那雪〉則寫出了都市女性的情感缺憾。付秀瑩以傳統溫柔敦厚的溫暖剔透筆法，書寫了這人世間的岑寂荒涼。

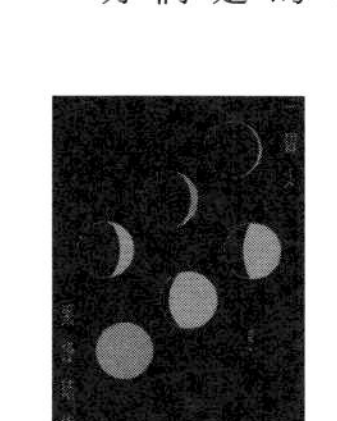

03 一個人張燈結彩　田耳著　二〇一四年十二月出版

當魯蛇（loser）同在一起！

《一個人張燈結彩》具有鮮明的通俗色彩，來自湘西鳳凰的田耳筆下的人物都是現實世界中的失敗者、邊緣人、被損害者，他們在陰鬱、沒有出口的情境中，群聚在一起，以欲望反抗現實困厄的生存法則，以動物感官吹響魯蛇之歌。他們欲以魯蛇之姿，奮力開出一朵花。

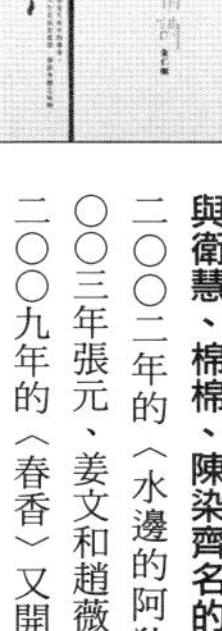

04 愛情詩　金仁順著　二〇一四年十二月出版

與衛慧、棉棉、陳染齊名的七〇後女作家

二〇〇二年的〈水邊的阿狄麗雅〉造就了二〇〇三年張元、姜文和趙薇的電影《綠茶》。二〇〇九年的〈春香〉又開啟了朝鮮民間傳說的故事新編。

不管是朝鮮族的金仁順、女作家的金仁順，或是編劇的金仁順，她總面對著愛情，描繪著孔雀開屏時的美好與幸福，以及華麗開屏背後的殘酷與幽微。

05 **在樓群中歌唱** 東紫著 二〇一四年十二月出版

山東作家東紫擅長日常生活化敘事，在《在樓群中歌唱》一書中，她敏銳細膩地觀察人情百態，寫出各階層人物在近乎無事日常生活中的情感空虛與心靈創傷。〈白貓〉藉由一隻白貓介入初老失婚男性與闊別十年的十八歲兒子重聚的生活，帶出父親對兒子期待又戒慎恐懼的情感、初老失婚男性枯寂冷漠的生活與對生命的回顧與甦醒。〈在樓群中歌唱〉中，透過喜歡唱著「我在馬路邊撿到一分錢，把它交到警察叔叔手裡邊」的清潔工李守志無意間撿到十萬元所引發的波瀾，寫出消失中的德性與安於本分的快樂。東紫的作品看似庸常，卻宛若「顯微鏡」般總能於瑣碎中見深刻。

06 **狐狸序曲** 甫躍輝著 二〇一四年十二月出版

剛滿三十歲的甫躍輝來自中國南方邊陲保山，大學考上了上海復旦大學，從此開始了一個鄉村青年的都市震撼教育，也開啟了他的創作之路。身為作家王安憶的學生，也為現在大陸最受注目的八〇後青年作家之一，他的小說主人公多數和他自身一樣，是外地移居上海的異鄉人，他們孤寂，他們飄零，他們邊緣，他們是大城市中的一點浮塵微粒，他們存在，但並不擁有這個世界。然而，這群浮塵微粒也有過去，因此，他也喜寫老家保山，這個孕育他想像力的故鄉。在這些鄉村書寫中，可以察覺出他對幼年時代農村生活的懷念。然而，懷念亦表示這群浮塵微粒再也回不去了，他們註定在這個世界中繼續飄零。

人間文學

01 **山南水北** 韓少功著 二〇一四年七月出版

韓少功散文集《山南水北》的最新繁體中文版

《山南水北——八溪峒筆記》是韓少功在多年以後從大城市重新回到文革時期下放的農村，重新拿起農具務農的農村生活筆記。書中充滿了他對生命、農村、勞動、農民、自然的重新思考。特別是在現今這個只講求GDP成長的時代，韓少功對生命、農村、勞動和自然的重新探索，開啟了我們面對世界時的另外一種思索與想像。

02 **中國在梁庄** 梁鴻著 二〇一五年五月出版

梁鴻在離家二十多年之後，回故鄉「梁庄」以田野考察的方式，再現中國的轉型之痛、農村

之傷。透過作者具有思考力的觀察和誠懇、踏實的文筆，我們看到在當代中國經濟朝前飛越、並取得莫大的成功的同時，沒有討到便宜的「農村」在這過程中，逐漸崩壞、瓦解，漸成一個廢墟，產生了諸多的問題，比如留守老人、留守兒童產生的家庭倫理和教養問題，天主教進入農村產生的「新道德」之憂，離鄉青年們在中國當代大規模經濟資本下的生存苦鬥，成年「閏土」們欲走還留的困境，與農村改革與鄉村政治之間的衝突與折衝等等。透過梁鴻筆下的「梁庄」故事，除了道出「梁庄」這一農村的困境，更道出中國近二十年被消滅的四十個農村的美麗與哀愁。

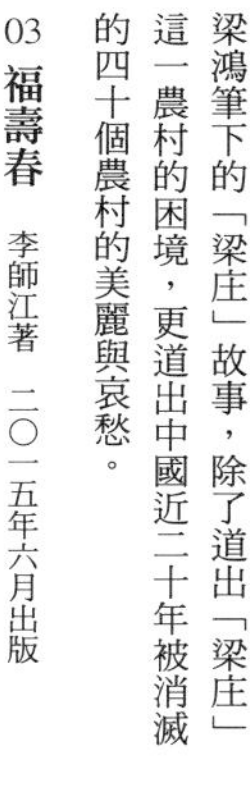

03 **福壽春** 李師江著 二〇一五年六月出版

在現代和傳統兩造之間欲走還留的鄉村圖景

《福壽春》是一部世情小說，且是一部近期少見的用章回體創作的長篇小說，李師江從世道人心的角度書寫現代鄉村生活。書中，李師江刻畫了一個李福仁家庭兩代人——父母與四個兒子的倫常關係與命運，透過這一家兩代人描述了中國東南海邊鄉村近十幾年來的風土人情，可說是一幅充滿命運感、生命力的風俗畫。但李師江並不著急表達這種生活的意義所在，而是用如同工筆畫一般的細膩筆觸，著力對生活本身進行日常化的精細描摹，由此我們看到一個在現代和傳統兩造之間欲走還留的鄉村圖景——又耕田又種花又做海的農民生活，迷信色彩與傳統觀念交織的鄉村精神世界，老一代農民與下一輩觀念斷裂中的痛楚和傷感，一個從農耕社會城市化正在消失的農村。

04 **出梁庄記** 梁鴻著 二〇一五年七月出版

梁鴻於二〇一〇年推出《中國在梁庄》之後，深感必須把散落在中國各處打工的「梁庄人」都包括進去，才是真正的「梁庄」故事。因此，他歷時兩年，走訪十餘個省市，再度以田野調查的方式訪問了三百四十餘人，最後以二十二萬字和照片，描繪出這些出梁庄的人們——也就是我們熟知的「農民工」、當代中國的特色農民——的生活與精神樣貌。他們遠離土地已久，長期在城市打工，他們對故鄉已然陌生，但對城市卻也未曾熟悉。不管在哪裡，他們都是一群永恆的「異鄉人」。梁庄外出的打工者是當代中國近二．五億農民工大軍中的一小支，從梁庄與梁庄人的遷徙與命運、生存與苦鬥，可以看到當代中國的細節與經驗的美麗與哀愁、傲慢與偏見。看梁庄人出走的路徑，也就如同在看中國農民從農村—土地出走的過程，看得見的「梁庄」故事編織出一幅幅看得見的與看不見的當代中國。

國家圖書館出版品預行編目(CIP)資料

不速之客 / 孫頻著. -- 初版. -- 臺北市：人間,
2015. 12
316面；14.8 x 21公分
ISBN 978-986-92485-7-0（平裝）

857.63　　104027604

不速之客

作者　孫頻
執行編輯　蔡鈺淩
封面設計　蔡佳豪
內文版型設計　黃瑪琍
排版　仲雅筠
校對　李六、林妏霜、蔡鈺淩

發行人　呂正惠
社長　林怡君
出版　人間出版社
　台北市長泰街五十九巷七號
電話　(02)23370566
傳真　(02)23377447
郵政劃撥　11746473．人間出版社
電郵　renjianpublic@gmail.com

定價　三四〇元
初版一刷　二〇一五年十二月

ISBN　978-986-92485-7-0

印刷　崎威彩藝有限公司

總經銷　聯合發行股份有限公司
　新北市新店區寶橋路二三五巷六弄六號二樓
電話　(02)29178022
傳真　(02)29156275